庫JA

〉

銀河乞食軍団　黎明篇③

激戦！　蒼橋《あおのはし》跳躍点

鷹見一幸・著／野田昌宏・原案

早川書房

6571

図版イラスト：鷲尾直広

本書は野田昌宏氏の原案をもとに、なぜムックホッファとロケ松が東銀河連邦宇宙軍を退役し、〈銀河乞食軍団〉こと星海企業をたちあげることになったのか、その誕生秘話を描いた作品である。

目次

蒼橋《あおのはし》星系概念図

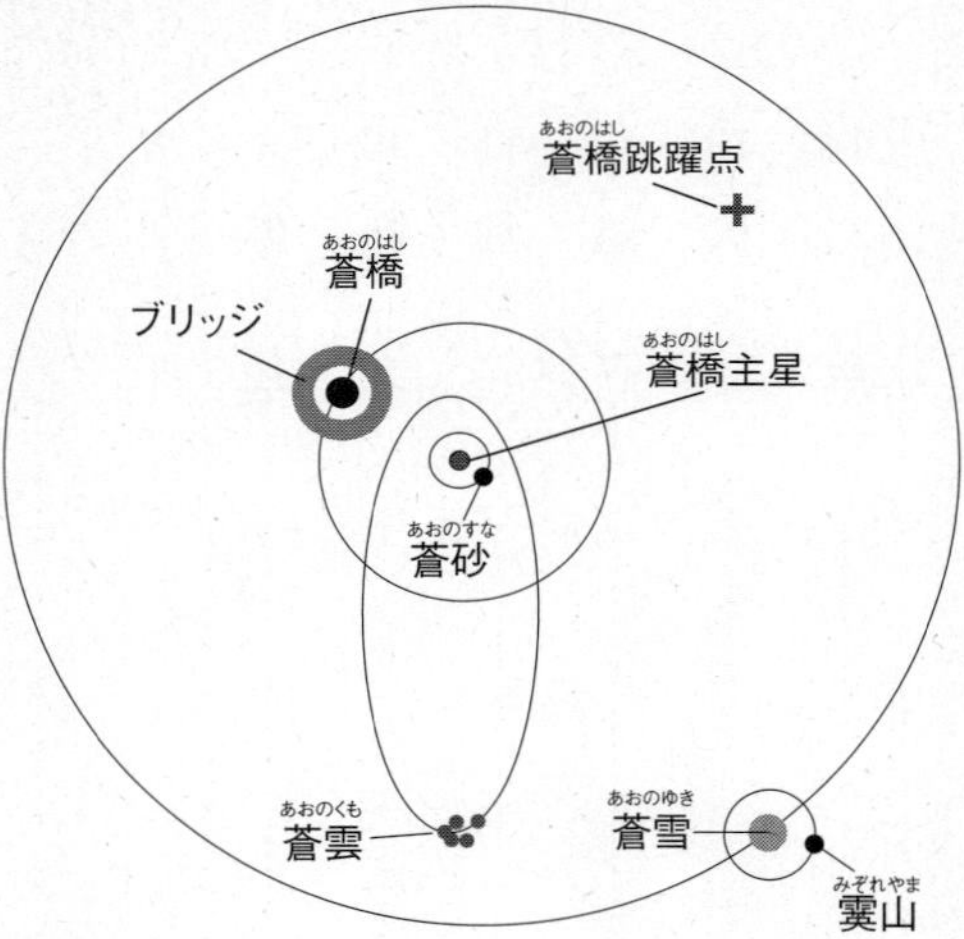

ブリッジ概念図

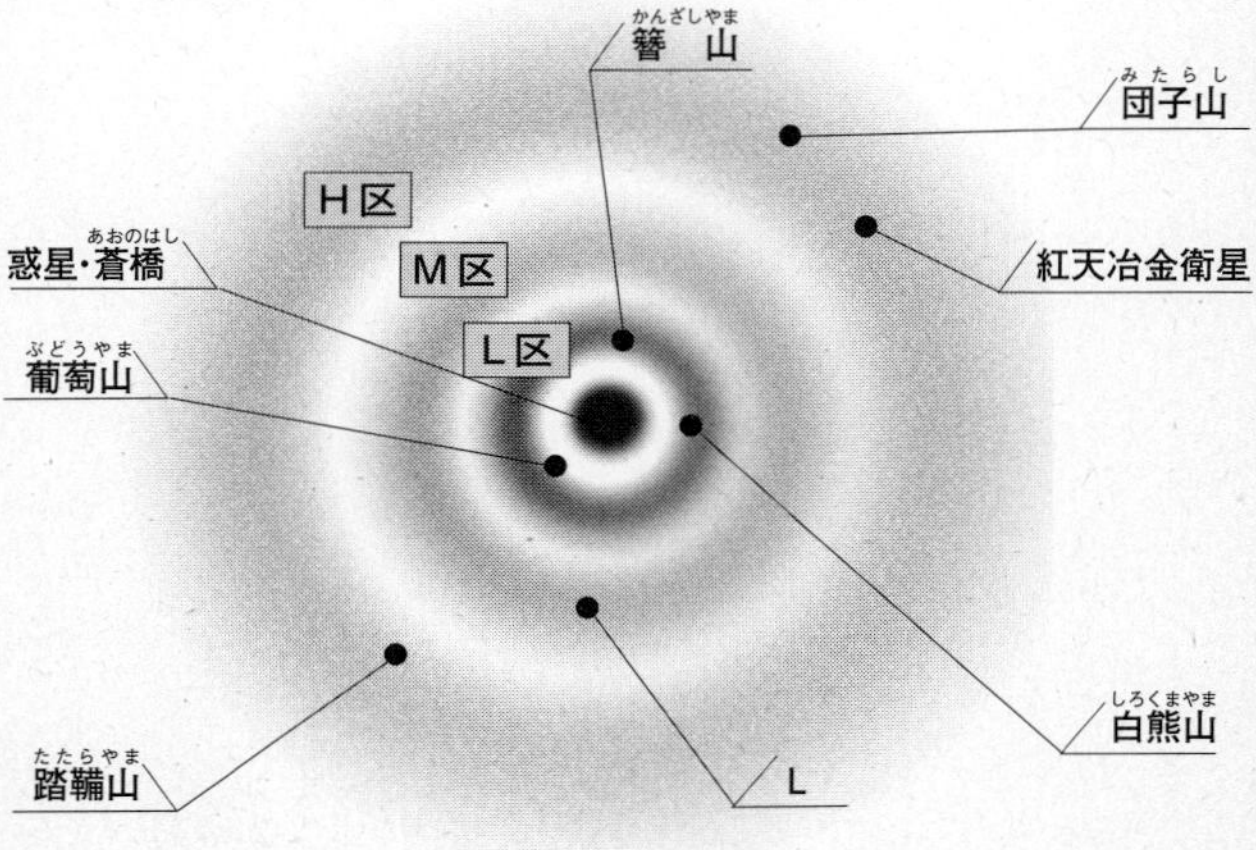

簪山《かんざしやま》（蒼宙市《あおぞらし》）

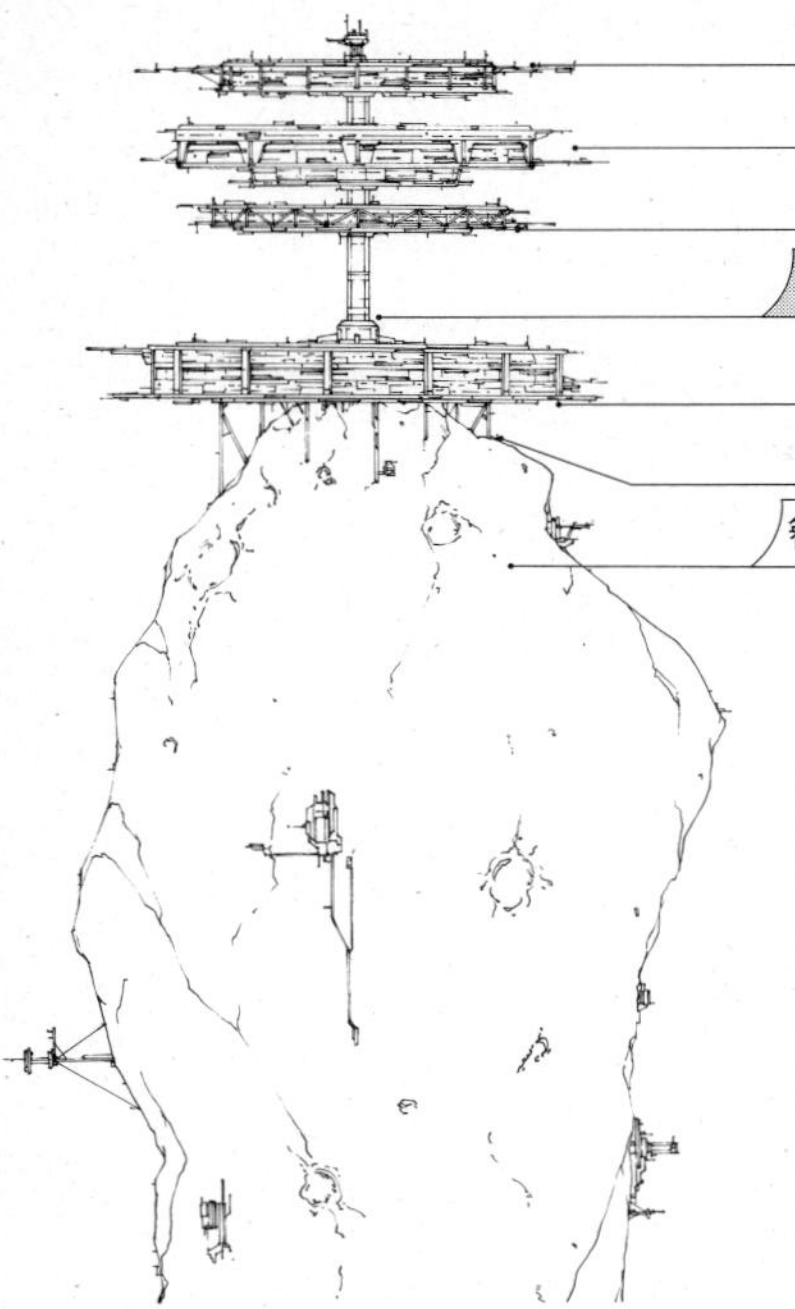

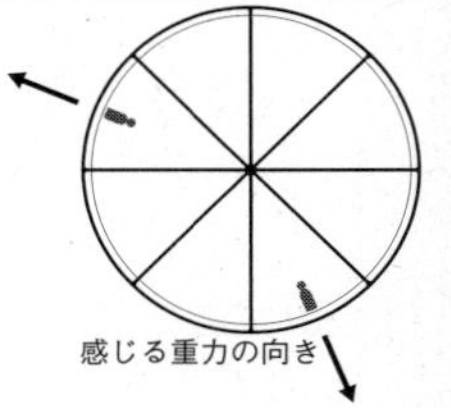

ロビーを真上から見た図
(埠頭と簪山の小惑星部分は省略)

※ 埠頭部分は円盤構造だが、回転していない。(無重力)
※ 中央シャフトが、そのまま簪山 (小惑星) を貫いている。
※ 簪山は自転している。内部はくりぬかれていて、内部が居住区画になっている。
一番外側の居住リングで、1G になる。
※ 埠頭から中央シャフトで接続されたロビーは、円筒形の構造で、簪山に同期して
回転している。1G。
※ 埠頭からは中央シャフトのリフトでロビー部分まで移動。(無重力から微小重力)
その後、スポークのリフトに乗り換えて、円筒の一番外側へ。(微小重力から 1G)
ロビーから簪山へは回転が同期しているのでリフトでそのまま移動。(1G のまま)

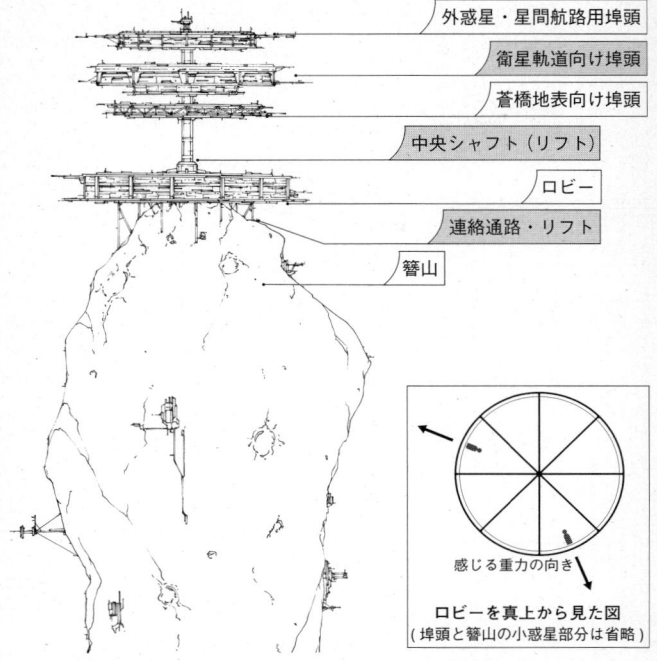

全長 240m
総質量 12,000 t

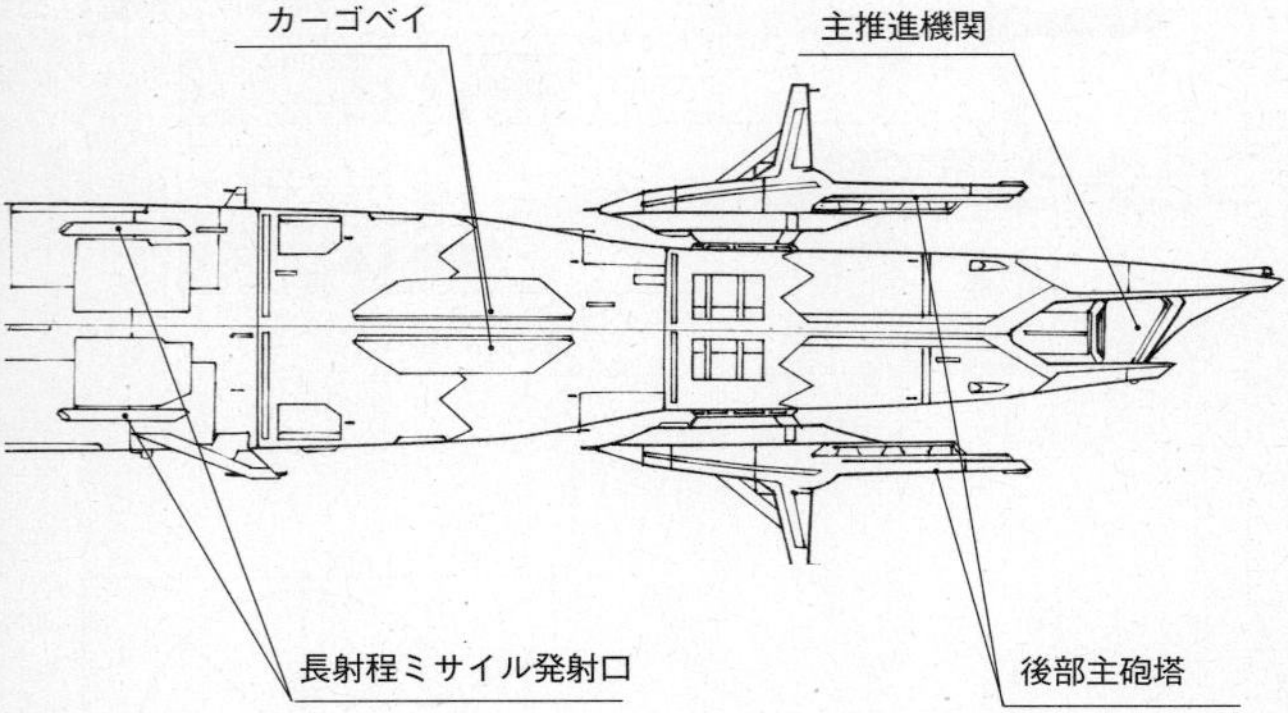

全長 260m
総質量 16,000 t

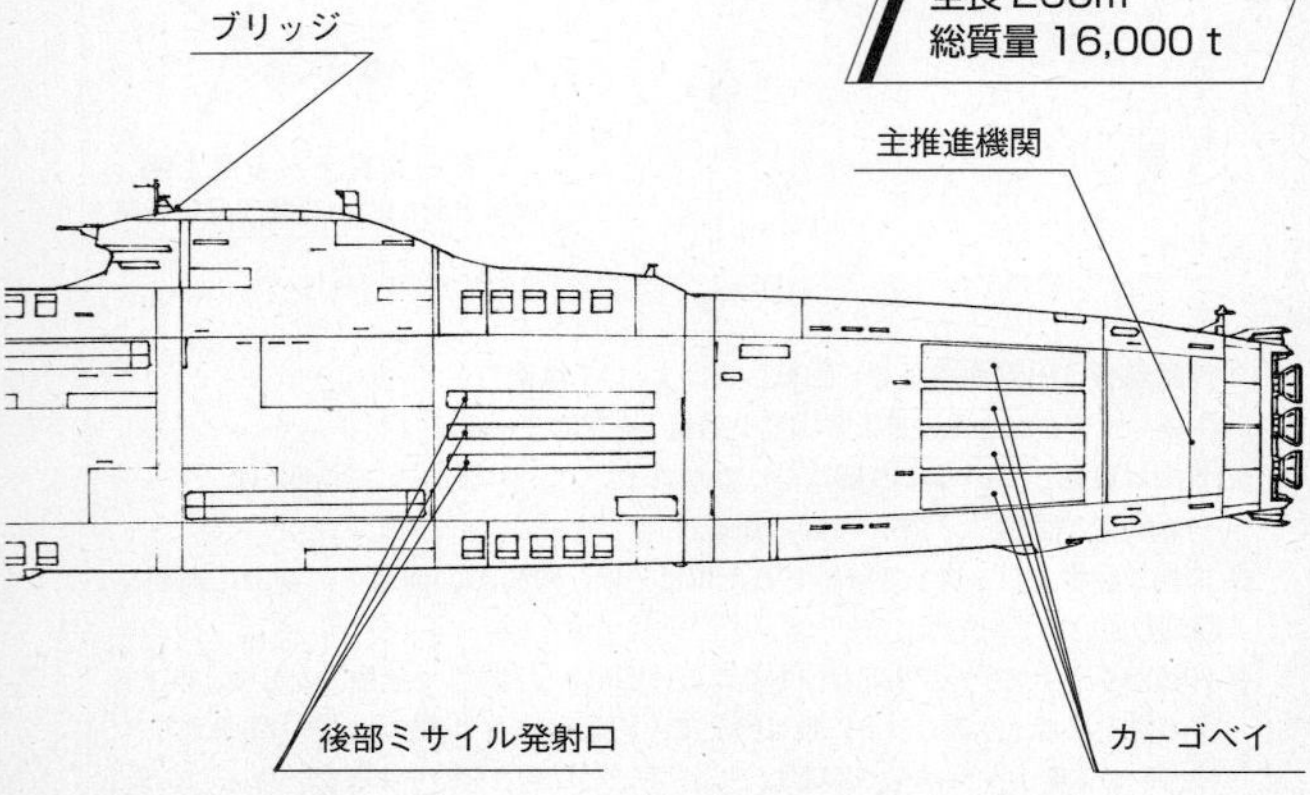

紅天星系軍軽巡航艦

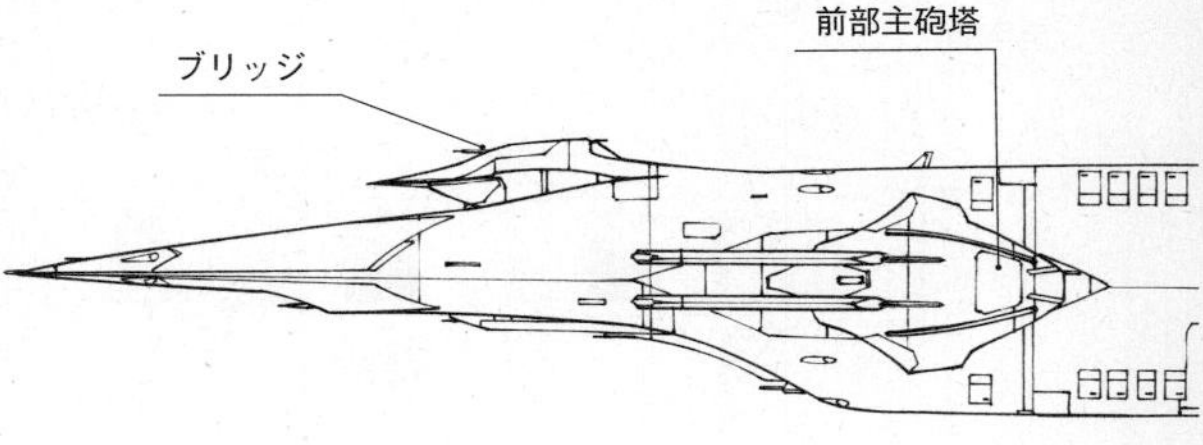

東銀河連邦軍軽巡航艦

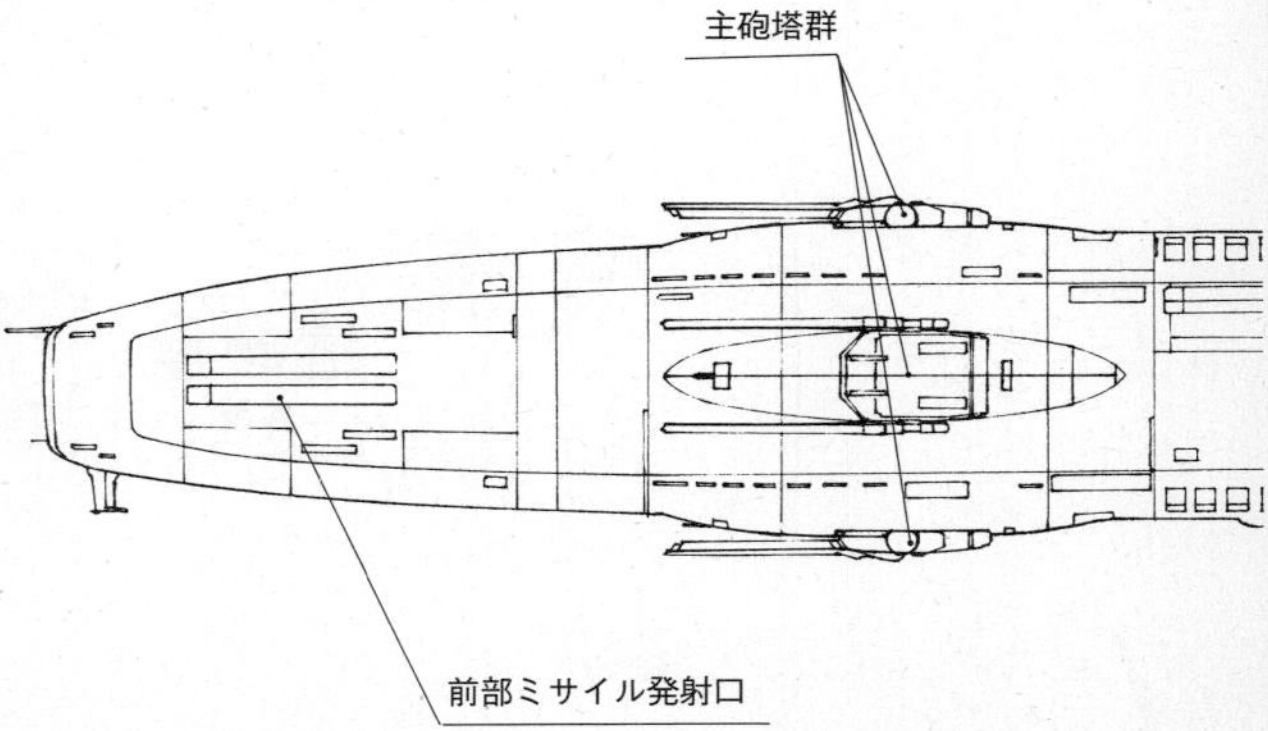

採鉱艇〈車曳き〉仕様

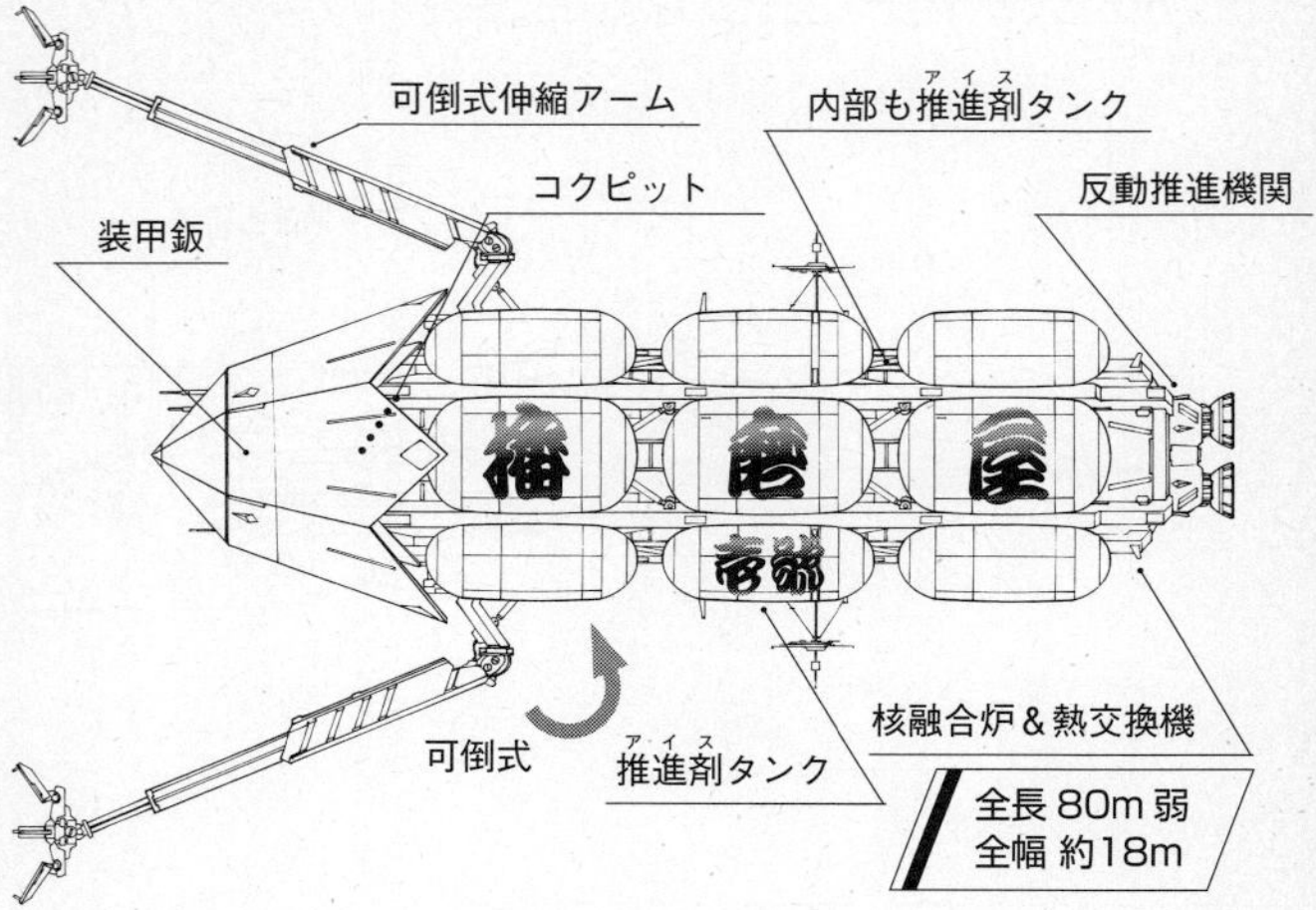

採鉱艇〈露払い〉仕様

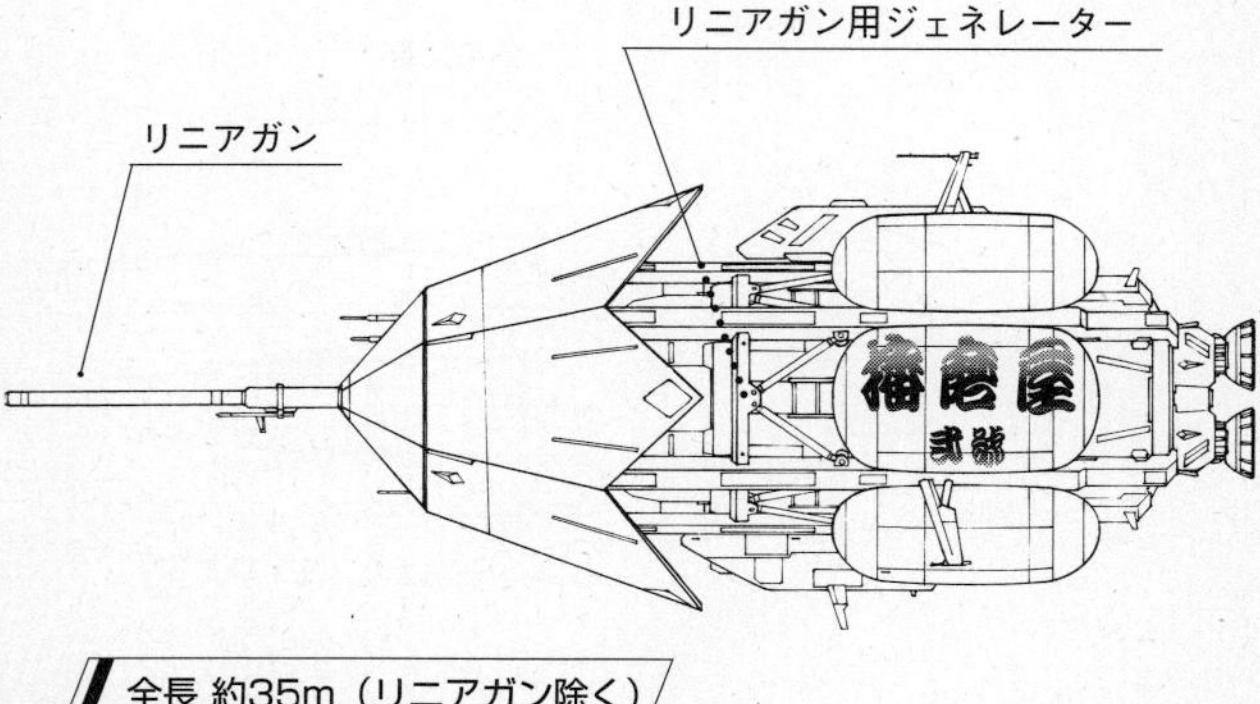

採鉱艇〈発破屋〉仕様

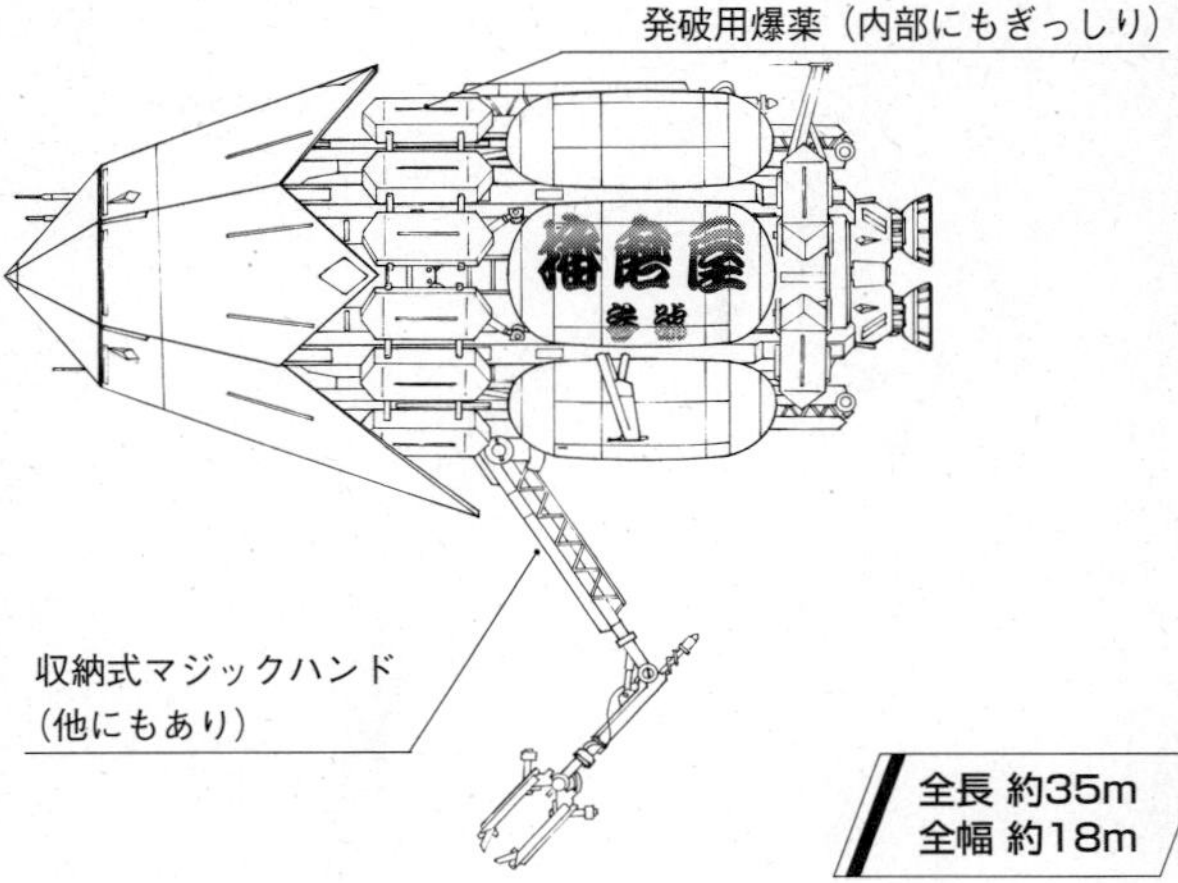

全長 約35m
全幅 約18m

採鉱艇〈旗士〉仕様

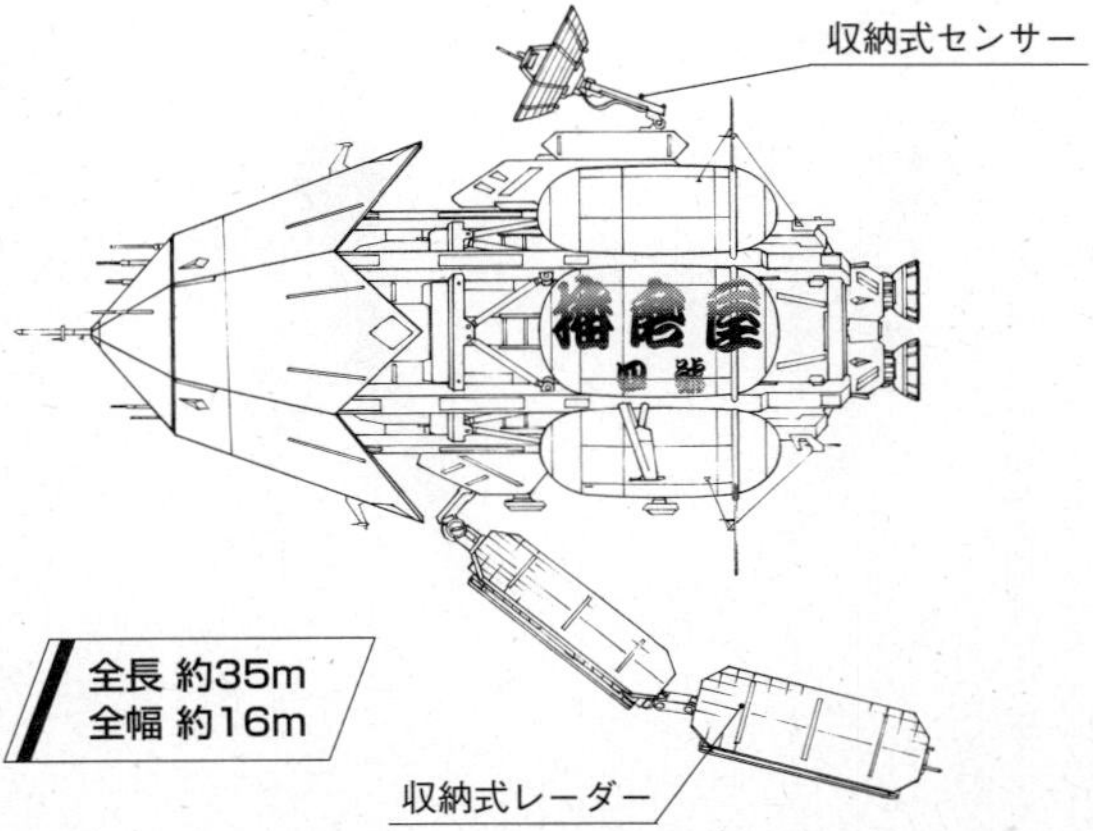

全長 約35m
全幅 約16m

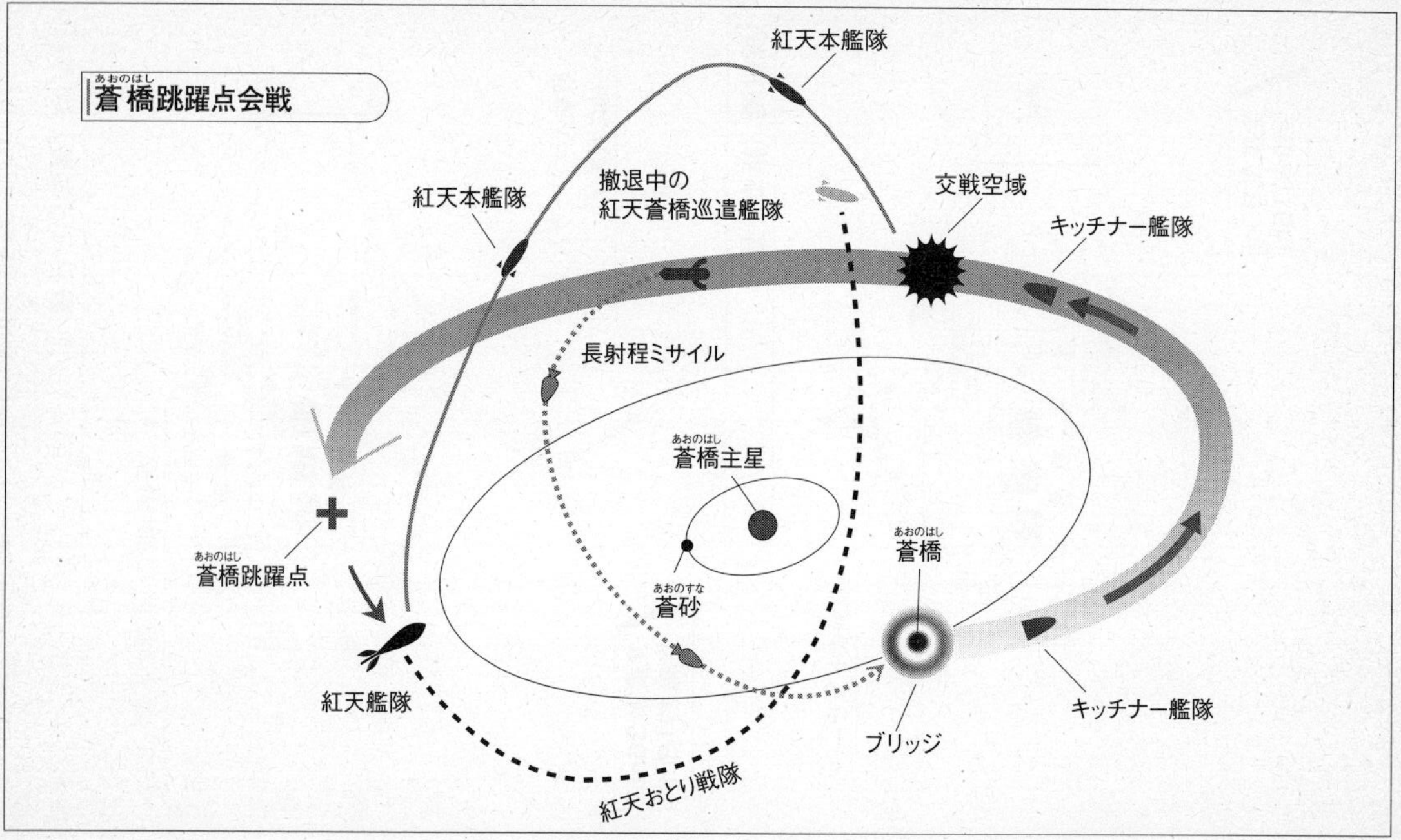
蒼橋《あおのはし》跳躍点会戦
紅天本艦隊
撤退中の
紅天蒼橋巡遣艦隊
交戦空域
紅天本艦隊
キッチナー艦隊
長射程ミサイル
蒼橋《あおのはし》主星
蒼橋《あおのはし》跳躍点
蒼橋《あおのはし》
蒼砂《あおのすな》
紅天艦隊
キッチナー艦隊
ブリッジ
紅天おとり戦隊

激戦！　蒼橋《あおのはし》跳躍点

登場人物

●〈蒼橋《あおのはし》〉星系

播磨屋源治……………………播磨屋一家の八代目大将。車曳き。《播磨屋壱號》。蒼橋義勇軍中佐
大和屋小雪……………………同ナビゲーター。同大尉
成田屋甚平……………………露払い。《播磨屋弐號》。同大尉
音羽屋忠信……………………発破屋。《播磨屋参號》。同少佐
滝乃屋昇介……………………旗士。《播磨屋四號》。同中尉
ロイス・クレイン……………星湖トリビューン蒼橋特派員
滝乃屋仁左衛門………………御隠居。蒼橋義勇軍司令長官
アントン・シュナイダー………蒼橋義勇軍参謀長
ムスタファ・カマル……………蒼橋評議会主席
和尚……………………………葡萄山細石寺の住職
エア・宮城
仙崎信雄 }……………………蒼橋電信電話会社エンジニア
御名方健夫……………………〈御名方産業〉社長

●東銀河連邦宇宙軍

アルベルト・キッチナー………中将。第57任務部隊司令長官
笹倉……………………………大佐。同参謀長
アーノルド……………………大佐。《トーマス・スタビンズ》艦長
ドーハン………………………中佐。《ヴィリアーズ》艦長
ハイネック……………………少佐。同砲術長
只野……………………………一等兵曹。同前三番砲手
ウィルコックス………………中佐。《パラケルスス》艦長
ハウト…………………………少佐。《ゴードン》艦長
マンテル………………………中尉。《トレヴィル》副砲術長
ポンズ…………………………兵曹長。同司厨長
ジェリコ・ムックホッファ……准将。第108任務部隊司令長官
アフメド………………………中佐。同参謀長
熊倉松五郎……………………機関大尉。通称〝ロケ松〟

幕間　2

身体がバラバラになりそうな回転がようやく止まり、静かになったコクピットにかすかなチリチリという音が響く。

大気圏突入で高温になったカプセルの断熱タイルが収縮する音らしい。

初めて聞くその音に包まれながら、音羽屋忠信《おとわやただのぶ》は、横倒しになったシートからようやく抜け出し、非常ハッチの爆破スイッチを叩いた。

ポンという押し殺した響きと共に壁面に丸い穴があき、光が差し込む。どうやら落ちたのは昼側の半球らしい。

久しぶりの一Gで身体が重い。

「さて、ここはどのあたりになるんでしょうね」

少し手こずりつつも、狭いハッチから上半身を乗り出した忠信が呟《つぶや》く。

カプセルだけになった《播磨屋参號《はりまやさんごう》》が転がっているのは赤茶けた岩石の平原だった。ややピンクがかった空の下、ゆるやかな起伏が陽炎に揺れながら延々と地平線まで続いている。

百万年前の矮惑星（現第二惑星群・蒼雲《あおのくも》）の衝突後、降り注ぎ続けた隕石の燃え殻が堆積した惑星、蒼橋《あおのはし》の地表だ。

見上げれば上空に薄く刷毛で掃いたような絹雲が幾筋も流れ、そのはるか遠くに一本の線が天空を横切っているのがおぼろに見える。

——〝ブリッジ〟が線状に見えるってことは、赤道の近くですか……。

都市がある南北両極から一番遠い場所に落ちてしまったわけだ。

再度ハッチに潜り込んだ忠信は、救難信号がきちんと自動発信されていることを改めて確認した後、サバイバルセットの入ったコンテナを取り出した。

蒼橋の大気圏には隕石が蒸発した名残りである酸化金属の微細粒子が充満していて、電波の減衰率が異常に高い。航空機でもよほど接近しないと救難信号の受信は難しいから、信号を真上に向けて発信し、衛星軌道から探知してもらうしかないのだ。

しかも蒼橋の地表は気圧が低く、酸素分圧が標準よりかなり低い。簡易呼吸器なしでは少し辛いし、昼と夜の温度差が激しい。夜はカプセルの中で過ごすにしても、風通しを考えれば昼間は無理だ。

——カプセルは断熱タイルに覆われているから、ハッチを閉めれば内部は涼しいでしょうけれど、通気口がないから酸欠になりますね……。

少し考えた忠信はコンテナから救難信号のアンテナ兼用の閃光灯《フラッシュライト》を取り出し、カプセルの上にセットした。その電源も兼ねている太陽電池パネルを広げ、カプセルに立て掛ける。

配線を済ませ、パネルの陰にマットを広げた忠信は、続けてポケットを探り、ホロムービーを取り出した。スイッチを入れ、ひらひらと踊る小さな映像に笑いかけながらヘルメットを外す。

とたんにむっという熱気が顔を打つが、わずかな風があるせいか日陰に入れば汗が出るほどのこともない。忠信は対Gスーツを脱ぐと簡易呼吸器を口元に着け、横になった。

後は救助を待つだけだ。

——だが、最初の一日が無為に過ぎ、二日が過ぎ、三日目の朝になっても、救助隊は姿を現わさなかった……。

1　予　感

「司令長官、至急ＣＩＣ（Combat Information Center 戦闘指揮所）まで」

連邦宇宙軍第一〇八任務部隊旗艦《プロテウス》の司令長官室に、低周波を応用した覚醒アラームに乗った当直将校の呼び出しが流れる。

瞬時に目を開けたムックホッファ准将は反射的にベッド脇の時計を確認したが、まだ就寝してから二時間も経っていない。

「了解」

インカムのカフを上げて短く返答した准将はベッドに身体を固定していたベルトを素早く外すと身支度を整えた。

床を蹴ってＣＩＣ直通の専用通路に身を躍らせる。司令長官の私室は艦橋とＣＩＣの中間に位置しているから移動時間は短い。

その短い時間の中で、准将は現在の状況を改めて確認した。

――〈紅天《こうてん》〉による最後通牒とそれを実証する紅天全艦隊の動員は、彼ら（連邦宇宙軍蒼橋平和維持艦隊）の任務失敗を意味していた。

紛争を早期に調停し、〈蒼橋《あおのはし》〉からの資源輸出を再開させることがその目的だった以上、平和維持艦隊にできることはすでにない。

もともと、連邦安全保障委員会が最初の編成時に指示した〝一〇〇隻以内〟という制限は、〝この戦力で任務達成できなかったら帰って来い〟という意味なのだ。

ここであえて方針を変えて連邦軍本部から増援を送り、武力による対〈紅天〉強攻策を取れば、蒼橋紛争は間違いなく長期化する。当然ながら輸出再開は大幅に遅れ、連邦経済に大きな影響が出ることは間違いない。

である以上、不本意ではあっても〈紅天〉による〈蒼橋〉制圧を容認し、〈紅天〉の手で早期に輸出を再開させた方が影響は少なくて済む――というのが、連邦安全保障委員会の高度に政治的な判断だった。

任務を中途で放棄し、〈蒼橋〉を去ることには皆、忸怩《じくじ》たるものがあったが、現場指揮官でしかないキッチナー中将に抗《あらが》う術《すべ》はなく、それは准将も同じだった。

ただ、撤退の時期は各々《おのおの》の艦隊指揮官に委ねられている。准将の第一〇八任務部隊は現在、ＥＭＰ（Electro Magnetic Pulse 電磁パルス）被害の救援作業が完了し次第速《すみ》やかに撤退する――という条件で〝ブリッジ〟周辺に残留している。

――先発した中将の第五七任務部隊はまだ第四惑星・蒼雪《あおのゆき》の近くにある跳躍点には着いていないはずだ。となれば……。

そこまで思いをめぐらせたところで通路が終わり、CICが視界に入った。すでに半数以上の幕僚が姿を見せている。

通路端のグリップを軽く弾いて、ふわりと司令長官席に着いた准将は、全員が席に着くのを待たずロを開いた。

「状況は？」

待ち構えていた参謀長のアフメド中佐が打てば響くように返す。

「蒼橋跳躍ステーションからの連絡が途絶えました。さらにその周辺に配置してあった無人探査機《プローブ》の反応も消えました。紅天本艦隊と思われます」

跳躍ステーションは跳躍点付近にある有人ステーションだ。蒼橋航路局に所属し、跳躍点を出入りする艦船をチェックして支援するのがその役目だが、もちろん武装などしているはずもない。

「消える前に何か信号は？」

「ありません。突然切れてそのままです」

「ふむ」と准将は顎をなでた。

未知の星系に進入する場合、探査機《プローブ》をばら撒いて情報収集するのはセオリーだ。連邦宇宙軍に限らず、最初に侵攻して来た〈紅天〉の蒼橋派遣艦隊も大量にばら撒いている。

「紅天本艦隊の来寇《らいこう》予測時間はまだ先だったはずだな？」

「はい。後一日乃至《ないし》二日後と予測されていました」

「本部からの情報が誤っていたということか……予想進路は分かるか？」

「出します」

ＣＩＣ中央の円卓上にホログラム画像が浮かび上がる。赤く光る蒼橋跳躍点の周囲にばら撒かれた小さな緑色の光点がいくつか消えていて、その空隙は跳躍点から蒼橋に向かう遷移《せんい》軌道に沿っているように見える。

「最短時間で接近できる標準的な軌道だな……」

そう口に出した時、准将はなぜか漠然とした違和感を感じた。摑めそうで摑めないその感覚に戸惑いを覚える間もなく、参謀長が言葉を継ぐ。

「最初に来寇した紅天の蒼橋派遣艦隊が撒いた探査機《プローブ》には異常はないようです」

「まぁ、自分たちが撒いたものだから、それは当然だろうな。中将に連絡は？」

「済んでいます……というか、この情報はキッチナー艦隊からも届いています。向こうはいったん探知したあと転送して来たので、少し遅れていますが」

「何か連絡は？」

「今のところありません。中将の艦隊の軌道とはかなり離れているので、無難にやり過ごすつもりでしょう」

それには准将も異論はない。

「今さら手を出すわけにはいかんからな。で、彼らが〝ブリッジ〟の外縁まで来るのにはどのくらいかかると予想する？」

「前の艦隊の減速度と同じなら三週間前後ですが、艦の数は比較にならないほど多いので、実際には四週間前後必要でしょう」

参謀長の答に准将は「艦の数か……」とつぶやいたまま黙考に入った。

――〈紅天〉は中堅星系としては強力な戦力を有している。さすがに機動戦艦や宇宙空母までは持っていないが、主力艦とされる重巡航艦が三六隻、軽巡航艦も一〇〇隻あまりあったはずだ。ただ、補修整備のローテーションに入っている艦もあるだろうから、実際に動員されるのはその八割程度と予想されている。

それでも主力艦だけで一〇〇隻以上、補助艦、補給艦を含めれば四〇〇隻近い陣容になる計算だ。主力艦一〇〇隻といえば連邦宇宙軍でも一個正規艦隊に準じる数であり、蒼橋義勇軍以外に戦力のない〈蒼橋〉が抵抗は無駄と判断したのも無理はない……。

――そういえば……と、准将は、撤退命令を受領したと伝えた時の〈蒼橋〉の反応を思い返す。

蒼橋評議会主席は無言で頷き、蒼橋義勇軍司令長官は「〈蒼橋〉は一世一代の博打《ばくち》を張ったが、目が出なかったってことでさぁ。八二年が無駄になったが、結局は命あっての物種だ。ここはあきらめるしかねぇでしょう」――そう言って穏やかに笑った。

ただ聞くだけならそれは強がりとしか思えないが、二人とも撤退する連邦宇宙軍に恨み言一つ言わなかったことが准将の心に残った。

――まだ〈蒼橋〉は死んでいない。そんな気がする……。

「〈蒼橋〉に連絡は？」

だから、彼にそう訊ねさせたのは決して憐憫《れんびん》からではなかった。

「跳躍ステーションの通信途絶は探知しているはずですが、こちらの探査機《プローブ》の件はまだ伝えていません」

「分かった。予想される軌道の算出を頼む」

そう言われて参謀長は少しためらった。

「それはかまいませんが、連絡には中将の許可が必要ではありませんか？」

「これから取る。高次空間通信回線《HDSN》を開いてくれ」

「了解《イエス・サー》しました」

キッチナー艦隊と《プロテウス》はすでに通常通信では即時通話が不可能な距離まで離れている。回線が通じるのを待って、准将は端末から自分で通信文を打ち込んだ。

発：第一〇八任務部隊司令長官、ムックホッファ准将
宛：第五七任務部隊司令長官、キッチナー中将
本文：紅天本艦隊の来寇予想軌道を〈蒼橋〉に通知したし。許可を請う。

ほどなくして返信が返る。

発：第五七任務部隊司令長官、キッチナー中将
宛：第一〇八任務部隊司令長官、ムックホッファ准将
本文：許可する。以後も継続して通知すべし。

准将は安堵のため息をつくと、参謀長に向かって頷いた。
——以後も継続して、か。中将も後ろ髪を引かれる思いなのは同じか……。
と、その時。先ほど感じた違和感の正体が忽然《こつぜん》と形になった。
回線を切ろうとした通信参謀を制して、再度通信文を打ち込む。

発：第一〇八任務部隊司令長官、ムックホッファ准将

宛：第五七任務部隊司令長官、キッチナー中将
本文：紅天本艦隊の行動に疑問あり。戦力の差を鑑《かんが》みれば自艦隊の軌道探知を妨害する理由なし。慎重な行動を請う。

少し間があって、端末が返信を表示する。それを見た准将の眉が曇る。

発：第五七任務部隊司令長官、キッチナー中将
宛：第一〇八任務部隊司令長官、ムックホッファ准将
本文：心配無用。探査機《プローブ》破壊は陣容把握を妨げる手段と判断。事後を予想せず撤退中の艦隊に手出しする愚は考慮不要。

「どういうことです？」

参謀長が訝《いぶか》しげに訊ねる。

「いや、気のせいならいいんだが……、〈紅天〉が全艦隊動員と呼号する以上、〈蒼橋〉を力で圧倒できる戦力を集中することは自明だし、隠す必要もない。

なのに跳躍ステーションを無力化したばかりでなく、こちらの探査機《プローブ》まで潰している。

まるで手の内をさらしたくないようだ。そこまで慎重になる理由が分からない……」

「蒼橋義勇軍を恐れている？　いや、そんなはずはないですね」

参謀長が自分が立てた仮説を自分で否定する。

軌道作業艇しか持たない蒼橋義勇軍に、紅天本艦隊を迎え撃つ力はない。〝ブリッジ〟の外から主砲で狙い撃たれれば、手を上げる以外にないからだ。

それが分かっているから、〈蒼橋〉はいっさいの抵抗を放棄したし、紅天本艦隊もそれは承知しているはずだ。

「われわれもあと一週間で〝ブリッジ〟を離れる。そうなれば紅天本艦隊の行く手を阻むものは何もない。だから堂々と来ればいいのに、そうはしていない……何か胸騒ぎがする」

そう言って眉を顰《ひそ》める准将だったが、参謀長の返答を受けてわずかにその眉を開いた。

「考えすぎだと思いますよ。中将がおっしゃるとおり、連邦の艦隊に危害を加えるほど〈紅天〉は愚かではないでしょう。あとが大変です」

たしかに、撤退する平和維持艦隊を攻撃すれば連邦の全面報復を覚悟しなくてはならない。文字どおり機動戦艦部隊の出番になり、〈紅天〉は消し飛ぶだろう。

「そのくらいはわたしにも分かるが……」

准将は言い淀んだが、胸騒ぎがやむことはなかった。

そして六日後……。

蒼橋跳躍点に向けて一G加速を続けていたキッチナー中将率いる第五七任務部隊旗艦《サンジェルマン》の艦隊CICに低い警告音が流れ、正面スクリーンに新しい光点が現われた。

その瞬間、それまでわずかに弛緩《しかん》していたCICの空気は一変し、静まりかえった。指示中だったスタッフの声が急に大きくなったようにさえ感じられる。

本来のスタッフの休息時にCICを預かっている当直将校は、室内の痛いほどの視線をその身に感じながら、目まぐるしく変わるスクリーンの表示に目を凝らし、暫定値が表示されたとたん、迷うことなく全艦に通じている警戒警報のボタンを押し込んだ。


デュマ級軽巡航艦《トレヴィル》の艦内に非常呼集ブザーが響く。同時に、それまで感じられていた主機関のうなりが途絶え、乗組員の身体が浮き上がる。加速が切られて慣性航行に移行したのだ。

「主噴射機関、非常停止《スクラム》」

「ノズル強制冷却開始」

艦内アナウンスと共に、熱されていたノズルに生の推進剤《アイス》が噴き込まれ、いっきに冷却される轟音が艦内通路に響く。

艦尾から伝わってくるその振動のなか、主計科の司厨長《しちゅうちょう》であるポンズ兵曹長が応急待機室に悠然と姿を見せた。

戦闘や艦の運航に直接係わらない艦内の生活全般を担当するのが主計科だが、任務が任務だけに普段の部署で戦闘配置に就くわけにはいかない。戦闘中に経理科で給料計算をしていても役には立たないし、開封すればすぐ食べられる戦闘用口糧を調理する必要もないからだ。

そこで彼らには、戦闘時配属として応急班が割り当てられている。艦が危機に陥った時の非常要員だが、どこに行くかはその時になるまで分からない。だから当初の戦闘配置は応急待機室なのだ。

すでにシートに着いている室内の面々が軽く会釈するなか、兵曹長はいかにも古参という悠然とした態度で空いているシートに着き、手首の生体タグを肘掛のセンサーに押しつけた。

シートはすでに八割がた埋まっていて、壁面にあるモニタには、呼集状況が次々に表示されているところだ。

通信班　配置完了
航法班　配置完了

ＣＩＣ班　配置完了
機関班　配置完了
砲術班　配置完了

そこに主計科の若い兵員が飛び込んできた。

よほど慌てていたのだろう。あっという間もなく部屋入り口の枠に片足を引っ掛け、その衝撃で宙返りを始めてしまった。

手足をばたばたさせたままシートの列を飛び越すと、そのまま壁面に顔をぶつけ、さらに壁一面についている保持用グリップをつかみ損ねて戻って来る。

湧き起こるくすくす笑いのなか、様子を見ていた兵曹長が苦笑いしながら立ち上がり、腕を伸ばして兵員の腰のあたりを掴むと、ひねりを加えて一つだけ空いていたシートに放り投げた。

若い兵員はくるりと半回転し、シートに尻からすぽんと収まる。

くすくす笑いが小さなどよめきに変わるなか、何が起こったか分からず、ぽかんとしている兵員に、兵曹長が声をかける。

「まず配置確認をしなさい。きみが最後だ」

言われた兵員は、はっとすると手首をシートの肘掛に押しつけた。

壁面に残っていた最後の表示が明るくなる。

応急班　配置完了

それとほぼ同時に鳴り続けていた非常呼集ブザーが途絶え、アナウンスが流れる。

「総員配置完了。各員そのまま待機」

それを聞いて兵曹長は軽く顔をしかめた。

——説明がないってことは、まだ大事《おおごと》ではないってことだな……まぁおれたちが出張《でば》る羽目になるよりはよほどましだが……。

それより晩飯だ。ゼロGでは予定の揚げ物はできないから……。

解凍中の食材を使って他に何ができるか考え始めた兵曹長は、背後で先ほどの若い兵員が真っ赤な顔でしきりに頭を下げているのには気づかなかった……。

軍の仕事は急いで待て——その古訓どおりの待機が始まる。


すべての艦が警戒警報に応答したのを確認して、《サンジェルマン》の艦隊CIC当直将校は改めて情報を確認した。

——逆探知された電波は紅天艦隊の航法レーダーの波長に合致。

——発信源は方位四〇度、仰角三〇度、距離約六〇万（㎞）。

——進路はこちらの艦隊とほぼ同じで加速中だが、こちらが徐々に追いつく形で距離が詰まりつつある……。

——やはり探査機《プローブ》の破壊は囮だった。それを見抜けなかったわれわれは、まんまと彼らの接近を許してしまったということになる。

——とりあえず手順どおり加速を止めたから、主推進器の輻射熱が感知される心配はないが、いつまでも慣性航行のままではいられない。どうすべきか……。

その逡巡は背後から響いた声で断ち切られた。

「ご苦労。以後はわたしが指揮を取る。哨戒艦は散開を継続。他艦は指示を待て」

その宣言に、艦隊ＣＩＣの緊張がいっきに緩む。

安堵のため息がかすかなさざなみのように広がるなか、自分自身が一番ほっとした様子で席を立ち、黙礼する当直将校に軽く頷いて、キッチナー中将は自席に着いた。

と、傍らに立った参謀長の笹倉大佐が耳元でささやいた。

「誰何《すいか》しますか？」

「いや、出方を待つ」

そう短く返す中将の意識は、すでに高速で回転を始めている。

——いま電波を出せば探知される。それでは当直将校が赤外線輻射を停止した意味がないし、せっかく〈紅天〉を刺激しないように無線封止してここまで来た苦労も無駄になる。

——とはいえ、われわれの出発日時は公表されているから軌道を推測するのは容易だろう。ただ、現われるのが早すぎるのは確かだ。

そこまで考えて、中将は航法参謀に通じるカフを上げた。

「航法、この目標が今の位置に来るまでの推測軌道を出してくれ、概算でかまわん」

一瞬の間があって、コンソールに推測軌道が表示される。それを見た参謀長が眉を顰《ひそ》めた。

「最短で跳躍点通過が一週間前？　ステーションが沈黙する三日以上前ですね」

「そうなるな。制圧はしていたが、欺瞞軌道が必要になるまで回線は開いたままにしていたということだ。してやられたな」

「しかし、かなり無茶な機動をしています。これでは補助艦や輸送艦はついてこられませんね」

跳躍点からの離脱軌道と接近軌道の要素に共通点はまったくないから、片方から片方へ遷移しようとすればかなりアクロバットな動きが必要になる。

その上で、乗っている人間が耐えられるぎりぎりの加減速具合を加味して算出されたのがこの軌道だ。たしかに本格的な軍艦でないかぎり耐えるのは難しいだろう。

「戦闘艦のみで先行してきたということになるが……問題は規模だな」

「遅れている輸送艦の護衛に割く分を除いて……」

常識的に判断しようとする参謀長を中将が遮《さえぎ》る。

「いや、紅天本艦隊にとって脅威になるのはわれわれだけだ。護衛を残す意味はない」

「全力で来る——ということですか？」

参謀長が意外だ、という感情を隠さず聞き返す。

「来るならば——ということだ。単にわれわれがちゃんと撤退するか否かを偵察に来ただけの可能性もある」

中将は、その可能性を欠片《かけら》も信じていない口調で答えると、おもむろに新しいカフを上げた。

「砲術、囮《デコイ》の準備はできているな？　よし、一二基を一セットにして、巡航艦と同じ位置関係を保ったまま進路の前方に展開させろ。半数を残した場合、何セット用意できる？」

「八セットです」

「よし。囮《デコイ》が位置につき次第、艦隊の加速を再開する」

艦の噴射焔を、囮《デコイ》が発するフレアに紛れさせるのは、位置欺瞞の基本だ。

「行くんですか？」

口元を引き締めた参謀長が念を押す。

「これが偵察なら準備が無駄になるだけだが、もし攻撃があるなら準備しなければ大変なことになる」

中将の返答に迷いはない。

参謀長である以上、そのくらいのことは笹倉大佐も承知している。だが、承知していることと実行することは別だ。大佐は中将の決断の早さに内心舌を巻いた。

参謀長の心中を知ってか知らずか、中将は続いて最初のカフを改めて上げた。

「航法、新しい探査機《プローブ》を受信探知《パッシヴ》優先で設定。哨戒艦の隙間と艦隊の後方に配置しろ。探知エリアは一時間後に最低で一五〇％重複。何基必要だ？」

一瞬の間があって答が返る。質問を予期して事前に計算してあったのだろう。

「七八基です。全部出すのに一〇分」

「よし。指示を出してくれ」

オペレーターたちがいっせいに配下の艦に指示を出し始める。

キッチナー艦隊は静かに眠りから覚めようとしていた。

その頃。軽巡航艦《トレヴィル》の応急待機室ではなぜか即席の講義が始まっていた。

若い連中に向かって話しているのは司厨長のポンズ兵曹長だ。

旗艦からの連絡で待機が長くなることが確実になり、食材の流用をあきらめた兵曹長は、ようやく背後でぺこぺこしていた先ほどの若い兵員に気づき、話しかけた。

部下だから顔は知っているが、これまで親しく話したことはない。いい機会だからと話すうちに、周囲の若い兵員たちが聞き耳を立てているのに気がついた。あまりにも腕が良くて、他艦に転属になった兵員が《トレヴィル》の食事を忘れられず、再転属を希望して戻って来たと噂される司厨長だ。若い兵員が話を聞きたがるのは当然だろう。

幸い今は他にやることもない。兵曹長は皆に促され、部屋正面に用意されているブリーフィング担当者用シートに移り、一同に向かい合う形で話し始めた。

だが、どんなコツやレシピが聞けるかと期待していた彼らに兵曹長が話し始めたのは、料理の話ではなく、宇宙戦闘の話だった。

意外な話題に不満の声を漏らす若い兵員たちに、兵曹長は厳《いかめ》しい顔を作って告げた。

「いいか？　おれたちは連邦宇宙軍の兵士で、今は応急班の人間だってことを忘れるなよ。メシの作り方ならいつでも教えるが、こういう話は今のような状況でないと話せないものだ。普段だと聞いても実感がないから頭に入らないからな。

――というわけで本題だ。宇宙での戦闘というやつは、たがいにとんでもない速度で移動しているから、位置取りというやつが一番重要になる。なぜだか分かるか？」

兵曹長は言葉を切ると、一同を見まわした。

「それは……軍艦は急には曲がれないからですか？」

おずおずと答えたのは、先ほど宙返りをしていた若い兵員だ。名前を工藤平吉という。まだ入隊二年目の二等主計兵だ。

兵曹長はにこりと笑うと続けた。

「そのとおりだ。ただ、曲がれないだけじゃないぞ。急停止もできないし、バックもできない。いや、軍艦自体にはできるかも知れないが乗ってる人間がもたない。この前のIO《Irregular Object》迎撃を覚えてるか？」

兵員がいっせいに頷く。何人かはもうこりごりだという顔だ。

「あの時にかかった加速が五Gに少し足りないくらいだが、あれほど酷い目にあったって、Gにすればそんなものだ。急変針や急停止したら、かかるGは一〇〇Gや二〇〇Gじゃ済まないと覚えておけ。冗談抜きで命に係わる。

だから、かけられる加速の上限は人間の限界で決まるわけだ。こちらも敵も乗ってるのは同じ人間だから、上限はどちらも同じだな。これがどういうことか分かるか？」

そう言って兵員たちを見まわすが、今度は皆、下を向いている。兵曹長は苦笑いすると説明を続けた。

「向こうの動きの限界が決まっているということだ。当然こっちも決まっている。

ただ、その限界が艦《フネ》の速度で違うんだ。同じ二Gをかけて変針しても、秒速五〇kmの艦《フネ》は、秒速二〇kmの艦《フネ》より変針できる角度が浅い。行き足ってやつがあるからな。

秒速二〇㎞の艦《フネ》と同じ角度で曲がろうと思えば、かかる加速度は二Gどころじゃないわけだ。

だから、位置取りが肝心なんだ。

秒速二〇㎞の艦《フネ》を秒速五〇㎞の艦《フネ》が同針路で追っているとしよう」

兵曹長は自分の両 掌《てのひら》を二隻の艦に見立てて動かす。

「秒速二〇㎞の艦《フネ》が逃げ切るには、自分なら大丈夫だが、秒速五〇㎞の艦《フネ》だとGの限界を超えてしまうような角度で変針すればいい。

とはいえ、変針が早すぎれば秒速五〇㎞の艦《フネ》は余裕で追いつけるし、遅すぎれば逃げ切れない。早くも遅くもないぎりぎりのところで変針しなくてはならないわけだ」

どうやら一同が納得したのを見て取って、今度はさらに腕の振りが大きくなる。

「これが同針路じゃなくて、交差していたり、反航していたらもっと複雑だ。時間の経過によってたがいの位置関係が刻々と変化するから、さっきまで可能だった変針は今はもうできないが、三〇分待てば別の手が取れる——なんてことはザラにある。

残念ながらおれの両腕じゃあ表現できないがな」

ちょっとした笑いが漏れる。兵曹長も少し笑うと話を続けた。

「まぁ、それくらい位置取りってのは重要だってことだ。

そして、位置取りが決まったら、次に肝心なのは照準だ。

知ってのとおり、ビーム砲ってのは光速の一〇分の一で飛んで来る。撃たれたら最後だ。だから勝つには撃たれる前に撃つよりないが、撃つにはまず照準が必要だ。これは分かるな？」

兵員がいっせいに頷く。

「ビーム砲を正確に当てるには、レーダーを使うしかない。

ところが、軍艦というやつは並みのレーダーには映らないようにできてる。ステルス性が高いから、応答機《トランスポンダー》を切ってしまえば、どこにいるか分からない。

まぁ、噴射焔を検知する赤外線探知機というやつもあるが、どの辺にいるかってことが分かるだけだから、精度が必要なビーム砲の照準には使えないな。

となればやはり、専用の照準用レーダーを使うしかないが、レーダーってのは使えば逆探知される。これは分かるな？」

再び兵員がいっせいに頷く。

「じゃあ、レーダーの探知距離と、逆探知距離はどっちが長いか分かるか？」

一同が顔を見合わせるなか、最初に手を上げたのは一人。さっきと同じ工藤兵員だ。

「逆探知距離のほうが探知距離より長いと宙兵団（連邦宇宙軍の新兵訓練施設。入隊した兵員は全員ここに入団して基礎訓練を受ける）で習いました」

「ほう。良く覚えていたな。じゃあ、それはどう使えば有利に戦いを運べる？」

とたんに工藤兵員が口ごもる。

「そ……それは……分か……いえ、忘れました」

宙兵団では返答できない時に、分かりません、とは言わず、忘れましたと答えるようしつけられる。分からない＝きちんと教えてもらっていない。忘れました＝きちんと教えてもらったが自分が悪くて覚えていません——という意味だと教官に教えられるからだ。

兵曹長は自分の遠い宙兵団時代を思い出して内心にやりとしたが、もちろん表情には出さない。

「よし。じゃあ思い出させてやろう。おれがレーダーだとする。そして……おいハワード、おまえが目標《ターゲット》だ。ちょっと立て」

一番離れていた一人が苦笑しながらハーネスを外して立ち上がる。

「おれから電波が出る」

兵曹長は自分を指すと、指先を目標にされたハワード兵員に向けて何かが飛んでいくような仕草をした。続いてこちらに戻って来る形に動かすが、その動きは弱く、突然パーの形に開く。

「距離があるから戻って来る途中で減衰し、おれは受信できない。探知失敗——いや、電波が返って来ないんだから、失敗かどうかすらおれには分からないわけだ。

ところが、電波自体は目標《ハワード》まで届いている。だから目標《ハワード》が逆探知機を持っていれば、おれは知らないうちに位置をつかまれてしまうわけだ。

そのまま目標《ハワード》が距離を詰めて来れば……おいハワード、半分くらいこっちに来い」

兵曹長はそう言うが、待機中は席を離れてはいけないことになっている。ためらっているハワード兵員に兵曹長は言ってのけた。

「ハワード、おまえは急にトイレに行きたくなった。そうだな？」

一瞬ぽかんとしたハワード兵員だったが、兵曹長の意図が分かると、にやっと笑って姿勢を正した。

「はい、ハワード一等主計兵は、突然自然の欲求に見舞われました」

兵曹長がことさらに厳格な態度でそれに応える。

「うむ。それは大変だ。急いで行ってこい。辛いなら途中で休んでかまわんぞ」

「はい。ありがたくあります」

そう応えると、ハワード一等主計兵は軽く床を蹴り、兵曹長との中間あたりで椅子の背につかまった。そのまま横になって浮いている。

兵曹長はにやりと笑うと話に戻った。

「というわけで、目標《ハワード》が接近してきた。おれの電波は……」

と、兵曹長はさっきと同じ動作をするが、戻って来た指先はそのまま自分に戻る。

「目標《ハワード》に当たって跳ね返り、戻って来る。探知できたわけだ。

こうなってやっと、おれは目標《ハワード》の存在を知るが、目標《ハワード》はおれがここにいることをすでに知っている。

レーダーの性能が同じなら、おれから目標《ハワード》を撃てるし、目標《ハワード》もおれを撃てる理屈だが、事前に存在を知っていたほうと、突然知ったほうのどちらが優位かは言うまでもないな。おれが慌てて照準しても……」

と、兵曹長が銃を構える仕草をすると、はっと気がついたハワード一等主計兵が、空いた方の手をピストル型にして、バンと撃つ仕草で応えた。それを受けた兵曹長が大仰に倒れる。

一同がゲラゲラ笑うなか、自分も笑いながら身を起こした兵曹長が、澄まして続ける。

「こういう風に、準備万端整えていた目標《ハワード》に撃たれてこっちは撃沈だ。ビーム砲は撃たれたら避けようがない。先に撃ったモンの勝ちだ」

そう言うと兵曹長は改めて一同を見まわした。どうやら理解したらしい。一つ頷くと、横になって浮いているハワード一等主計兵に声をかけた。

「ご苦労さん。もう休息はいいだろう。まだトイレに行きたいか？」

ハワード一等主計兵は澄まして応えた。

「いいえ、気のせいだったようです。席に戻ります」

そう言うと、ハワード一等主計兵はくるりと宙返りし、自席に向かって漂っていく。

それを見ながら兵曹長は話を続ける。

「これが逆探知の一番単純な使い方の一つだが、実際には使えないぞ。戦場で照準レーダーを終始稼動させているような馬鹿はいないからな。

ではどうやるかというと……」

と、突然、応急待機室の天井スピーカーが吼えた。

「総員そのまま聞け。旗艦より連絡。新たな目標探知。方位……」

ポンズ兵曹長の特別講義が再開されるのはもう少し後になる。


時間はわずかに遡《さかのぼ》る。

《サンジェルマン》の艦隊CICで、キッチナー中将は黙考を続けていた。

状況に動きはない。

――ひょっとしたら接近しているのは少数の索敵艦隊だけかもしれない。いや、こちらの動向を監視するだけなら単艦の可能性さえある。

考えるまでもなく、ここで〈紅天〉がわれわれを攻撃するメリットは何もない以上、臨戦態勢まで取ったのは考え過ぎだったかもしれん……。

そう考えてスクリーンに目をやった時、中将はその〝メリット〟が一つだけあることに突然気がついて愕然とした。

――まさか〈紅天〉は……。

だが、その思考は突然フラッシュした正面スクリーンにさえぎられた。

低い警告音と共に数字と記号が次々に表示される。

艦隊の各艦を結んでいる高次空間通信リンク《HDSN》のAI《人工知能》が自動的に収集し、整理・再構成した情報だ。即時通信だからタイムラグはないし、敵に傍受されることもない。

「方位八〇、仰角六〇、距離約五〇万（㎞）。熱源反応多数。艦隊規模の噴射焔と推測。現在南天方向から接近中」

「多数のレーダー波発信確認。さらに増加中。こちらの進路の前方に展開。探査機《プローブ》です」

読み上げ専門のオペレーターが表示される情報を次々に読み上げる。流れていく表示を全員が目で追っていては、指示が出せないからだ。

――本隊は北天方向から来たか……。

中将は、ゆっくりとカフを上げると航法参謀を呼び出した。

「航法、出現した目標の推測軌道を頼む。概算でいい」

一瞬間があって、正面スクリーンにいくつかの円弧が表示される。赤外線検知とレーダー波の逆探知から演算したものだが、おおよその位置関係は把握できる。

〈蒼橋〉の惑星軌道平面に沿って蒼橋跳躍点に向かうキッチナー艦隊に対し、新しい目標は蒼橋主星の北極を超えて来た。急激な減速と加速を繰り返し、こちらに接近する軌道変更に入っているが、完全に同期する時間的余裕はないようだ。

――妙だな。熱源反応からすると、艦の数は一〇〇隻を超えているはずだ。それだけの数をなぜ一つの艦隊として運用している？

中将は少し首を傾げると、再度カフを上げた。

「索敵、先に探知した目標に動きはないか？」

「ありません。レーダー波にも変化ありません」

――やはり接触艦か。気にはなるが、戦力を割いている余裕はない。

中将は瞑目し、腹に力を入れると決断した。

「合戦準備！　全艦艇リンク再確認」

スクリーンの高次空間《HDSN》通信リンク表示が点滅し、一瞬でオールグリーンに戻る。それを確認した中将の下令が続く。

「第一、第二啓開戦隊は右舷に展開、第三啓開戦隊及び巡航艦戦隊は囮《デコイ》を残して散開。巡航艦戦隊は以下の軌道に遷移終了後加速停止」

そこまで告げた後、中将はいちだんと声を高めた。

「以後、全兵装使用自由《オールウエポンズフリー》。繰り返す。全兵装使用自由《オールウエポンズフリー》」

全兵装使用自由とは、艦長の判断で撃たれる前に撃ってもいいという意味だ。ＣＩＣに緊張が走るが、そこに参謀長が口を挟む。この辺が呼吸というやつだ。

「よろしいのですか？」

「電波封止して慣性航法で接近、さらに探査機《プローブ》射出。敵対行動と見なす要件は揃っている」

予想どおりの答に参謀長は素直に頷く。

「分かりました。この目標が本命とお考えですね？」

「もちろんだ。この距離で軌道変更の噴射焔を感知できるほどの大艦隊だ。相手に不足はない」

交渉とか撤退、あるいは降伏などという言葉はどちらからも出ない。当然だろう。向こうは交戦を前提に動いているのだ。

無論、まだたがいに射程距離に入るまでには時間がある。

だが、中将が啓開戦隊の位置を確認しようとした瞬間、スクリーンの一角が無数の赤斑で埋め尽くされた。

「高エネルギー反応多数！」

次の瞬間、《サンジェルマン》の艦隊ＣＩＣは轟音と共にブラックアウトした。

2　奇　襲

「キッチナー艦隊が攻撃を受けています！」

《プロテウス》のCICに突然響いた報告に、艦隊の出発準備に没頭していたムックホッファ准将は耳を疑った。

だが、情報に誤りはない。その証拠にCIC正面の高次空間通信《HDSN》リンク表示スクリーンが文字と図形で埋め尽くされていく。

瞬時に概要を読み取った准将は、通話中の熊倉《くまくら》大尉（ロケ松）に急を告げた。

「移乗は中止だ。中将の艦隊が攻撃された」

「中将が？　分かりました。いったん〝葡萄山《ぶどうやま》〟に戻ります」

動揺は隠せない様子だが、さすがに判断は早い。

「すまん。情報は随時送る。蒼橋《あおのはし》義勇軍に知らせるかどうかの判断は任せる」

「了解です」

通信が切れるのも待たず、准将はカフを上げて幕僚を呼集する。

その間にも高次空間通信《HDSN》でリンクしている戦況は刻々と変化していく。

それを見つめる准将の表情が歪む。

――ここまで一方的にやられるとは……何が起こってるんだ？

〈蒼橋〉の一角に突然発生したミニチュア球状星団に、次々と光束が降り注ぐ。

新たな光球が膨れ上がり、四散し、散光星雲を思わせるガス塊に変わるが、新しく飛来した光束は容赦なくそれを貫き、霧散させていく……。

突如襲来した無数のビームは、散開命令を受けて軌道変更に入っていたキッチナー艦隊を包み込んだ。

「リンク切れました、《サンジェルマン》応答なし」

八隻あるデュマ級軽巡航艦の一隻、《ヴィリアーズ》のＣＩＣに悲鳴に似た報告が響く。

「どこから撃たれている？」

「方位八〇、仰角六〇。探知された紅天本艦隊の方角です。距離は不明」

「不明？　どういうことだ？」

索敵担当オペレーターの報告を受けて、艦長のドーハン中佐の表情が変わる。

――あの艦隊との距離は五〇万㎞以上あったはずだ。〈紅天《こうてん》〉はこの距離でビームを命中させる技術を持っているのか？

だが、艦長が唖然としている間にもビームは降り注ぐ。

「《トレヴィル》が直撃を受けました」

「出せ！」

正面スクリーンに、並航していた僚艦の一隻がズームされる。

スマートな艦体後部に大穴が開き、細かな稲妻状の光がその周辺を這いまわっている。

と、次の瞬間、その穴から目にも鮮やかな白銀の流れが噴き出した。推進剤《アイス》のタンクが破壊されたのだ。

噴き出した白雲は爆発の照り返しを受けて不気味に輝き、生き物のように盛り上がる。

ＣＩＣの一同が見守るなか、雲に隠れた軽巡航艦は、噴出物の反動でゆっくりとまわり出した。

「いかん！　回転を止めないと……」

参謀の誰かが思わず危惧を口にした。

《トレヴィル》の姿勢制御プログラムが作動したのだろう、破損した側の反対舷のバーニアが全開になった。だが、動きは止まらない。

その《トレヴィル》の艦内では、ビーム直撃とほぼ同時に応急班が動き出していた。

応急班とはいえ中身は主計科だし、ほとんどが初陣《ういじん》だ。それでも事前に用意されたマニュアルに従って、減圧警報灯のオレンジ色が点滅する艦内へ飛び出していく。

だが、その中に二つ、マニュアルに記載されていない方向に向かう影があった。来る時は宙を浮いて流れて来た艦内通路を、中腰で半ば這うように進むポンズ兵曹長と工藤二等主計兵だ。

回転を始めた艦体の遠心力で疑似重力が発生し、艦体の外部に向いた壁面が床になる形で彼らの身体を押しつけているため、二人は左右どちらかの壁の保持用グリップを伝いながら蟹《カニ》の横這いのように進むしかないのだ。

「司厨長《しちゆうちょう》、CICとの連絡は取れたんですか？」

少し遅れている二等主計兵が先行する兵曹長に訊ねるが、答は素っ気ない。

「まだだ。それよりも緊急弁を開くほうが先だ」

「でも、あそこは機関班の担当エリアですよ。応急班は要請がないと他班の担当エリアには……」

「頭を使え」

振り向いた兵曹長が静かに諭す。

「ダメコン《ダメージコントロールプログラム》が働くか、機関班の連中が無事なら、とっくに緊急弁は開いてる。意味が分かるか？」

「あ……」

目を見開いた二等主計兵に構わず、背を向けた兵曹長が歩き出す。

「分かったら急げ。手動でバルブを開けるなら、おれ一人じゃ無理だ」

「は、はいっ！」

二人は、再びゆっくりと進み始めた。

身体が振られる。回転速度が上がっているのだ。

――……二Gを超えたか……。もうすぐ這っていくこともできなくなる……。

兵曹長は、腕の情報端末に視線を落とした。

CICとのリンクは切れているが、端末自体に入っている情報は無事だ。表示された艦内図によれば、推進剤《アイス》の緊急放出弁がある位置まであと四mと表示されている。

どこだ？　と、見上げたとたん、首筋に鈍い痛みが走った。頭にもう一つ頭をくりつけているようなものだから、上を見るだけでも一苦労だ。

痛みを抑え込んでそろそろと見まわすが、それらしきものは見えない。

と、二等主計兵が背後で声を上げた。

「あ、そこです！　その先の床です」

「床？」と、首の痛みに耐えて見下ろせば、たしかにすぐ先の床に、黒と黄のダンダラ模様で縁取られた一m角ほどの赤いパネルがある。

「あれか！　良くこの位置に作ったな。反対側だったらとてもまわせない」

二G環境下で天井位置に手を伸ばし、弁をまわすのは一人や二人では無理だ。

「……たぶん、あれを開くときは艦が回転してるときだから、わざとそうしてるんじゃないですか？」

そう二等主計兵に言われて、兵曹長は思わずその顔を見なおした。

「おう、そのとおりだ、意外と鋭いな。なら手順は分かるな？」

「えーと……どうするんですか？」

「なんだ、鋭かったのはさっきだけか。まあいい。先におれがやる。そこで見てろ」

そう言うと兵曹長は蓋の近くまでそろそろと移動し、つかんでいた壁のグリップから右手を離し、素早くその下のグリップをつかんだ。掌《てのひら》にぶつかったグリップの痛みに顔をしかめつつ、しっかりと握りなおす。次は左手だ……。

それを繰り返し、ようやく両手が床に着く。

四つん這いの姿勢で大きく息をついた兵曹長は、そのままの姿勢で二等主計兵に声をかけた。

「今おれがやったように、片手ずつ、交互にグリップをつかんで姿勢を下げろ。一度に両手を離すと床に叩きつけられるぞ。くれぐれも注意しろ」

「は、はい」

緊張した声が返る。

そろそろと動き出した二等主計兵だが、手を滑らせても兵曹長には助ける術《すべ》がない。

――まぁ、耐Gスーツを着てるから、骨折するようなことはないだろうが……。

しかし、心配するほどのこともなく、二等主計兵は兵曹長の半分ほどの時間で両手を床に着いた。

――あいつの方がおれより若いから、ま、当然といえば当然か。

そんなことをちらりと考えながら、兵曹長はパネルににじり寄った。

両腕の関節が軋《きし》む。

――Gがかなり増えてる。急がないと間に合わないぞ。

「よし、開けるぞ」

兵曹長は、そう言うと、パネルのセンサーに袖口の生体タグを押しつけた。

一秒……二秒。突然センサーの赤ランプが点滅し、袖口を通して何かが動くのが感じられると、ランプの色が赤から緑に変わり、パネル全体がわずかに浮いた。

「開いたが……工藤、ちょっと動け。そっちにスライドするようだ」

良く見れば、周囲の黒黄のダンダラ模様に見えた縁取りは、一方向に向けた≫型の連続になっている。

――これも高G対策か。普通の蓋だったら、持ち上げるだけでも大変だったろうな……。

工藤兵員の手を借りて、パネルを≫が向いてる方向に押す。思ったより軽くパネルはスライドし、一抱えもある丸ハンドルが姿を見せた。

この時代、多くの民間宇宙船や輸送船の作動弁は、すべてシステム制御の電磁弁になっている。

配管はブロックごとに二重三重の予備経路が用意され、どれかがダウンしてもシステムが自動的に使える経路を選択するから、手動部分はほとんどない。

だが軍艦の場合は違う。配管網に複数の経路が用意されているのはもちろんだが、制御回路すべてがダウンしたときに備えて、どの経路の弁にも人力で動かせる弁が併設されているのだ。

軍隊とはつまるところマンパワーの集合体であり、最後に支えるのは人間なのだ。

「これだ、回すぞ！」

ポンズ兵曹長と工藤二等主計兵は手動回転用に大きく作られているハンドルに取りつき、渾身の力を込めて回し始めた。

《ヴィリアーズ》のCICの一同が見守るなか、《トレヴィル》の側面から突然純白の雲が噴き出し始めた。

「緊急弁が開いた！」

白い推進剤《アイス》の入道雲に包まれた《トレヴィル》の回転が、目に見えて遅くなっていくのが分かる。

やがて、バーニアの推力でも回転をコントロールできるレベルになったのだろう、艦体側面のバーニアが、間欠的に噴出するようになった。

「姿勢制御システムが機能する状態になったようだな。救助要請は？」

「ありません」

合戦準備が下令された瞬間から、艦隊内部の通信は高次空間通信《HDSN》リンクのみに限定されている。傍受される可能性のある通常の通信は使えないのだ。

「さすがだが……今こちらにできることはないな」

一瞬、厳格を絵に描いたような《トレヴィル》艦長の風貌が頭を過《よ》ぎるが、ドーハン中佐は頭《かぶり》を振ると意識を自艦の状況に戻した。

どうやらビームの嵐は下火になりつつあるようだ。まだ五月雨《さみだれ》状に何本か降って来るが、そのほとんどは艦と艦の間をすり抜けていく。

ドーハン中佐はそれを見ながら唇を噛んだ。

——今のうちに反撃体勢を整えないと、一方的に撃たれ続けることになるぞ……。

「リンク回復します！」

ブラックアウトしていた《サンジェルマン》のCICスクリーンが、瞬く間に光の海に変わる。艦体後部を抉《えぐ》ったビームによって途絶していた電源が回復したのだ。

一瞬その光景に見とれていたキッチナー中将は、我に返ると同時に自らの頬を殴りつけた。口の奥に広がる鉄の味を感じながら声を張る。

「被害確認急げ！　ビームの発射位置は判明したか？」

「方角は敵艦隊に一致。距離約五〇万と推定」

「五〇万？　どうやって狙っている？」

幕僚の一人が唖然とした声を上げるが、中将はすでにその手段を確信していた。

カフを上げて入力専門オペレーターに指示を出す。

「全艦、主噴射機関《メインエンジン》停止。以後はバーニアのみを使用して間隔を広げろ。二隻以上が同じ軌道を取るな。デコイはフレア全開で現状の軌道を維持！」

オペレーターが中将の指示を高次空間通信《HDSN》リンクに打ち込むのとほぼ同時に、スクリーンに表示されている艦艇の動きが変化し始める。

その様子を確認した参謀長が、念を押すように訊ねる。

「やはり赤外線ですか？」

中将の口調は苦い。

「ああ。こんな手があるとは思わなかった。しかも反撃はできん」

紅天本艦隊が取った手は完全に予想外だった。赤外線探知でキッチナー艦隊のいる空域を推定し、遠距離からいきなり撃って来たのだ。

もちろん、通常の射程距離の一〇倍以上の距離から狙って当たるはずがない。だから彼らは個々の艦を狙ったりはしなかった。キッチナー艦隊がいる——と推定した空域全体を包み込むようにビームを束にし、撃ち込んで来たのだ。

中将は歯噛みする思いで状況を振り返る。

——先に探知したレーダー源は、三角測量でこの超遠距離攻撃の精度を上げるための観測点だったか……。

文字どおり、下手な鉄砲も数撃ちゃ当たる——と言うしかない強引極まる戦法だが、一斉射で一〇〇〇発以上撃ち込まれれば、命中率一％でも一〇発が当たる計算になる。

——だが、自分たちが同じ手で反撃することはできない。主砲の数が違い過ぎる。一斉射でせいぜい数十発しか撃てないのでは、文字どおりの無駄撃ちにしかならない……。

同じ結論に達したのだろう。参謀長が進言する。

「今はやり過ごすより手はありません。囮《デコイ》を増やしますか？」

フレアの量を増やせば赤外線探知を欺くことができる。

だが、中将は頭《かぶり》を振った。

「時間が足りない。射出した囮《デコイ》が充分離れるまで連中が待ってくれるとは思えん」

その言葉を実証したのはオペレーターだった。

「新たなビーム接近！　近い！」

ビーム発射に伴う熱輻射や電磁波はビーム本体の一〇倍の速度、つまり光速で届く。五〇万㎞彼方から飛来するビームなら避けることはかなわなくても、着弾する十数秒前に警告を出すことは可能なのだ。

警告どおり、無数の光束が艦隊に降り注ぐ。数百本以上に及ぶビームの束だ。

最初に不意を突かれたキッチナー艦隊はすでにかなりの損害を受けていて、運動性が低下している艦も少なくない。

その一隻――艦体後部を撃ち抜かれて漂流していた軽巡航艦《トレヴィル》の艦体に、再度白光が煌《きら》めく。

すさまじい振動が《トレヴィル》の船体を揺さぶった。

ビーム砲が撃って来るのは光速の一〇分の一まで加速された荷電粒子の束だ。粒子には質量があり、当たった相手に超高温の熱と共に物理的な衝撃を与える。

減圧した区画との境目にある隔壁に発泡硬化フォームを吹きつけていた応急班員たちが、ホースを抱えたまま吹き飛ばされ、通路の中に灰色の硬化フォームが吹雪のように舞い散った。

「くそ！　また食らったぞ！」

「今度はどこだ！」

「わからん！　艦内リンクが半分しか立ちあがらねえ！　右舷が真っ黒だ」

「バックアップで再起動しろ。メディカルはまだか？」

CICとは連絡が取れず、後部にあった応急指揮所は破壊された。臨時応急指揮所に転用された士官用食堂に怒号と絶叫が飛び交うが、その中に一人だけ落ち着いた口調で指示を出している将校がいる。

後部砲塔群を預かる副砲術長のマンテル中尉だ。

CICが沈黙しているから、艦長以下の高級士官から指示は来ない。健在な将校の中で最先任なのは彼だから、艦の指揮は中尉が取るしかない。

とはいえ、いくら士官用でもただの食堂に艦内の状況を把握し、指示する機能があるわけではない。中尉は艦内放送システムに無理矢理接続したインカムに口を当て、以前先輩将校に教えられたことを必死で守りながら指示を出している。

——とにかく指示を出せ。出し続けろ。だが叫ぶな。怒鳴るな。落ち着いて指示を出し、兵員に余分なことを考えさせるな……。

「まず破口を塞げ。気密を確保するのが最優先だ。だが、未着手の破口を見つけてもすぐ作業に入るな。最初に臨時応急指揮所に報告しろ。作業は必ず二人以上でかかれ。絶対一人でするな……」

と、こめかみをひくつかせながら喋り続ける中尉の肩を、誰かが叩いた。

振り向いた先にいたのは心配げに眉を顰《ひそ》めたポンズ兵曹長だ。

顔を見た中尉の表情が、あ、となる。彼の尽力で艦の回転が止まったことは聞いていたが、その後は忙しすぎて何をしているのか知らなかったのだ。

兵曹長はにこりと笑い、両手で抱えていた液体戦闘口糧のパックを無言で一つ手渡して来る。思わず受け取った掌《てのひら》が、耐Gスーツの手袋越しにじんわり暖かくなる。

「これは?」と訝《いぶか》しげな表情を見せた中尉に、兵曹長はもう一度笑いかけ、告げた。

「腹が減るとイライラするのは人の常です。

怒鳴りそうになったらそいつを一口やってください。今はこんなものしかできませんが、温めてあります。味はそれなりにいいし、腹持ちもするはずです」

兵曹長の口調はいつもと変わらない。とても古参下士官とは思えない穏やかさだ。

「今は飯など……」

と、反論しかけた中尉に、兵曹長は淡々と告げた。

「たくさん用意しましたからこれから皆に配ります。受け取るようそれで指示を出してもらえませんか? 落ち着いたらもう少しましなものを出せるようにしますから、今はこれで勘弁してください」

そう言われて初めて、中尉はしばらく何も腹に入れてなかったことを思い出した。

そして同時に自分がもう限界に近い状態だったことも。

——一番テンパっていたのはおれか……。

中尉は大きく息をつくと兵曹長を正面から見つめた。

「ありがとう。喜んでいただく。指示も今すぐ出す」

司厨長《しちゆうちょう》はにっこり微笑むと一礼し、大きなバックパックを背負った若い兵員を何人も引き連れて臨時応急指揮所を漂い出ていく。

それを見送った中尉はインカムのカフを上げ、初めて内心の不安を感じない指示を出した。

「総員そのまま聞け。烹炊所《ほうすいじょ》の大将がこれから食事を配ってまわる。たいしたものじゃないが味はいいそうだ。大将はこの始末が終わったらもうちょっとましなものを作るから、今はこれから配るやつで我慢して欲しいそうだ。総員、感謝して食え、以上」

放送が終わったとたん、うぉんという唸《うな》りにも似た乗組員の雄たけびが艦内に響いた。

疲れ切って肩で息をしていた機関員が首を一つ振ると背筋を伸ばす。ビーム直撃のあおりを食らって吹き飛ばされたまま漂っていた応急班員が、手近のグリップをつかんで身体を確保し、再び硬化フォームのホースを握る……。

どの顔も汗だらけで、疲れ果て、そして笑っている。

機関部とCICを吹き飛ばされた《トレヴィル》は、まだ生きていた……。

文字どおりの不意討ちだった最初の一撃に比べて、後続のビームのほとんどは艦と艦の間の空間に消えていく。撃たれる前に出ていた散開命令が功を奏し始めているのだ。

とはいうものの、数が多いのは単純に厄介だった。最後のビームが通り過ぎる直前、重巡航艦の一隻がついに捉えられ、白熱の光球が膨れ上がる。

オペレーターの悲鳴に近い報告が飛び交う。

「《カリオストロ》被弾、直撃です」

アルケミスト級重巡航艦の一隻、《カリオストロ》が行き足を失い、推進剤《アイス》の雲を引きながら艦隊本来の軌道から逸れていく。

四隻しかない重巡航艦の一隻が脱落するのは痛い。

CICのスタッフが息を呑んで見つめるなか、ズームアップされた《カリオストロ》の艦体に三角形に配置された赤い閃光信号が光る。

「不関旗《ふかんき》か！」

機関が故障して操艦不能というサインだ。他の艦はこのサインが出ている艦を最優先で回避しなくてはならない。

「進路は大丈夫か？」

「《トリスメギストス》と《パラケルスス》が衝突コースから外れました。このままなら他の艦に影響はありません」

　中将がそれを確認し無言で頷いた時、参謀長が顔を上げた。

「攻撃がやんだようです」

　スクリーンはいつのまにか平穏を取り戻している。

　超遠距離攻撃は、艦隊がある程度集結している状態を狙うから意味がある。艦隊が散開し、慣性航行に移行してしまえば赤外線では探知できず、照準もできないはずだ。息をひそめていたスタッフたちがいっせいに事態収拾のための指示を出し始め、ＣＩＣはささやき声が充満したわぁーんという響きに包まれ始めた。

「被害確認出ます」

　正面スクリーンに艦隊の編成図が表示され、高次空間通信《HDSN》リンクで収集した被害状況が表示されていく。健在は青、小破は黄、中破はオレンジ、大破は赤、そして喪失が黒だ。

　ざっと見たところ黒は一隻もないが、赤が二隻、オレンジが五隻、黄は十数隻に及んでいる。艦隊の半数が何らかの損傷を受けたということだ。

　四隻あるアルケミスト級重巡航艦の一隻《カリオストロ》が艦体中央部を撃ち抜かれて大破。《トリスメギストス》は主砲塔一基を失い中破、そして旗艦の《サンジェルマン》も艦体側面を抉《えぐ》られて小破の判定。

　八隻あるデュマ級軽巡航艦は、《トレヴィル》が艦橋付近と機関部を直撃され大破。仲良くビームの直撃を受けた《アトス》、《ポルトス》、《アラミス》の三隻と、居住区を袈《け》裟《さ》懸《が》けに貫かれた《ロジュフォール》が中破。《ヴィリアーズ》と《シェフィールド》も破片多数を受けて小破の判定。

他にも巡航艦戦隊と行動を共にしていた第三啓開戦隊の一〇隻あまりが破片等を受けて小破とされている。

結局、巡航艦で無傷なのは重巡航艦の《パラケルスス》と軽巡航艦の《ダルタニャン》の二隻だけだった。

それを確認して参謀長が総括する。

「航行不能なのは《カリオストロ》と《トレヴィル》の二隻だけです。軽微な損傷艦が多いので、実質的な戦力低下は四分の一以下と判断します。先に展開した第一、第二啓開戦隊には、ほとんど損傷がありません。このまま前進させて次に備えましょう。しかし巡航艦戦隊は再編成が必要ですね」

参謀長が指摘するとおり、被害の大部分は艦隊の中心部にいた巡航艦戦隊に集中している。

「被害が思ったより少なかったのは、遠距離過ぎてビームが拡散したことも影響したようです。効率としては誉めたもんじゃありませんね」

だが、そう言われた中将は、はき捨てるように呟《つぶや》いた。

「効率がどうであれ、こちらが一方的に叩かれたという事実は変わらん。航法、《カリオストロ》と《トレヴィル》に総員退去命令を出せ、第三啓開戦隊に乗員を収容させる」

「《カリオストロ》は一〇時間程度の修理で自力航行可能という報告ですが？」

「そんな時間はない。退去を急がせろ。敵の軌道解析は出たか？」

「出します」

CICの中央にホログラム画像が浮かび、彼我のコースが浮かび上がる。

北天の右舷方向から逆落としに近い形で接近してきた紅天本艦隊は、一塊《ひとかたまり》になってビームを発射した後、ゆるい紡錘形に形を変えつつある。ホログラムを制御するAI《人工知能》は、そのまま長く伸びた一本棒の陣形（単従陣）に移行すると判断したようだ。

だが、その速度はこちらよりかなり速い。たがいにこのままの速度で進めば、紅天本艦隊はキッチナー艦隊の右舷方向、通常の射程距離ぎりぎりをかすめ、南天に去っていく形になるはずだ。

中将の頭脳が再び高速回転を始める。

——いまだに紅天本艦隊から通信はない。最初から攻撃する意図があったことは超遠距離攻撃の事実で明らかだから、通信がないのは当然だが、だとすればなぜもっと接近してから攻撃しなかった？

紅天本艦隊の規模はこちらの約六倍だ。それだけの艦があれば艦隊を三分、いや四分して完全にこちらを包囲することが可能だったはずだ。そうなればこちらが各個撃破を意図したところで、どの分艦隊もこちらより優勢なのだから叩き潰されてお終《しま》いだ……。

——しかし、彼らは艦隊を分けなかったどころか、全艦隊を一本の単従陣に変更しつつある。その上、速度を減ずる様子もない。この陣形と速度では向こうの各艦がこちらを攻撃できる時間は短いはずだ。何斉射かするだけで射程距離を外れてしまう……。

と、参謀長が自分のコンソールを操作した。

薄赤い雲で示された紅天本艦隊の予想進路。そこから分かれた無数の輝線がズームされる。レーダー波の逆探知で解析された探査機《プローブ》の群れだ。

「敵の探査機《プローブ》の動きが妙です。半数はこちらに接近して来ますが、残りの半数はわれわれの当初の軌道方向に散開しているように思えます」

「当初の軌道方向？」と、眉を顰《ひそ》めた中将が、突然かっと目を見開いた。

「逃げろと言っているのか！」

参謀長が頷く。

「間違いないでしょう。超遠距離攻撃で戦力の差を誇示し、さらに単従陣で一方向から攻撃する——つまり、そちら以外はガラ空きということです。こちらに撤退を促しているとしか思えません」

それを聞いたとたん、中将は反射的に彼我のコースを再確認した。

——たしかに、ここでこちらが退避すれば、紅天本艦隊はいったん南天に抜けた後、大まわりして戻って来るしかない。逃げ切れる公算大だ。だが……。

その瞬間、中将は頭の中で、何かが音を立てて繋がったのを感じた。

それまでバラバラに存在していた多数の連環が音を立てて繋がりあい、巨大な論理の鎖を組み上げていく……。

中将は半ば呆然としてその結論を仰ぎ見た。

——そうか。そういうことだったのか。やっと分かった……。

なぜ〈紅天〉が全艦隊を動員したのか？　なぜ軌道を欺瞞したのか？　なぜ不意討ちで超遠距離攻撃をかけて来たのか？　そして、なぜ単従陣で迫って来るのか？　分かった。すべて分かった……。

中将は心を決めた。だが、その脳裏を一瞬後悔が過《よ》ぎる。

——将兵には苦労をかけることになるな……。

だがそれはあくまでも一瞬でしかなかった。

中将は決然と顔を上げ、新しい命令を下した。

キッチナー艦隊は動き始める……。

3　反撃

「中将は何を考えている……」

第一〇八任務部隊旗艦《プロテウス》のCICに表示されるリアルタイム戦況表示を見て、ムックホッファ准将は呆然と呟《つぶや》いた。

高次空間《HDSN》通信経由の自動リンクは、個々の艦に向けた命令とその応答から状況を再構成することはできるが、命令の意図までは教えてくれない。

紅天《こうてん》本艦隊が不意討ちによってキッチナー艦隊にかなりの損害を与えたこと。それが赤外線による探知だと看破した中将が艦隊を散開させたこと——ここまでは准将にも理解できた。なぜそうなったかはまだ分からないが、どういう状況になったかは分かる。

だが、その後の命令が意味不明なのだ。

状況はすべて、紅天本艦隊にはキッチナー艦隊を全滅させる意図がないことを示している。

彼我の位置関係と速度が正しいなら、中将が当初取る予定だった軌道に戻り、そのまま退避すれば紅天側の追撃は間に合わない。

である以上、ここは艦隊をまとめて退避に移るのが正答のはずだ。

それなのに、中将は麾下《きか》の艦隊に対し、紅天本艦隊に接近する軌道に遷移《せんい》するよう命令を下した。

速度は相手の方がはるかに高い。そのまま進めばキッチナー艦隊は完全に頭を押さえられ、叩き潰されるだろう。

――それなのに六倍以上の相手に挑むというのか？　なぜだ……。

同じ疑問を感じている者は、当のキッチナー艦隊にもいた。いや、キッチナー中将以外の将校と兵士はすべて、巨大な？マークを頭上に浮かべたまま戦闘準備を進めていたと言っていいだろう。

第一啓開戦隊所属のロフティング級通信管制艦《トーマス・スタビンズ》のＣＩＣで、難しい顔をしている戦隊司令兼艦長のアーノルド大佐もその一人だった。

「たしかにここで尻尾を巻いて逃げては連邦宇宙軍の沽券《こけん》に係わるが……だからといって花と散ればいいというものでもなかろう。中将の考えが読めんな」

「隻数が六対一から七対一になりましたからね。元から勝とうなどとは思っていないでしょうが……。ドカンとやった後の引き際が肝心ですね」

参謀長のブレーゼル中佐がそう応えつつ、高次空間通信《HDSN》リンクで送られて来た命令を確認する。

「前の作戦どおりです。われわれが先陣で、第二啓開戦隊はすぐ交代できる位置で後続。状況に応じて交代しつつ防御線を維持せよ、とのことです」

「ふむ」と鼻を鳴らすと、大佐は流れるような指捌《ゆびさば》きで、麾下の艦隊の状況をチェックしていく。

「こちらの探査機《プローブ》と向こうの探査機《プローブ》が行き違うのはまだ先だな。よし、今のうちに向こうの先陣を潰すとしよう。早いほうがあとが楽だ」

「了解しました《イエス・サー》」

《トーマス・スタビンズ》が、戦隊旗艦でありながら配下の部隊からはるかに離れた位置を単独で遊弋《ゆうよく》しているのはこういう時のためだ。

戦場から離れた位置から探査機《プローブ》に指令を出せば、〈紅天〉に傍受されて位置が明らかになっても攻撃が届かないし、配下の戦隊の位置も秘匿できる。

「探査機《プローブ》レーダー作動します」

オペレーターの報告と共に、《トーマス・スタビンズ》CICの正面スクリーンが、霧が晴れるようにクリアになっていく。

それまで受信探知《パッシヴ》だけだった空域がレーダーで探査され始めたのだ。

無論、敵の本隊はまだ遠く、探知できるのは相手の探査機《プローブ》だけだが、レーダー波の逆探知では分からない未稼働の探査機《プローブ》も探り当てていく。

その表示を見たアーノルド大佐が訝《いぶか》しげに呟く。

「少ないな……」

参謀長のブレーゼル中佐も手元のコンソールを確認する。

「レーダー作動中が三四基、未作動が六二基です。たしかに少なすぎますね」

本来、探査機《プローブ》の第一陣は飽和攻撃というのがセオリーだ。

大量に送り込むことで防衛側の迎撃手段を圧倒し、防御陣自体を相手側にいっきに押し込んで再展開する余地をなくすのが最初の目的だからだ。

余地がなくなれば、防衛側の探査機《プローブ》は自軍の防御陣を出たとたんに迎撃される。後は本隊が接近するまで状況を維持し、最終的に再度の飽和攻撃でケリをつけるという手順だ。

だが、数が三桁未満なら、迎撃駆逐艦が二隻もあれば簡単に阻止できる。

「続いて来るということだろうが……目の前のやつを無視はできんな。

よし。まず《ゴードン》と《ドニファン》に任せる。念のため《ダブダブ》と《チーチー》はバックアップ準備。後、《ナンシイ・ブラケット》と《ペギイ・ブラケット》は第二陣スタンバイだ。迎撃完了次第出す」

命令を受けたチェアマン級迎撃駆逐艦の一隻、《ゴードン》のブリッジが慌《あわ》ただしさを増す。

「ようやく出番だな」

その喧騒の中で艦長のハウト少佐がにやりと笑うと、副長も表情を合わせた。

「いきなりやられましたからね。田舎艦隊に本家の腕を見せてやりましょう」

「数は四分の一でいくか？」

「妥当ですね。《ドニファン》の分まで取るわけにはいきません」

《ゴードン》と《ドニファン》の二隻は、戦隊内の技能シミュレーションでたがいにトップを奪い合う関係だ。今のところ成績は七勝七敗の完全なタイだが、本番は初めてだ。

副長の言い草に艦長が相好を崩している間にも、準備は流れるように進んでいく。

「ランチャー区域《エリア》退避完了」

「射出システム、給弾システム、オールグリーン《異常なし》」

「軌道算定終了」

すべての表示がグリーンであることを確認して、艦長が命令を下す。

「よし、射出プロセス開始」

号令と同時に、背後から押し殺したような作動音が伝わって来る。

艦橋直後から自艦の背後を映しているモニタの中で、何かが持ち上がり始める。

胴体に収納されていた多連装ランチャーが、花びらが開くように展開を始めたのだ。

骨だけの傘にも見えるランチャーが角度を決め固定されると、艦内に改めて警報が響く。

「通路閉鎖確認。ランチャー区域回転開始《エリアスピン》」

艦首にあるブリッジの直後から、艦体後部の機関部直前までを占める胴体の三分の一がゆっくりと回転を始める。

なめらかに回転が上がり、放射状に配置されているランチャーが一本ずつ判別できないほどの速度になった時、新しいランプが点った。

「回転数定格。チャージ開始」

すでに半透明の円盤にしか見えなくなっていたランチャーが、ぼんやりと光り始める。エネルギーをチャージされているランチャーから生じる磁場で、宇宙空間を満たしている希薄な星間ガスが励起され、発光しているのだ。

「射出！」

次の瞬間、帯状に広がっていた光がある角度に来ると一瞬で消え、消えた場所からまた広がり始めた。

光が消えた瞬間に、その位置に来ていたランチャーから対《アンチ》レーダーミサイルが撃ち出されているのだが、その姿を人間が目視することはできない。

ミサイルの初速は通常の砲弾のそれをはるかに凌駕《りょうが》しているからだ。

そして十数秒後。あっけないほど簡単に光の帯が消える。

「射出完了。収納プロセス開始」

艦橋に張り詰めていた空気がいっきに緩むが、一同の目はスクリーンから離れない。

やがてランチャーの区域《エリア》の回転が徐々にゆるやかになり、停止する。広がっていたランチャーが格納されると、《ゴードン》は元のスマートなシルエットを取り戻した。

「失敗はないな？」

そう確認するハウト少佐に、副長が笑顔で応える。

「完璧です。ランチャーの温度も定格に収まっています」

対《アンチ》レーダーミサイルをいっきに加速して撃ち出すランチャーの整備が不十分だとミサイルとレールが接触し、思わぬ事故につながる。温度が定格なら物理的な接触は起きていないということだ。

「よし。通路開放。整備班は作業を開始してくれ」

そのとたん、艦橋がざわめきに包まれる。

一度使った装備は徹底的に整備する必要があるが、実戦中にオーバーホールしている時間はない。いかに短い時間で最大の効率を叩き出すかが鍵だ。オペレーターたちや、整備班にとっては、これからが本当の戦場なのだ。

「第一班、ランチャーA《アルファ》からL《リマ》まで整備。予定時間二時間」

「第二班、ランチャーM《マイク》からX《キセノン》まで整備。予定時間二時間」

「第三班、旋回《スピン》機構整備。予定時間二時間」

「第四班、弾薬庫から装填装置へミサイル移送。予定時間〇・五時間」

整備部門が上げてきた作業予定を確認した副長が無言で頷き、手元のキーボードの承認キーを叩く。確実さが一番重要な作業を急かせても意味はない。

承認を受け、各班が動き出した。

ランチャー整備にかかる第一班と第二班の整備兵が、複合センサーを組み合わせた分析《アナライ》器《ザ》を背負って、二重の隔壁で区切られたランチャー区域《エリア》に入る。

区域《エリア》内部を一言で言えば、たたんだ傘の裏側だ。なんのひねりもない比喩だが、中央に旋回《スピン》機構を納めた艦体の半分ほどの太さの回転軸が走り、その周囲に二四基の畳まれたランチャーが配置されている様子はそう言うしかない。

二班の整備兵は二人一組の四組に分かれ、いっせいにチェックを始めた。

整備するのは基本的に、長大なレール部分とミサイル固定具《ホルダー》、そして起倒機構の三箇所だ。

ランチャーA《アルファ》に取りついたハンコック一等整備兵が、整備用のキャットウォークを軽く蹴り、分析器《アナライザ》のセンサーバトンをランチャーのレールに滑らせながら、基部に向かってスキャンしていく。

その反対側にいるもう一人も同じようにセンサーを当てて動いていくが、こちらは中年で少し動きが遅い。一等整備兵と同じ整備一斑に所属するベリコ二等兵曹だ。

やがて、先にランチャーの基部についた一等整備兵は、センサーバトンを基部にある起倒機構のパネルの上を三往復させて、分析器《アナライザ》の表示を確認した。

表示には異常がなかったのだろう、小さく頷くと、そのまま基部にある整備状況キーを完了側に倒して、隣のランチャーに移ろうとした。

と、そのとき、二等兵曹が彼を呼び止めた。

「おい、基部パネル内部の確認は済んだのか？」

一等整備兵は、またか、という顔で答える。

「マニュアルどおりセンサーバトンで二回以上……念を入れて三回スキャンしました。異常はありません。いちいちパネルの中まで確認していたら、他の連中に負けてしまいます」

「本当に数値に異常はなかったんだろうな？」

一等整備兵は、うんざりしたように答えた。

「数値は多少変動してますが、すべて定格内です。こいつはさっきまで動いてミサイル撃っていたんです。熱も磁界も、数値が上がるのは当たり前でしょう」

　だが、二等兵曹は、それに構わず、パネルの上にセンサーバトンを当てて二回往復させた。

　出てきた数値を読み取った一等整備兵は、勝ち誇ったように言った。

「ほら、全部定格内です。次に行きましょう」

　二等兵曹は、聞いていなかった。

「いや、磁界反応だけが妙に高い。値が定格内でも、どれか一つだけか、あるいは全体の値が上がっているときが危ないんだ。パネルをあけるぞ」

「確かに上がってます、でも、定格内ですよ？　マニュアルにはそんなことは……」

「いいから、そっちを持て。分かってるだろうが、超伝導軸受には触るなよ。手が張りつく」

　一等整備兵は文字どおり、気に食わない——という顔のまま、二等兵曹が外したパネルを支えた。

　ぽっかり穴を空けたランチャー基部に顔を突っ込んだ二等兵曹は、センサーバトンの先にある、検出感度を上げる増幅器《マイクロブースター》のスイッチをONにした。

　そのままランチャー基部の可動部を支えている超伝導軸受に近づける。とたんにバトンの警告灯が点滅し始めた。

「いかん！　磁力が漏れている……たぶん、クラックだな」

「え？　そんな。おれの分析器《アナライザ》には……」

「この値ならクラックの幅はミクロン単位、長さもミリ単位だろう。この状態でも確かにランチャーは起倒できるし、射出も可能だ」

そこまで言って二等兵曹は振り向いた。一等整備兵の顔を正面から見ながら言葉を継ぐ。

「だが、一度生じたクラックがどこまで広がって、いつ破断するかは判断できん。このまま作動させればクラックは確実に広がり続け、いつかはおまえでも異常が察知できるようになるだろうが、その前に破断することだって充分ありうる。いいか？　おれたちは今、戦争してるんだぞ。これからの状況によっては、平時では予想できない過酷な使われ方をするかもしれん。ラクスシーリングあるか？」

いきなり聞かれた一等整備兵は、慌てて自分の腰につけた整備ユニットを探った。

「え？　あ、あります、持ってます」

「よし、交換する。手伝え」

「あ、はい」

二等兵曹はシーリングを受け取ると手早く交換し、再度センサーバトンを当てた。数値を読み取ると、満足そうに頷く。

「これでいい。パネルを閉じるぞ」

作業を終えて顔を上げた時、二等兵曹の目に隣のペアがすでに三基目のランチャーに取りつこうとしているのが映った。

次のランチャーB《ブラボー》に向かいながら、二等兵曹は背中を向けたまま話し出す。

「この小さな整備班の中で、誰が勝つか負けるかなんて話じゃねぇのさ。まぁ、何もなかったらおれの負けでかまわねぇが、何かあるのを見過ごしたら負けるのはおれでもおまえでもねぇ。この艦に乗っている全員と、おれたちの後ろにいる艦隊全部だ。整備員の勝ち負けってのはそういうもんだ」

ハンコック一等整備兵は黙ったまま答えない。

――ま、この程度の説教で分かったのか、分からねぇのか、分かりたくねぇのかは分からねぇが、分かったものとしてこれからもやるしかねぇな。年寄りの役目ってやつだ……。

ベリコ二等兵曹はそんなことを考えながら、センサーバトンをランチャーB《ブラボー》の基部に当てた。


――その頃、《ゴードン》から数千km離れた空域で、AI《人工知能》同士の戦いが始まろうとしていた。

迎撃駆逐艦から高初速で撃ち出された対《アンチ》レーダーミサイルは、事前にセットされたプログラムに従って散開し、順にセンサーを作動させた。

レーダー波を探知した個体は自機のノズル内に核融合ペレットを射出。そこに単発の核分裂励起レーザーを浴びせて瞬間的に核融合を起こさせる。

その加速は個体燃料型噴射エンジンの数十倍だ。前方に展開していた味方の探査機群《プローブ》をあっという間に追い抜き、敵の探査機《プローブ》に迫る。

高速である上に、ステルス性に優れ、さらに自らはいっさい電波を発しないミサイルは至近距離に近づくまで発見できず、発見した時には回避する余裕がない。

これに狙われたらレーダーを止め、急加速でコースを変える以外逃れる術はないが、レーダーを止めてしまえば探査機《プローブ》の意味はない。

このミサイルが〝レーダー殺し〟と異名を取る所以《ゆえん》だ。

漆黒の宇宙空間に小さな火花がいくつも煌《きら》めく……。


「敵探査機《プローブ》第一陣、完全に撃破しました」

《トーマス・スタビンズ》のＣＩＣにオペレーターの報告が流れる。

「敵探査機《プローブ》第二陣、稼動します」

こちらが探査機《プローブ》を対《アンチ》レーダーミサイルで迎撃することは向こうも読んでいる。レーダー未稼働状態で対《アンチ》レーダーミサイルをやり過ごした探査機《プローブ》が起動し始めたのだ。

アーノルド大佐が不敵に笑う。

「予想どおりだな」

その意味はすぐ判明した。

「敵探査機《プローブ》第二陣、急速に数を減じています」

もう一隻の迎撃駆逐艦《ドニファン》が放った対《アンチ》レーダーミサイルが、時間差で目標空域に到達し、仕事を始めたのだ。

ほどなくして結果が出る。

「敵探査機《プローブ》第二陣、完全に撃破しました」

「敵レーダー波、探知できません」

「未稼働敵探査機《プローブ》残数三六。そのまま接近中」

レーダーを稼動させないまま接近する探査機《プローブ》を対《アンチ》レーダーミサイルで迎撃することはできない。

だが、大佐はそのことも読んでいた。

「機雷、作動します」

スクリーンに表示されていた敵探査機群《プローブ》の前方に、レーダー発信を示す光点が多数出現し、接近する敵の探査機《プローブ》に向かっていく。

第一啓開戦隊の前方に展開していた、パドルビー級掃海敷設艦の二隻、《ダブダブ》と《チーチー》が放った自走機雷が、敵探査機《プローブ》の予想進路に向かっているのだ。

自走機雷は搭載したレーダーで目標を探知すると、自力で可能なかぎり接近し、その予想進路上に無数の鋼球をばら撒く兵器だ。今回セットされている鋼球の威力は戦闘艦の外鈑を貫くほど高くはないが、相手が探査機《プローブ》なら充分以上の効果がある。

ただ、炸裂位置が目標に近過ぎれば鋼球の雲が充分に広がる前にすり抜けられるし、遠過ぎれば雲自体を回避されてしまう。使い所の難しい兵器だが、今回はほぼ理想的な距離で炸裂した。

鋼球の雲を通り抜けた敵探査機《プローブ》がまったく稼動する気配がないのを確認して、大佐はスタンバイさせていた二隻のランサム級哨戒艦に指示を出す。

戦隊の背後にいた《ナンシイ・ブラケット》と《ペギイ・ブラケット》の胴体両脇から細いレールが伸び、かすかに光り始めた。

迎撃駆逐艦の時と同様に、探査機《プローブ》を射出するためのリニアカタパルトが星間ガスを励起《れいき》させているのだ。

光は徐々に強くなり、唐突に消える。その瞬間に撃ち出される探査機《プローブ》の姿を見ることができないのは、対《アンチ》レーダーミサイルと同じだ。

その発光が消え、レールが収納された頃、《トーマス・スタビンズ》のCICには新しい報告が届いていた。

「こちらの探査機《プローブ》第一陣、数を減らし始めました」

こちらができることは相手もできる。読み合いと潰し合いが始まったのだ。

——その頃、戦場を遠く離れた〝ブリッジ〟でも、もう一つの読み合いが静かに始まっていた。

「中将はやる気だっていうんですね？」

交戦開始の報を受けていったん〝葡萄山《ぶどうやま》〟に戻ったロケ松が、元に戻った俺のコンソールに向けて確認する。返って来るのはムックホッファ准将の声だ。

「ああ、退避する気配はない」

「六倍の相手に真っ向からとは捨て身もいいところですぜ。何か思惑があるんですかい？」

准将の返答は苦い。

「正直言って分からんが、意地になるような人物ではないことは間違いない。何か考えていることがあるはずなんだが、教えてもらえん」

「そりゃあ……」

——無理もない、という言葉をロケ松は呑み込んだ。交戦中の艦隊が高次空間通信《HDSN》で送ってくるデータは、全体のごく一部、余分な部分を徹底的に削ぎ落としたエッセンス中のエッセンスだ。個人的な思惑を挟んでいる余裕があるはずがない。

「連邦軍本部はなんと言ってるか、分からねぇかね？」

そう背後から口を挟んだのは蒼橋《あおのはし》義勇軍司令長官、滝乃屋仁左衛門《たきのやにざえもん》だ。准将が〈蒼橋〉を離れる前に一度会って挨拶したいということで、移乗するロケ松に同行していたのだが、戦闘が始まったため〝葡萄山《ぶどうやま》〟に逆戻りしている。

「その声は司令長官ですね？　いえ、報告は行っているはずですが、まだ指示は来ていません」

そう聞かされて、御隠居は厳しい表情になった。

「妙だぜ。連邦宇宙軍には撤退命令が出てるはずだ。なのに交戦中止の指示さえ来ねぇってのは、言うこととやってることがバラバラってことだ。違うかね？」

准将が言い難《にく》そうに応える。

「おっしゃるとおりです。紛争の長期化を防ぐというのが撤退命令の大義名分だったはずなのに、それに反して抗戦している中将を制止する様子が見えない。たしかに妙です」

そのやりとりを聞きつつ、ロケ松はいつのまにか腕を組んでいた。

――紅天本艦隊には中将を攻撃する理由がない。そして中将には抗戦する理由がないない同士なのに戦闘は始まっちまった……。おれの頭にはちと余る話だな……。

その間にも二人の会話は続いている。

「ふむ。ムックホッファさんもそう思うかね。となればやることは一つだ。もういっぺん〈紅天〉の思惑を洗いなおしてみるよりねぇな」

「思惑ですか？」

「ああ。もともとこれまでの方針をいきなりひっくり返して強硬策に出て来たのが妙なんだ。おれたちがまだ知らない事情があるに違いねぇ」

「それは……たしかにそうです。強攻策と撤退命令にどう対応するかで手一杯で、その辺の分析は手つかずです。やる価値はありますね」

「だろう？　どうせ今やってるドンパチは、離れ過ぎていて見ているよりねぇんだ。ただ、どう決着がつくにしろ、これまでどおりとはいかねぇ。できることはやっとかねぇとな」

そう言われて准将は少し躊躇《ためら》った。その理由に思い至った御隠居が、慌てて言葉を継ぐ。

「済まねぇ。いま戦ってるのはムックホッファさんのお仲間だったな。どう決着とか無神経なことを言っちまった。赦《ゆる》してくれ」

「いえ、見ているよりないのは事実ですから仕方ありません。ただ、われわれの今後の身の振り方も含めて検討が必要なのは間違いありません。ご協力願えますか？」

「もちろんだぜ。こっちからも頭を下げてお願いするぜ。よろしく頼む」

「分かりました。こちらもよろしくお願いします」

通信が切れる。カフを下ろしたロケ松は、少し渋面を作って背後の御隠居を振り向いた。

「今、准将は妙なことを言いませんでしたか？　身の振り方がどうこうとか……」

御隠居がにたり、としか表現できない笑みを浮かべる。

「さすがは熊倉《くまくら》大尉さんだ。良く気がついた。ただ、これは口外無用だぜ」

「口外無用？」

「ああ。まだムックホッファさんも本気で考えちゃあいねぇだろうが、そのうち嫌でも考えなくちゃならねぇ時が来る。その時まで口外無用さ。頼むぜ」

「そりゃあかまいませんが……いったい何が始まるんです？」

御隠居はあっさり返した。

「何、きつくてしんどくて、もうごめんだって仕事が始まるのよ」

4　詭　計

「指示来ました。交代です」

オペレーターの報告を受けて、チェアマン級迎撃駆逐艦《ゴードン》艦長、ハウト少佐は傍らの副長を振り返った。

「残弾は三分の一を切っていたな？」

「はい。あと射出二回がぎりぎりです」

交戦開始からすでに四時間が経過。第一啓開戦隊はすでに二度、第二啓開戦隊と交代している。

艦首のバーニアを噴かして速度を落とす第二啓開戦隊の間をすり抜けて前に出ながら、少佐はこれまでの経過を思い返した。

――紅天《こうてん》本艦隊から放たれる探査機《プローブ》の数は、増えはしないが減ることもなかった。常に一〇〇にわずかに足りない数を一群として送り込んでくる。

一回の数が少ないから迎撃は成功しているが、梯団化《ていだんか》して送り込まれる探査機《プローブ》は尽きることを知らなかった。

こちらの艦や人員に損害はないが、対《アンチ》レーダーミサイルが残り少ない。状況は他の艦も同じだろう。三度目になるこの交代が終わった後、もう一度交代する余力はたぶんない……。

高次空間通信《HDSN》リンクが新しい迎撃目標を指定して来る。

完全にルーチン化した手順を踏みながら、少佐の回想は続く。

——艦隊戦は結局、手駒の数で決まるということだな。探査機《プローブ》の迎撃手段が尽きたほうから防衛線の崩壊が始まり、相手の主力艦のビームに捉えられることになる。士官学校の教科書どおりの展開だが、まさか自分が崩壊側になるとは思わなかった……。

背後から、ランチャーが展開する作動音が伝わって来た。

少佐は大きく頭《かぶり》を振ると、正面スクリーンに注意を戻した。

——まだ終わったわけじゃない。嘆くのも悔やむのも、やることをやってからだ。

正面スクリーンではランチャー区域《エリア》が回転《スピン》を始めている……。

「《ゴードン》及び《ドニファン》、迎撃開始しました」

オペレーターの報告を受けて、第一啓開戦隊旗艦《トーマス・スタビンズ》のCICで、司令兼艦長のアーノルド大佐が低く呟《つぶや》く。

「この迎撃が最後だな……」

「はい。第二啓開戦隊もあと一回が限界でしょう」

参謀長のブレーゼル中佐が力なく同意する。

二つの啓開戦隊内部にはあせりの色が見え始めている。搭載する兵器が尽きてしまえば、後は個艦防御用の小口径ビーム砲しかないからだ。

個艦防御という名前のとおり自分の艦は守れても、背後にいる艦隊を守る防御陣を張ることができない以上、啓開戦隊としては終わったも同然なのだ。

しかもこちらが放った探査機《プローブ》はことごとく撃墜されていて、いまだに紅天本艦隊の姿を捉えることができない。

大佐はじりじりする思いで状況を見守っている。

――そろそろ彼我の距離は二〇万kmを切るはずだ。一〇～一五万kmまで接近し、探査機《プローブ》が一基でも敵の防御陣を突破すれば巡航艦の主砲が撃てる。

――だがそれは向こうも考えているはずだ。探査機《プローブ》を小出しにしてこちらの迎撃兵器を徐々に削り、頃合を見ていっきに飽和攻撃をかける――最初にいっきに来なかったことでそれは読めたが、読めたからといって対抗手段があるわけではない。分母が違いすぎるからだ……。

――〝大軍に兵法なし〟というやつだ。下手な小細工などせずに正面から押し続ければ、いつかはこちらが支えられなくなる。だから、そうなる前にこちらから仕掛ける以外、打開策はないはずだが……。

大佐は改めて正面スクリーンを見上げた。依然として《サンジェルマン》からの新しい指示は表示されていない。

——どうした。早くしないと間に合わないぞ……。

考えていることは総司令官のキッチナー中将も同じだった。

ただ、彼がハウト少佐やアーノルド大佐と違うのは、〝その時〟を希望の時にする術《すべ》を知っていることにあった。

《サンジェルマン》の艦隊CIC正面の大スクリーンを眺めながら、中将がカフを上げる。

「航法。紅天本艦隊との距離は？」

「最後の軌道修正の後、新たな噴射焔は探知されていません。想定軌道上を移動しているなら、そろそろ二〇万を切ります」

「二〇万か……少し遠いな」

「まだ待ちますか？」

参謀長の笹倉大佐の問いに、中将は不敵に笑った。

「ここであせっては機を逸する。今は待つ。それしかない」

——そして……キッチナー艦隊のすべての乗組員がじりじりと待つうちに、〝その時〟は唐突に訪れた。

「敵探査機《プローブ》のレーダー波探知。多数」

第一啓開戦隊旗艦《トーマス・スタビンズ》のCICに、絶叫に近い叫びが響く。

正面スクリーンの一角がにわかに真っ白になり、次の瞬間ズームされる。無数の光点だ。しかも数はどんどん増えている。

「レーダー源増加中。これは……すでに二〇〇〇を超えています」

それを聞いてアーノルド大佐は蒼白になった。

——二〇〇〇……。

参謀長のブレーゼル中佐が動揺を押し殺しながら確認する。

「待機中の第二啓開戦隊を動員してもぎりぎりです。本隊付近にいる第三啓開戦隊に助力を求めても足りるかどうか……」

だが、無力感を嚙み締めながら大佐が迎撃命令を出そうとしたとき、参謀長がそれを止めた。

「新しい指示が来ます……これは！」

絶句した参謀長がコンソールを示す。

その表示を見た大佐も言葉を失った。

「迎撃中止？　第一第二啓開戦隊は以下の座標に向けて対《アンチ》レーダーミサイルと探査機《プローブ》を最大加速で射出後、以下のコースで退避。掃海敷設艦は退路を自走機雷で防御せよ？　どういうことだ？」

「この座標は……ここには何もありません」

参謀長が指定座標の空域データを表示させる。艦隊の北天方向で紅天本艦隊の方向だが、彼我の飛行物体の存在は皆無だ。

だが、何もない空間に対《アンチ》レーダーミサイルや探査機《プローブ》を無駄撃ちするはずがない。

——もしや中将は……。

最初の疑念が少しずつ形を変えていく。と、そこに新しい指示が来た。

ただ一言〝急げ〟とだけ表示されたそれを見て、大佐は心を決めた。

「迎撃中止！」

その後に続く指示を矢継ぎ早に出しながら、大佐はいつのまにか笑っている自分に気がついた。

——行けるかもしれん……。

「第一第二啓開戦隊、対《アンチ》レーダーミサイルと探査機《プローブ》射出開始」

オペレーターの報告を受けてキッチナー中将が愁眉を開く。

「やってくれたか。これで行ける」

ここで啓開戦隊が躊躇《ちゅうちょ》なく命令に従うかどうかが中将の作戦の鍵だった。

改めて放たれた対《アンチ》レーダーミサイルと探査機《プローブ》の推測展開状況を確認すると、中将は麾下《きか》の巡航艦戦隊と第三啓開戦隊に命令を発した。

「一五分後に予定軌道に変針する。第三啓開戦隊は変針完了次第最大加速で先行せよ」

キッチナー艦隊全体に何かが静かに漲《みなぎ》り始めた。


「噴射焰探知。これは…………本隊です！」

オペレーターの動揺気味の報告に、第一啓開戦隊司令兼艦長のアーノルド大佐は思わず笑みを漏らした。

「司令の予想どおりですね」

データを精査しながら参謀長のブレーゼル中佐が話しかける。

「ああ。まさかおれたちの後ろには誰もいなかったとはな」

噴射焰が観測されているのは啓開艦隊の後方ではなく、左舷に遠く離れた場所だった。

本隊である巡航艦戦隊は、電波をいっさい発信しないまま姿勢制御用のバーニアのみで少しずつ針路を変え、啓開戦隊の張る防御陣から抜け出していたのだ。

高いステルス性を持つ軍艦がいっさいの輻射情報を出さずに移動していれば探知は難しい。通常の航法レーダーは役に立たず、より精度の高い照準用レーダーで直接探知する以外にない。

だからこそ、たがいに探査機《プローブ》を送り出し、相手を直接探知しようとやっきになっているのだ。

そして、巡航艦戦隊が変針のために主推進機関に点火した位置に、敵の探査機《プローブ》は存在しない。中将の詭計は成功したと言っていいだろう。

「進路は分かるか？」

「北天方向に向けて急加速しています。最終進路は……紅天本艦隊と反航する形になると思われます」

「反航戦か……思い切ったな」

たがいに行き違う形で戦う反航戦は、彼我の速度が合算されるために照準が難しい。よほど技量に自信がないと取れない戦法だ。

「赤外線で探知される心配はありませんか？」

参謀長の頭には、最初の超遠距離攻撃が染みついているらしい。

不安そうに訊ねる中佐に、大佐はスクリーンを示した。

「巡航艦戦隊は広く散開したままだ。これだけ間隔があれば、敵が空域全体を狙っても無駄だ」

「たしかに」

と、参謀長が納得したとき、新しい報告が入った。

「紅天本艦隊方向から多数のレーダー波探知。探査機《プローブ》です」

単従陣で進んで来る紅天本艦隊の周囲は、並航する多数の探査機《プローブ》が鞘のようにカバーしているはずだ。こちらの巡航艦戦隊の変針を知って、レーダーを稼動させたのだろう。

だが……。

「同位置にて爆発反応多数。こちらの対《アンチ》レーダーミサイルです」

レーダー波を出せば〝レーダー殺し〟の餌食になる。艦隊戦の初歩の初歩だ。

「やったぞ！」

退避中の迎撃駆逐艦、《ゴードン》の艦橋で、艦長のハウト少佐が小さく叫びを上げる。

「何もない空間に向けて撃てと言われた時は司令長官の正気を疑いましたが、こういうことだったんですね……」

感心する副長に、少佐が微笑みかける。

「何もない空間の向こうには紅天本艦隊がいたってことだな」

「ですね」

紅天本艦隊の周囲を警戒している探査機網《プローブ》は通常警戒用だからそう厚くないはずだ。こちらの対《アンチ》レーダーミサイルがそれを突破すれば、後続する探査機《プローブ》が飛び込んでいく。後は向こうにどれだけ迎撃兵器があるかだが、いくら紅天本艦隊が大規模でも、あの長い単従陣に満遍《まんべん》なく補助艦を配置するのは不可能だ。

だから少佐は楽観していた。

——結局、崩壊するのは向こうの防衛陣だったな。本当に戦《いくさ》というのはやってみないと分からんものだ……。

ハウト少佐は正しかった。

「我が探査機《プローブ》一基、敵防衛線を突破、後続あり」

《サンジェルマン》の艦隊CICから発せられたその情報は、瞬《また》く間に艦隊全体に広まった。

手ぐすね引いて待つ巡航艦戦隊に、その前方に探査機《プローブ》を撃ち、防衛線を構築している第三啓開戦隊に、そして任務を果たし離脱する第一第二啓開戦隊に、歓喜のざわめきが広がっていく。

その中には、単独で退避する第三啓開戦隊所属のランサム級哨戒艦《モリス・ブラケット》も含まれていた。

「総員そのまま聞け。旗艦より最新の戦況報告が届いた。これから読み上げる。『我が探査機《プローブ》一基、敵防衛線を突破、後続あり』。繰り返す、『我が探査機《プローブ》一基、敵防衛線を突破、後続あり』。以上」

仮設されたスピーカーから流れる放送に、収容されている《トレヴィル》の乗員たちがざわめく。

彼らが収容されているのは、空いた探査機《プローブ》の格納庫だ。人間二人が余裕で入れるくらいの大きさの格子状の枠組みが、体育館ほどの空間を満たしている。班の人数に応じて枠組みが割り振られ、枠組みと枠組みの間には何本ものロープが張りめぐらされた様子はまさに鳥籠そのものだ。

とはいえ、格納庫は本来、精密で繊細な回路の塊である探査機《プローブ》を格納するためのものだから、温度や湿度は完璧に管理されている。居心地はそう捨てたものでもなかった。

そして、放送が終わったとたん、内容を理解した者から徐々に声が上がり始め、やがて枠組みを揺るがすほどの歓声になった。

乗組員たちはたがいに肩を叩き、抱き合って喜んでいる。固定フックが外れたのか外したのか、あちこちで色とりどりのスーツが宙を舞う……。

ところが、その熱狂の渦とは無縁なグループが一つだけあった。

壁に近い一角に集まり何やら作業していたその集団は、不思議そうな顔で歓喜する他の班の乗組員を眺めている。

　その中にいた若い兵員が、隣にいる中年の下士官に声をかけた。

「司厨長《しちゆうちよう》、今の放送はどういう意味ですか？　なぜみんな探査機《プローブ》一つくらいであんなに喜んでるんです？」

　ポンズ兵曹長は作業の手を休め、苦笑した。

「分からないか？……そういえば講義の途中だったな」

　改めて見まわせば、不思議そうな顔をしていない人間のほうが少ない。

　以前の三分の二ほどに減ってしまった部下たちを見つめて、兵曹長はしばらく黙考した。

　ややあって心を決めたのだろう。顔を上げ、両手をぽんと鳴らす。

　車座の一同が注目したのを確認して、司厨長は講義の再開を宣言した。

「よし、続けるぞ。なぜ今の放送を聞いて皆大騒ぎしているのか、説明できるやつはいるか？」

　突然始まった講義に一同はぽかんとしていて、応える者はいない。

「前は戦場で照準レーダーを稼動し続ける馬鹿はいない――というところで終わったが、その理由は言わなくても分かるな？」

　一人が手を挙げる。

「はい。探知する前に探知されるからです」

兵曹長が頷く。

「そのとおりだ。だが、戦場で照準レーダーを使えないのでは、装備する意味がない。ではどうするか？　方法は一つだ。探知されてもいいものに探知させる」

「探知されてもいいもの？　探査機《プローブ》ですか？」

そう訊ねたのは、前回の講義で目標役を務めたハワード一等主計兵だ。

「そのとおりだ。探査機《プローブ》は無人で使い捨てだからな。

ちょうどいい。今度もおまえに目標《ターゲット》をやってもらおう」

そう言うと、ポンズ兵曹長は手に持っていた戦闘口糧のパックを目標《ハワード》に向かって軽く投げた。

一等主計兵が反射的に手を伸ばしてそれをつかむ。

「よし、そのまま持ってろ。飛んでいったのが探査機《プローブ》、それをつかんだ手の長さが照準レーダーの探知範囲だ。探査機《プローブ》はあそこまで照準レーダーを発しながら飛んでいき、目標《ハワード》を捉えたわけだ。

当然目標《ハワード》は逆探で探査機《プローブ》を発見しているから撃墜しようとするが、これが一基ならともかく、一〇基二〇基と飛んでくればとても全部は落とせない。何基かは探知に成功する。

だが、探査機《プローブ》は、自分から見てどの方向のどれだけの距離に目標がいるかというデータは送って来るが、自分がどこにいるかというデータは送ってこない」

そう言いながら兵曹長は、傍らのコンテナから何個かの戦闘口糧を取り出す。

「送って来ないのはまぁ当然だな。自分も相手も動いているし、探査機《プローブ》自体もそんなに複雑なシステムを積めるほど大きくない。ではどうするか？」

そう言うと兵曹長は、取り出した戦闘口糧を目標《ハワード》と自分の間にいる何人かに一つずつ投げた。

「それが他の探査機《プローブ》だ。受け取ったやつは自分より目標《ハワード》に近いやつに向けてそれを突き出せ」

少し混乱したが、兵曹長から目標《ハワード》に向かうジグザグな腕の点線が出来上がる。兵曹長はそれを確認して続けた。

「それが目標《ハワード》に一番近い探査機《プローブ》がデータを送ってくる経路だ。それぞれの探査機《プローブ》は、受信したデータに、〝自分はどの方向のどれだけの距離からデータを受けたか〟を追加して送って来る」

兵曹長はまず目標《ハワード》を指差し、順に指を動かして、最後は自分を指した。

「どの探査機《プローブ》もそれだけのデータしか送って来ないが、おれが自分に近いところから順にプロット《作図》していけば、最終的におれから見た目標《ハワード》の方向と距離が分かる。地表で遠距離測量用に三角点を設定するのと同じ原理だ。

まぁ実際には全部の観測点がバラバラに動いているし、観測のタイムラグもあるから、計算はとてつもなく大変らしいがな」

兵曹長はそう言うと、右手を目標《ハワード》に向けて真っ直ぐ伸ばし、片目をつぶった。

「これでおれは自分の照準レーダーを使わずに、しかもその探知距離外の目標《ハワード》を照準できる。

ところが目標《ハワード》に見えるのは、自分に一番近い最初の探査機《プローブ》だけで、おれがどこにいるかは分からない。だから……」

兵曹長がダーンと叫んで銃を撃つ真似をし、今度は目標《ハワード》が大袈裟にやられた振りをする。

一同が爆笑するなか、腕を下ろした兵曹長が微笑む。

「『我が探査機《プローブ》一基、敵防衛線を突破、後続あり』というのは、こういう意味だ」

主計科員たちは一瞬絶句し、一拍置いて爆発した。

「凄い、凄いぞ！」

「そうか、そういうことだったのか……」

「やれる！　《トレヴィル》の仇《かたき》を討てる！」

「行け！　キッチナー、行って〈紅天〉のやつらをぶちのめせ！」

突然始まった歓声の渦に、すでに落ち着いていた他科の乗員が驚いた顔を向ける。

だが、どの科もおおむね――「どこの連中だ？」「ありゃ主計だな」「主計？　じゃあ少しぐらい遅れても仕方ねぇか」「そうだな」――というやりとりで終わってしまう。これはまぁ仕方のないところだろう。誰も軍事知識豊富で勇猛果敢なコックなど期待していない。

そんななか、砲術科に割り当てられたブロックの一角で、

「うらやましいな……」と呟いたのは、この格納庫の責任者だった。

結局自分以上の上級将校を見つけることができず、そのままここにいる全員の指揮官になってしまったマンテル中尉だ。

「うらやましい……ですか？」

臨時の副長役を務めている砲術科の兵曹長が、その呟きを聞きとがめる。

「何でまた主計科の連中がうらやましいんです？　ただのコックでしょうに」

中尉は力なく微笑んだ。

「ただのコックだからうらやましいんだ。

やつらが何をしてるか知ってるか？　この艦の主計科に頼み込んで食材を分けてもらい、おれたちの食事が戦闘口糧だけにならないように工夫してるんだ。さっき食った飯は美味《うま》かっただろう？」

兵曹長は少したじろぐ。

「そ、それはまぁ確かに美味かったですが……」

「あれは通常のB口糧《レーション》に、香辛料と病人食を組み合わせて再調理したものだそうだ。烹炊《ほうすい》

所《じょ》の大将の名は伊達《だて》じゃないな。ちゃんと約束を守ってる」

兵曹長は、ああ、という表情になった。インカム経由の艦内放送を覚えていたのだ。

「連中には艦《トレヴィル》がなくなってもできる仕事があるんだ。だがおれたちには……」

そこで中尉は言葉を切った。

デュマ級軽巡航艦《トレヴィル》はすでにない。中尉以下の旧乗員にはもうすることがないのだ。いくら望んでも、願っても、これから始まる戦いに参加することはできない。

だが、主計科だけは違う。彼らは自分たちが《トレヴィル》旧乗員と呼ばれなくなる日まで、黙々と自分たちの、そして自分たちにしかできない仕事を続けるだろう。

マンテル中尉は今一度失われた艦を思い、願った。

――頼む、勝ってくれ……。


そして……ついに火蓋は切られた。

「敵艦探知。重巡航艦です」

その報告が届いた瞬間、キッチナー中将の率いる巡航艦戦隊はいっせいに主砲を放った。広く散開した艦艇から、数十本の光束が放たれ、一〇万km彼方の一点に集中する。

「命中！　直撃です」

第五七任務部隊旗艦《サンジェルマン》の艦隊CICに歓声が満ちる。

中将は頷くとデータを確認し、顔を上げた。

「よし。以後は二ないし三隻をペア（艦の組み合わせ。三隻以上でもペアと呼ぶ）として、こちらが指示する同一目標を射撃せよ。射法は交互撃ち方とする。砲撃は一目標につき一回を厳守。とどめを刺す必要はない」

その指示に参謀長の笹倉大佐が声を上げる。

「砲撃は一回ですか？」

相手が巡航艦なら、少数の命中では無力化できない。

たしかに後部に集中して三発の直撃を受けた《トレヴィル》は艦体後半部を吹き飛ばされ放棄されたが、急所である機関部を一撃されただけの《カリオストロ》は、状況が許せば充分に修理可能だった。紅天本艦隊に損傷艦を修理する余裕がないとは思えない。

中将は、当然そのことを計算しているはずだが、答は「そうだ」の一言だった。

「反航戦では照準の余裕がない。当てたらすぐ次の目標に移らないと撃ち漏らしが出る——ということですか？」

参謀長の再度の問いに、中将は渋面を作った。

「そのとおりだ。撃ち漏らしは避けねばならん」

「だから交互撃ち方を？」

全主砲を一度に放つ斉射に対し、交互撃ち方は砲もしくは砲塔ごとにタイミングをずらして撃つ射法だ。

一度撃つと次の射撃まで間があく斉射に対し、交互撃ち方は空き時間がない。一定間隔で常にどれかの砲が射撃している形になるからだ。

たしかに目標が高速で、常に照準を合わせ続ける必要がある場合には有効な射法だ。

「そうだ。一隻でも多く損傷を与える。それがわれわれの使命だ」

それを聞いて参謀長ははっとした。いくつか思い当たることがあったからだ。

「分かりました。そういうことなら、あとは連邦宇宙軍の腕を見せるだけです」

中将は頷くと、視線を正面の大スクリーンに移した。

反航する紅天本艦隊との距離は一〇万km弱。通常なら射程距離外だが、探査機《プローブ》の助けがあれば充分照準可能な距離だ。

そして、こちらの探査機《プローブ》は敵の防衛網突破に成功したが、相手の探査機《プローブ》は完璧に阻まれている。

撃たれないまま一方的に撃つ――キッチナー艦隊は最初の超遠距離砲撃を完全に裏返しにした戦いを始めようとしていた。

デュマ級軽巡航艦《ヴィリアーズ》の主砲制御室の中で、照準モニタを注視している只《ただ》野《の》一等兵曹のヘッドホンに低い警告音が響く。目標が照準界に近づいているのだ。

秒速五〇kmを超える相対速度で行き違う目標を、砲塔を旋回させながら追い撃ちするのはきわめて困難だ。それより主砲塔を紅天本艦隊の方向に向けたまま固定し、相手が照準界に入るのを待ち受ける方がはるかに効率がいい。

超古典的と揶揄《やゆ》されることもある蜘蛛の巣型の照準ゲージの外枠の左側が点滅し、ほどなくして一隻の軽巡航艦のシルエットが姿を現わした。濃いグレーの背景上を薄緑色のシルエットが滑っていく。

表示の元になっているのは探査機《プローブ》が送って来たレーダー情報だが、艦型までは識別する能力はない。シルエットが表示されているのは、反射波の解析によって特定された艦種のデータが別に読み込まれているからだ。

と、シルエットが中心点に届く寸前、ゲージ全体が無音でフラッシュした。事前のプログラミングに従って、最適なタイミングで主砲が発射されたのだ。

だが、〝FIRE〟の赤文字に続けて表示されたのは〝miss miss〟の青色八文字。シルエットの少し下に二つ、青い四角が表示される。

――わずかにずれたか……。

舌打ちしかけた一等兵曹が、手をかけていた照準器調節用トラックボールをわずかにまわそうとした時、右側に消えようとしていたシルエットの後方下部に赤い星と、そのすぐ下に青い四角がフラッシュした。

〝HIT miss〟

同時に表示される情報を読み取って、一等兵曹は今度こそ本当に舌打ちした。命中させたのは自艦の後部三番砲塔だったからだ。

――レーミーの野郎。こっちのタイミングを参考にしてやがるな……。待てよ、この目標ならもう一度照準界に……。

瞬時にそう判断した一等兵曹が砲塔旋回レバーに手をかけた時、ヘッドホンから叱声が響いた。

「前三番。指示なしの砲塔旋回は禁止だ。手を離せ！」

砲術長のハイネック少佐だ。レバーの接触センサーをモニターしていたらしい。

慌ててレバーから手を離した軍曹の背中がどっと汗をかく。

――いけねぇ。砲撃は一目標一回。忘れてたぜ。

「次が来るぞ。準備しろ」

少佐の指示は的確だ。ほどなく警告音が響き、照準ゲージ外枠の左側が点滅を始める。

――よし、今度こそやってやる……。

一等兵曹は臍の下に力を入れ、シルエットの出現を待った。

「砲術長、何かあったのかね？」

艦長のドーハン中佐にそう問われて、ハイネック少佐は少し言い淀《よど》んだ。

「いえ、砲塔の旋回レバーに触れた者がいただけです」

「そうか」

艦長はそれ以上問わなかった。

砲塔要員は砲術長の指揮下にある。砲術長が詳細を明言しないのは、それが艦長の判断を仰ぐ問題ではないということだ。

頭を切り替えてCICのスクリーンに視線を戻す。

最初の探査機《プローブ》が直接探知報告を送って来てからまだ五分足らず。

だが、彼らの《ヴィリアーズ》はすでに七隻の敵艦に主砲を命中させている。

「回転《スピン》に入ります」

報告と共に、針路方向を表示している正面モニタの一つが、ゆっくりと一二〇度回転する。

デュマ級軽巡航艦は、連装砲塔を前部に三基、後部に三基装備している。

砲塔は上下のない宇宙空間で三六〇度どの方向にも撃てるように、艦体の首尾線から見て放射状（一二〇度間隔）で配置されているが、今回のように一方向しか撃たない場合は参加できない砲塔が生じてしまう。そこで全部の砲を有効に使えるよう、一定間隔で艦体を回転《スピン》させるのだ。

新しく照準界に目標を捉えた砲塔が発砲を開始する。

通過し、射程外に消えた紅天本艦隊はまだ五分の一に満たない。砲戦はこれからが本番だった……。

——だが……。

5　希望

「いかん!」

第一〇八任務部隊旗艦《プロテウス》のCICに、ムックホッファ准将の小さな叫びが響く。

CIC中央の円卓上に表示されていた戦況ホログラムの内部で、それまでは弓なりに上から下に流れていた薄赤い輝線がゆっくりとうねり、後半三分の一あたりで切れようとしている。その切断面が向かうのは、傍らを反航する緑の輝点群……。

言うまでもなく、薄赤い輝線は紅天《こうてん》本艦隊。緑の輝点がキッチナー艦隊だ。

高次空間通信リンク《HDSN》のAI《人工知能》が、各種の位置情報を解析して再構成しているその画像を、准将は肌が粟立つような思いで見つめる。

これまで一方的に撃たれ続けていた紅天本艦隊が、ついに牙を剥いたのだ。

彼らの探査機《プローブ》は、いまだキッチナー艦隊を捉えるところまで接近できていない。そのため距離を取ろうとしていたが、キッチナー艦隊はこれまでそれを許さなかった。

これが同航戦なら速度が速いほうが相手を振り切れるが、反航戦の場合は速度が高く、艦列の長いほうが決定的に不利だ。行き足がついているから急角度では変針できず、行き違いが完全に終わるまで振り切ることはできないからだ。

だが、距離を詰めるなら話は逆だ。速度の高さと隊列の長さが優位に働き、逃げる相手を容易に追い詰めることができる。

にもかかわらず、緑の輝点群は毅然《きぜん》として薄赤い輝線に対峙している。

いや、高次空間通信《HDSN》リンクには、毅然を意味する表示など存在しないが、輝点の動きには微塵も迷いを感じさせない何かが確かにあった。

准将はもう、半ば呆然としてそれを見つめるしかなかった。

——なぜ？　なぜそうまでして行くんです？　わたしには分からない……あなたの行動に何の意味があるのか分からない……。

だが、准将の思いに高次空間通信《HDSN》リンクのホログラムは応えない。

やがて……迫る薄赤い輝線の先端は、まさに大蛇の顎《あぎと》のごとく広がり、緑の輝点群をゆっくりと包み始めた……。

《ヴィリアーズ》の艦体を走った続けざまの振動は、ようやく収まりかけているらしい。

ずきずきする左側頭部と、鈍い首の根の痛みで目を覚ました只野《ただの》一等兵曹は、霞む目で薄暗い自分のブースを見まわした。

――電源が落ちたのか……今のは凄かったが、やられたのはどこだ？

何か身体が妙に落ち着かない。非常灯の薄暗い明かりの中で自分の身体を見なおせば、肩と腰にまわしたハーネスのバックルが飛んで、ゆらゆら揺れている。

――ここまで揺さぶられると、ハーネスなんぞ物の役にはたたねぇな。ヘルメットを被ってなかったら、それこそ即死だぜ。

顔をしかめて頭を振り……かけたとたん、酷い眩暈《めまい》に見舞われて、一等兵曹は顔をしかめた。

――空調は止まっているが、減圧警告のブザー音は聞こえねぇな。大きく気密が破られたわけでもねぇか……。

と、突然、耳元で雑音交じりの声が弾けた。自分を呼んでいるらしい？

「はい。前三番、只野です」

「おお、無事だったか？　行けるか？」

砲術長のハイネック少佐だ。すこし泡立つような音が混じるのは、どこか負傷しているのかもしれない。

「頭をぶつけましたが少しくらくらする程度です。でも肝心の電源が落ちてます」

「それはいま修理中だ。動けるならやって欲しいことがある」

「やって欲しいこと？」

「〈紅天〉の重巡航艦が右舷三〇度、五万㎞から反航して来る。おれたちを撃ったやつはとっくに通り過ぎたが、こいつならやれる」

「五万㎞？　そんな近くに？　照準レーダーの探知範囲内じゃないですか」

「それが……照準レーダーは対《アンチ》レーダーミサイルでやられた。砲側照準で頼む」

砲塔固有の照準レーダーを使えということだ。艦全体の砲撃を統轄する照準レーダーが使えない時のために用意されているシステムだが、性能は御世辞にも高くない。

「外れたら反撃を食らいますよ」

「かまわん。《ヴィリアーズ》はもう碌《ろく》に動けん。ここでやつを逃がしたら二度と攻撃する機会はない。責任はおれが取る」

動けないところに反撃を食らえば責任も何もないが、そう言わざるを得ないのが士官というものだろう。一等兵曹はやれやれと首を振ろうとし……その瞬間、はっと気がついた。

艦の照準レーダーは艦橋の後部、ＣＩＣの真上にある。ひょっとしたら……。

「どうした？」

一等兵曹は覚悟を決めた。

「いや、大丈夫です。分かりました、やります。電源の修理を急いでください」

「よし、五分待て」

——そして五分後。本当に電源が回復した照準ブースの中で、只野一等兵曹は照準システムをONにした。

モニタが軽い起動音と共に明るくなり、ロングレンジモードで働き出す。

手早く目標予測位置を入力すると、システムが各種の補助センサーからのデータを総合し、目標として照準可能な飛行物体を表示する。

赤外線探知機や光学センサーなどのパッシブ《受信専用》機能のみで照準界がスキャンされ、候補とされた光点がいくつか光る。その中でひときわ大きいのが反航してくる〈紅天〉巡航艦だ。

——こいつだな……加速中でこちらから逸れる軌道に乗りつつある……こっちが機能停止したと判断して元の軌道に戻ろうとしてやがるんだ……。

——だが、遠距離から反航しつつ離れて行くということは、どこかで最短距離まで近づくということだ……砲撃ポイントはそこしかねぇ。

一等兵曹は素早くポイントを指定した。

だが、システムが弾き出した予測数値を見て一等兵曹は舌打ちした。

——予想命中率三八%? いくら砲側照準が前提だってこりゃあ低すぎるだろう。どういうこった?

一等兵曹は慌ててモニタを見なおす。と、その視線が画面右下のゲージに止まった。

二重の円の中でアメーバのような表示が動き、その表示が内側の円を越えるたびに短くゲージがフラッシュする。艦の動揺計だ。通常は自艦の動揺は砲安定装置によってキャンセルされるから、ここまで大きくゲージが振れることはない……。

一瞬、意味が分からなかった一等兵曹は、次の瞬間あっとなった。

——そうか、今《ヴィリアーズ》は損傷を受けて漂流（慣性航行）中だ。噴射推進機関の振動はないが、艦内のあちこちで小爆発や隔壁の破壊が起こっている。その振動がモロに伝わってやがるんだ……。

自艦の振動の幅が一cmに満たなくても、数万km離れた目標を狙って放たれたビームは数百m、いや数km単位で逸れてしまう。照準システムはそれを計算して三八％という数値を出したのだ。

——他の砲塔が生きてりゃあ公算射撃で目標を包み込めるんだが……。

主力艦が主砲塔を複数搭載しているのは、射撃の手数を多くして命中率を上げるためだ。だが、今の《ヴィリアーズ》で生きているのは前三番砲塔だけだ。

一等兵曹は改めてモニタの表示に目をやった。他の砲塔の状況を示す表示はすべて停止している。

——射撃準備中ですらねぇってことか。本当に電源はおれの砲塔にしか来てねぇってこったな。さて、どうするか……。

砲塔には二基のビーム砲が装備されている。同時に撃てば命中率は三八％×二で七六％になるが、いったん撃てば即反撃されるだろうから、再照準している余裕はない。

少し考えていた一等兵曹はシステムの〝戦訓〟データベースを表示させ、素早く検索ワードを入力した。通常ならシステムが艦の置かれた状況に応じて〝戦訓〟データを選択し、組み込んでくれるが、今のような状況はデータベースに組み込まれてはいないからだ。

いくつか表示されたデータの詳細を見ていくうちに、一等兵曹は一つのデータに目を留めた。〝艦損傷時の照準事例〟というそのデータには《トレヴィル》という情報提供艦の名前がある。

詳細を表示させた一等兵曹はうなった。

――こいつぁ凄ぇ。訓練中にバーニアが故障して艦が不規則回転を始めた時に、僚艦を仮想目標にしてデータを取ってやがる。転んでもタダでは起きねぇってやつだな。

――よし、不規則回転してる時に比べりゃあ今の振動なんてわずかなもんだ。こいつを使おう。

一等兵曹は素早く読み込みを指定する。一瞬で予想命中率が跳ね上がった。

――よし、七八％。これなら最低一発は当てられる。

砲塔旋回レバーを握ってほんの少し力を加え、敵艦の未来位置に向けて砲身を動かす。射撃タイミングはシステム任せだ。

いくら優秀な砲手でも照準合致から発射までにはコンマ何秒か必要だ。その間に秒速一〇〇km近い相対速度で接近する目標に当てることはできない。

一等兵曹は息を詰めて目標が最接近位置に来るのを待つ。

一度照準されてロックオンされた目標がビーム砲を避けることはできない。だがそれは、あくまでも〝ロックオン〟したら――の話だ。

パッシブセンサー《受信専用》だけで射撃に必要な諸元を決定することはできないから、射撃開始直前の瞬間を見計らって照準レーダーを起動しなくてはならない。起動されたレーダービームは瞬時に目標をスキャンし、必要なデータを算出してロックオンする。

そのタイミングが早ければ目標にレーダー波を探知されて反撃を受けるし、遅ければ機を逸する。

照準システムが限界まで精度を上げているにもかかわらず、どの軍でも砲塔の無人化を行なっていないのはこれが理由だ。

システムに人間の感情は理解できない。人間の意図を読むことは人間にしかできないからだ。

どれくらいの時間が過ぎたのか……実際にはほんの一分にも満たないその時間が、何時間にも思えたそのとき、一等兵曹の脳内に描いたビームの軌跡と、敵艦の予想位置が交差した。

無意識に押した照準レーダーの起動スイッチに反応して、それまでぼやけた雲でしかなかったモニタの敵艦が瞬時に薄緑色のシルエットに収斂する。

次の瞬間、照準モニタがフラッシュした。

スクリーンに輝く、赤い〝HIT HIT〟の六文字。

「やった！　直撃だ！」

だが、次の瞬間、激しい振動が《ヴィリアーズ》を貫き、只野一等兵曹は再び壁に頭を打ちつけ、深い闇の中に引きずり込まれていった……。

「《トリスメギストス》応急修理完了。火力四分の三に復帰」

「《パラケルスス》被弾。速度低下。機関応急修理不調。火力三分の一に低下」

「《ロシュフォール》機関修理完了。戦列に復帰します。火力健在」

「《ヴィリアーズ》漂流中なるも発砲。応答なし。火力六分の一」

「《アトス》応答なし。発砲中。火力二分の一」

「《ポルトス》発砲中。火力六分の五」

「《アラミス》主砲一部故障。火力六分の五」

「《ダルタニャン》異状なし。発砲中」

「《シェフィールド》異状なし。発砲中」

第五七任務部隊旗艦《サンジェルマン》の艦隊CICに報告が錯綜する。

司令長官のキッチナー中将は、その報告の一つに目を留めた。

「《ヴィリアーズ》が生きていたか。さすがにしぶといな」

「ドーハン中佐の艦ですからね」

参謀長の笹倉大佐が同意する。だが彼らは飄々《ひょうひょう》としながらも乗組員の信頼の厚い名艦長が、すでにヴァルハラに召されていることを知らなかった。

そして〈紅天〉の重巡航艦に大損害を与えた今の射撃が、一人の一等兵曹の独力によって成されたことも……。

紅天本艦隊がいっきに接近してきてからわずか一〇分。

キッチナー艦隊は撃たれに撃たれている。

もちろん、相手にはこちら以上の損害を与えているが、元の数が違いすぎるのだ。まだ完全に失われた艦はないが、無傷の艦は皆無。航行不能になった艦も一隻ある。

健在な主砲の数で考えれば、戦力は無傷の時のほぼ半分まで低下している計算だ。

高次空間通信《HDSN》リンクで収集された艦隊の現状を一瞥《いちべつ》した中将は、戦況表示パネルに視線を移した。

通過した紅天本艦隊は全体のほぼ四分の三。まだ二〇隻以上が無傷で残っている。それに対してこちらは九隻。しかも戦力は半減している……。

——潮時だな。

中将は大きく息をつくと、傍らの参謀長を見やった。

すでに中将の意図と目的を知らされていた笹倉大佐は一瞬表情を引き締め、薄く微笑んだ。

中将は軽く頷くと立ち上がり、次の、そして最後の命令を下す。

「巡航艦戦隊に命令。全艦その場で方位六〇度に変針。最大加速で個艦ごとに敵艦列を突っ切れ。ただし啓開戦隊は追随不要。漂流中の巡航艦の乗員を救助後、方位三〇〇度に変針。戦場を離脱せよ」

そこまでいっきにしゃべって、中将はいったん息を継いだ。

CICスタッフの驚愕と非難が混淆《こんこう》した視線が集中する。

ここで巡航艦戦隊が敵に向かって個艦単位で距離を詰めれば、これまで以上の攻撃を受けることになる。退避する啓開戦隊に向かう敵を引きつけるためとはいえ、それはあまりに無謀な行動だった。

だが、連邦宇宙軍蒼橋平和維持艦隊司令長官、キッチナー中将はその視線を胸を張って受け止め、さらに告げた。

「艦隊総員に告ぐ。本日ただいまをもって、第五七任務部隊は解散。以後、全艦は第一〇八任務部隊司令長官の指揮下に入るものとする」

　ＣＩＣにどよめきが広がるなか、再度言葉を切った中将はしばし瞑目し、口を開いた。

「最後に一言だけ言わせてもらう。諸君はこの東銀河系の歴史における最良の、そして最高の兵士だった。わたしはきみたちと共に戦えたことを心から感謝する。ありがとう」

　一礼と共に言葉が終わり、《サンジェルマン》の艦隊ＣＩＣが沈黙に包まれる。

　あまりのことに皆、呆然と顔を見合わせるなか、突然一人のスタッフが立ち上がり、拍手を始めた。頬が涙で濡れている。

　最初は一つだけ響いていた拍手がやがて二つになり三つになり、あっという間にＣＩＣは拍手の渦に包まれた。

　だが、着席した中将は天をあおいで瞑目したまま動かない。

　身じろぎもしない彼の心の中は後悔の念で一杯だった。

　――おれは今、おまえたちの死刑宣告をしたんだぞ。なぜ拍手をする。なぜ涙を流す。それよりも恨め、憎め。おまえたちを殺すのは〈紅天〉ではない。おれだ。それなのに……。

　それなのにおれは、こんな素晴らしい部下を殺すことしかできない……。

　しかし、中将の胸中を知ってか知らずか、拍手は潮のように高まり、そして響いたアナウンスと共に唐突にやんだ。

「加速注意。五分後に最大戦速まで加速開始。総員配置につけ」

——かくて、キッチナー艦隊最後の戦いは始まった。

単従陣で右舷側から迫る紅天本艦隊最後尾の主力艦数は二〇隻あまり。

総数九隻までに減ったキッチナー艦隊の巡航艦戦隊はいっせいに面舵を切り、広く散開していた艦の間隔を生かし、個艦ごとに紅天本艦隊単従陣の間隙に突っ込んでいく。

一見無謀なように見える行動だが、一隻だけの突撃なら両脇の敵艦から挟撃されるが、同時に隣の間隙にも僚艦が突っ込めば相手の砲火は分散される。

だが……。

「機関出力回復しません。出力最大三〇％」

機関部を直撃されたアルケミスト級重巡航艦《パラケルスス》のCICにオペレーターの報告が響く。

それを聞いた艦長が機関部に繋がるカフを上げる。

「出力の数値に間違いはないかね？」

CICを離れて機関室で直接修理にかかっていた機関長が即答する。

「はい、反応炉のシールドが吹き飛んでいます。応急修理ではこれ以上出力は上げられません」

「火力は維持できるか？」

「すべての砲塔に電力をまわすことはできません。加速しながら撃てるのは二基が限界です」

艦長は、一呼吸ほど考えて、訊ねた。

「加速しなければ、何門使える？」

反応が一瞬とぎれる。

「加速しなければ……ですか？」

一度照準されたら回避できないビームを避けるには、照準が確定される前に自艦の位置をずらすしかない。戦闘中の軍艦が小刻みな噴射をランダムに断続させて加速度を変化させるのは常識だった。

機関長は絞り出すように答える。

「それは……六基までならなんとか可能ですが……」

会話を聞いていた副長が、たまりかねたように口を挟んだ。

「艦長！　それは……」

その口を視線で半ば強引に押さえて、艦長は全艦放送のカフを上げた。

「総員そのまま聞け。現在機関出力三〇％。これ以上回復する見込みはない。よってこれより本艦は加速を停止。全出力を砲塔にまわし、慣性航行で敵艦隊の艦列に突入する」

ＣＩＣのスタッフが、そして艦内の部署で配置についていた乗組員が、その宣言に一瞬凍りつく。

加速を停止すれば慣性による等速運動になる。いわばベルトコンベアに乗った射的の的だ。回避は不可能に等しい。

艦長は今の言葉が乗組員に浸透するのを待って、再度口を開いた。

「本艦はこれより、被害担当艦となる」

そこで今一度言葉を切り、にやりと笑うと続けた。

「総員存分にやれ。連邦宇宙軍は各員がその義務を全《まっと》うすることを期待する。以上」

「《パラケルスス》発砲」

《パラケルスス》のさらに左舷側の間隙に突入する直前だったアルケミスト級重巡航艦《トリスメギストス》のCICに、高次空間通信《HDSN》リンクの表示が流れる。

読み上げオペレーターの声を聞いて、詳細情報に目を落とした副長が驚きの声を上げた。

「《パラケルスス》は加速していません」

他の艦の加速度計は刻々と小刻みに変化しているが、《パラケルスス》の加速度は被弾以来まったく変化していない。それが意味することは一つだった。

「……だが、発砲は続いている。そうか、《パラケルスス》は覚悟を決めたか」

艦長がぽつりとつぶやき、唇を引き結ぶとカフを上げた。

「全砲門、左舷に砲撃を集中せよ。右舷は《パラケルスス》が引き受けてくれる」

副長が驚愕の声を上げる。

「それは……いけません！　彼らを犠牲にして……」

だが、艦長は静かに首を振った。

「分かっている。だが、ここで《パラケルスス》の救援に向かっても間に合わんし、ウィルコックスも喜ばん。やつらの意志を無駄にしないためにも、われわれは進むしかない」

連邦宇宙軍士官学校の同期であり、飲み仲間でもある《パラケルスス》艦長の名を出されて、副長は息を呑んだ。

やがて……ぎりぎりと握り締められていた副長の拳がわずかに緩み、重い口を開く。

「せめて、せめて一言、あいつと話すことはできませんか？」

だが艦長は無言で正面スクリーンを見ただけだった。

スクリーンには高次空間通信《HDSN》リンクのAI《人工知能》が収集し、整理し再構成した情報が途切れることなく流れ続けている。

各艦の座標、速度変化、索敵と発砲状況、修復の度合い、下される命令と各部の反応……戦闘状態にある軍艦が発する無数の情報が、リンクの許すぎりぎりの密度で発信され、受信されている。

すべてコードに変換されているこの情報の濁流の中に生の人間の言葉を挟みこめば、それだけで重要なパラメーターをいくつも省かなければならない。

それはできない相談だった。


「《パラケルスス》発砲」

デュマ級軽巡航艦《アラミス》のCICで、読み上げオペレーターの声を聞いた副長がぽつんと呟《つぶや》く。

「まだ生きてますね……」

艦長も抑えた声で同意する。

「ああ、あのまま支援砲撃に徹するつもりだろう。さすがはウィルコックス中佐だ」

――おれが敵艦隊の司令官なら、まず、狙いやすい目標から確実に潰す。

ベルトコンベアに乗った固定砲台と化した艦に逃げるすべはない。敵の集中放火を浴びて沈黙するのは時間の問題だろう。

だが、《パラケルスス》の艦長にしてみればそれこそが狙いだった。

単従陣で接近する相手の艦列の間隙に個艦単位で突入する連邦宇宙軍の巡航艦は、当然進路前方両舷の敵艦からの十字砲火に曝《さら》される。

しかし、被害担当艦を自認して支援砲撃を続ける《パラケルスス》の左舷側に位置する敵艦が、いっきに撃沈しようと全砲門を《パラケルスス》に向ければ、本来その艦が半分の砲門を向けて挟撃するはずだった自艦の後方（連邦宇宙軍から見れば左側）の目標＝《トリスメギストス》は自艦の右舷側を気にしなくて良くなり、左舷側の敵艦に攻撃を集中するだろう。

砲撃された左舷側の敵艦は当然《トリスメギストス》に全砲門を向けて応戦する。必然的にさらに自分の後方に迫る別の目標に対する砲撃は中止せざるを得ない……。

そこにいたのはデュマ級軽巡航艦の一隻《アラミス》だった。

艦長は右舷側からこちらを狙って来る敵艦の砲撃が突然下火になったのを捉えて、すかさず命令を下した。

「全砲塔、左舷の目標に集中。今なら右舷から狙われる心配はない！」

その言葉どおり、左舷を表示中のスクリーンに、主砲命中の白球が膨れ上がる……。

だが、その左にいたデュマ級軽巡航艦《アトス》は少し不運だった。開戦初頭の超遠距離砲撃で中破判定を受けていたこともあり、間隙に突入するのが遅れたのだ。

しかもそのさらに左舷側の間隙に突入するはずだった《ロシュフォール》はさらに遅れている。

《アトス》は右側の敵艦が、迫る《アラミス》に砲門を向けるまで半数の主砲で撃たれ、さらにまだ《ロシュフォール》を照準界に捉えていない左舷側の敵艦から、まるまる一隻分の砲撃を受けた。

「ＣＩＣと艦橋、共に応答ありません」

艦体の後部にある応急指揮所で、オペレーターの報告を受けた副長の表情がこわばる。

だが、艦のナンバー２である副長が艦長の命令でＣＩＣを離れ、応急指揮所に詰めているのはダメージコントロールの指揮を取るためだけでなく、こういう事態に備えてのことだ。

副長はためらわず指示を出した。

「前部主砲群、応答ないか？」

「ありません。電路が途絶していて、減圧警報が出ています」

「後部砲塔群はどうだ？」

「こちらも……あ、応答ありました。出します」

「……ちら後部砲塔群指揮所。副長ですか？」

後部砲塔群三基を預かる副砲術長のマーセル中尉だ。

「そうだ。ＣＩＣと連絡が取れん。暫定的にわたしが指揮を取っている。後部砲塔群の状態はどうだ？」

雑音交じりの声が一瞬絶句する。

「……ＣＩＣが……分かりました。いま点呼を取りました。オペレーターは全員無事です。回路チェックは終わりましたが、射撃指揮所とのリンクが回復しません」

射撃指揮所は艦橋基部にあるＣＩＣに接している。スタッフが無事だとしても全艦の砲門を統制することは難しいだろう。

「射撃指揮所の回復を待っている暇はない。砲側照準で撃てるか？」

「もちろんです」

「よし、目標は左舷だ。今照準界に捉えている二基だけでいい。撃てるかぎり撃て！」

「了解《イエス・サー》」

そこまでいっきに話して、副長は額の汗をぬぐった。

続けてカフを上げる。

「機関部、出力に異常はないな？」

「はい。全力運転中です」

「よし、できるかぎり現状を維持してくれ」

目の前の状況表示パネルにはまだ赤い表示が一面に灯《とも》っている。本来の応急指揮に加えて戦闘指揮と操艦指揮を一人で同時にやるのはもはや限界だった。

副長は応急指揮所の操舵コンソールについているオペレーターに声をかけた。

「以後、操艦はきみに任せる。こちらは手一杯だ」

振り返った中年のオペレーターはにっこりと笑った。

「責任重大ですな。でもまぁ、それぞれが、自分の本分を果たせば、道は開けます」

副長は、ちょっと意外な顔になった。

応急指揮に忙殺されながらも言葉を継ぐ。

「きみは……ずいぶんと、前向きだな……」

モニタに向きなおったオペレーターの背中が少し揺れた。笑ったのかもしれない。

「プラマイゼロってやつですよ。いいことが起きたら、いや、悪いことが起きるかもしれない、と考える。悪いことが起きたら、いいほうに転がることを考える。そうやってプラマイゼロに持っていくことを考えていれば、人生、結構うまくいくもんですよ」

副長は笑った。

「そうか、それはそうかもしれんな……死中に活を求めるというのは、そういうことをいうのかもしれん。行くぞ!」

「了解《イエス・サー》しました」

上部構造物の半分を失った《アトス》は、残りの半分の砲塔からビームを放ちながら加速を開始した。

単艦で間隙に突入するというキッチナー艦隊の作戦は《パラケルスス》の犠牲によって

有利に展開しているかに見えた。

紅天本艦隊の各艦は挟撃をあきらめ、なし崩しに一対一の対戦に引きずりこまれつつあり、局所的な劣勢は明らかだった。距離が離れている単従陣後部の艦がまだ戦闘に参加していないこともあるが、艦隊自体の練度が段違いだったのだ。

高次空間通信《HDSN》リンクを使用しているのは紅天本艦隊も同じだったが、そのデータを元に臨機応変に戦法を変える連邦宇宙軍に対し、彼らの対応は常に一歩も二歩も遅れていた。全艦を一元的にコントロールしようとするあまり、各艦の操艦の自由度が失われているのだ。

だが、そんな紅天本艦隊の中にも手練《てだれ》は存在した。

他の艦に遅れて自分に割り当てられた間隙に突入しようとしたデュマ級軽巡航艦《ロシュフォール》の艦体に、二方向から完全にタイミングを合わせたビームが直撃する。

艦体の中央部に一発、後部に二発、さらに前部に一発。ほぼ同時に重巡航艦の主砲の直撃を受けた《ロシュフォール》は、艦体中央からねじ曲がるようにして二つにちぎれた。船殻の割れた間から、引きちぎられた推進剤《アイス》のタンクが、くるくると回転しながらあたりに破片と、推進剤《アイス》の白いガスを撒き散らして飛び出していく。

その後に隣の間隙に進入したデュマ級軽巡航艦《ダルタニャン》は、まだ幸運だった。

同じように艦体に敵の主砲を受けたものの、ランダム加速が功を奏してそれは前部に集中し、機関部への直撃は避けられたからだ。

《ダルタニャン》の後部一番砲塔を担当しているラング一等兵曹は、主砲直撃のショックから立ちなおると、すぐに、ビーム砲をチェックした。

――電力は切れているが回路は無事だ。まだ撃てるな。

だが、このとき、《ダルタニャン》はすでに宇宙艦としての機能を喪失していた。逸れた一発が艦体後部のノズルを吹き飛ばしたため、核融合炉が緊急停止《スクラム》してしまったからだ。とはいえ、核融合炉が無事でさえあれば、砲塔に電力は供給されるし、生命維持装置は働き、ダメージコントロールも可能だ。

後は気密区画さえ保てば艦内で生き延びることはできる。

だが、砲撃ブースにこもっている一等兵曹には詳しい艦の状況は分からない。

ようやく再起動した核融合炉から供給された電力でビーム砲がチャージされたとたん、砲撃を再開する。

砲側照準で命中率が落ちる分は、目標が接近して来ることで相殺され、二回の発砲で二発の命中を得た。しかも目標の砲塔に損傷を与えたのだろう。反撃が唐突に止む。

照準モニタの表示を見たかぎりでは艦体を旋回《スピン》させているらしい。

――反対舷の主砲を使う気だな……。

いま撃てば撃破は間違いないが、ビーム砲は連続発射できない。チャージをじりじりしながら待つ内に、突然ヘッドホンがカリカリという雑音を交えて人の声を伝えてきた。

「ラング一等兵曹！　聞こえるか？　艦長代行として退艦命令を出す。そこを離れてただちにエリアDの救命艇に向かえ！」

——副通信長のオイラー中尉だな……。

その、どこか嬉しそうに聞こえる威張りくさった口調を聞いて、一等兵曹は顔をしかめた。

——あいつか……偉そうにしゃしゃり出て来たってことは、あいつより上の士官は全員死んじまったか、もしくは指揮が取れない状態ということか……。

「……最悪だな」

思わず口から出てしまった呟きを、マイクが拾ったのだろう。

中尉の声が不自然に高まる。

「あ？　どうした？　何があった」

「いえ、なんでもありません。それよりも、ここの砲はいま目標を捉えてます。次に当てれば……」

とたんに狼狽した声が返る。

「馬鹿野郎！　射撃中止だ。おまえが余計なことをしなけりゃ、おれたちはとっくにこのボロ船を捨てて脱出できていたんだ！」

「もう遅いです」

次の瞬間、照準モニタがフラッシュする。

〝HIT　HIT〟の赤六文字を確認して一等兵曹はマイクに報告する。

「当たりましたが、目標は以然加速中。次発まであと三〇秒」

ヘッドホンから流れる声はもう完全に裏返っている。

「もういい、いいからそこを離れろ！　これは命令だ！」

そのキンキン声を聞くうちに、一等兵曹は腹の底がしんと冷えて来たのを感じた。

「おれが勝手にビーム砲を撃ってるわけじゃありません。艦長命令です」

「その艦長は死んだ！　今はおれが艦長だ！」

――確かに連邦宇宙軍の軍令承行令に従えばそのとおりだろうさ。だがね……。

一等兵曹はコンソールに手を伸ばし、ヘッドホンの会話をこっそり共用通信にリンクしてから答えた。

「では、戦闘可能な艦を放棄して脱出する責任はあなたにあるわけですね？　そこのところをしっかりうかがっておかないと、おれが勝手に持ち場を離れたことにされるわけにはいきませんから」

ヘッドホンの向こうで、オイラー中尉は沈黙した。

その顔を想像して、一等兵曹はにやりと笑った。

——悩んでやがるに違いない。

命令には責任が伴うってことを理解してもらわねえと、下の人間はたまったもんじゃねえ。あいつは、責任は負いたくない。美味しいところだけをいただいて生きていこうってタイプの人間だからな。

やがて、ヘッドホンが応える。声の調子は、先ほどとは打って変わって低い。

「そんな責任は負えない……そこを離れるという判断は、おまえ自身で決めたことにしろ……」

一等兵曹は自分の耳を疑った。

最初に湧き上がったのは怒り。そして次に、憐憫《れんびん》の情が湧いてきた。

——そうか、こいつには何を言っても無駄だ。こいつは哀れな生き物でしかない。こんなやつを相手に怒っても仕方ない。

その憐憫の情が、一等兵曹の心を決めた。

「それはつまり、おれの判断で勝手にまだ撃てる砲を捨てて、艦長命令に背いて逃げ出したことにしろ、ということですね？」

「ああ、そうだよ！　死んじまった人間の命令なんかに従う義務はないんだ！　さっさと逃げ出せ！　文句なら、こんな馬鹿な戦いを始めたキッチナーに言え！」

「上の人間に責任がある、全部上の人間の責任だって言うのなら、あんたは、何でそこにいるんですか？」

答の代わりにインカムの回線が切れる。

ラング一等兵曹は小さく首を振ると、リンクしていた共用回線を切った。

――面白いものだな。同じ命令でもあのオイラーの馬鹿の命令には従う気になれねえ。共用回線で聞いてただろう他の乗組員も同じ気持ちだろうさ。言ってることだけ見ればうちの艦長やキッチナー中将の命令のほうがはるかに理不尽なのにな……さて、時間だ。

一等兵曹は、照準モニタに注意を戻し、照準レーダーを起動するタイミングを待った。


「《ダルタニャン》発砲！」

《ダルタニャン》のさらに左側の間隙に突入しようとしていたデュマ級軽巡航艦《ポルトス》のCICに、読み上げオペレーターの声が響く。

驚きの声が上がる中で、艦長は、ぼそりと呟いた。

「まだやる気か。まるでステガマリだな……」

艦長の言葉を聞いた副長がにやりと笑った。

「懐かしい言葉を聞きました。士官学校の戦史の講義以来ですな」

〝ステガマリ〟とは、遠い昔、まだ人類がたった一つの惑星にいたころの軍法の一つだ。戦況利あらずして本隊が戦場から脱出する時、選ばれた少数の銃手を後方に置き去りにし、敵の追撃を遅らせる……。自己犠牲を絵に描いたような戦法だが、これは逃がすべき本隊があって初めて意味を持つ。

副長の返しに少し意外そうな表情を見せながら、艦長は高次空間通信《HDSN》リンクの表示を見上げた。

加速を続けている艦は、もはや四隻しか残っていない。

――たしかに啓開戦隊は逃がせたが、巡航艦戦隊はこのありさまだ。増援もないままここまで戦うことに何の意味があったのだろう？

天下の連邦宇宙軍が、〈紅天〉軍に負けるわけにはいかない、という意地のためか？

評判も、伝統も、大切であることは分かる。だが、名前を維持するためだけに、われわれはここで死ななくてはならないとしたら、後世の歴史家はわれわれを何と呼ぶだろう？

連邦宇宙軍の面子を守るために殉じた哀れな犠牲者か、それとも、誇りを胸に最後まで戦った勇者たちか……。

――まあいい。そんなことは、おれが死んだあとの人間に任せておけばいい。

今のおれは、やるべきことをやるしかない。

――生きて戦う。戦って生き延びる……それが軍人のやるべきことなのだからな。

艦長が、そう考えたとき。

敵の主砲が《ポルトス》のＣＩＣを直撃した。


「《ポルトス》沈黙。加速も停止」

読み上げオペレーターの声は天井のスピーカーからではなく、ヘルメットの耳元から聞こえた。

他の艦の離脱を援護するためにあえて最後に間隙に向かった《サンジェルマン》は、いまだ戦闘に参加していなかった紅天本艦隊の最後尾の一群から砲撃を受けている。

艦内奥深くにあるＣＩＣもすでに気密は破られ、空気が漏れる甲高い響きも消えていた。

「加速中なのはこれで三隻か。この分なら彼らは脱出できるな……」

キッチナー中将がぽつんと呟く。《サンジェルマン》自身もすでに加速は出来ない状態になっていて、撃てる主砲も一基しか残っていない。先ほどまでしきりに砲撃して来ていた敵艦はすでに照準界から去ったが、その後方から無傷の艦が迫りつつある。

「あれが照準界に入れば、あとは袋叩きですね……」

急に老け込んだように見える参謀長が、静かに返す。

「ああ。これまでだな。なんとか半数は脱出できるかと思っていたが、かなわぬ望みだったようだ……」

参謀長はそれには直接答えず、中将に向きなおった。

「後悔されてますか？」

その問いに中将は力なく首を振った。

「しているさ。もっといい方法はないかと散々考えたあげくに選択した行動だったが、選んだ後でも後悔は尽きん」

――この戦いで失われた（れる）巡航艦は九隻。その乗組員は優に五〇〇〇人を超える。生き残れるのが何人かは考えたくもない……。

彼らは皆、わたしの無謀な命令に従って従容と死地に赴いた……。だが、わたしにはその功に報いる術《すべ》はない……。

だが、沈黙してしまった中将に、参謀長はあえて声をかけた。いま言わねば二度とその機会がないことがあるのだ。

参謀長はすっと腕を伸ばし、正面の戦況スクリーンを示した。

「で、どうします？　艦が減ったので高次空間通信《HDSN》リンクに余裕ができたようです。今なら准将にメッセージを送ることも可能ですが？」

そう問われた中将は正面に視線を戻した。たしかに更新されるデータはめっきり少なくなっている。今ならそれは充分可能だろう。

だが、しばらく考えていた中将はゆっくりと首を振った。

「やはりやめておこう。わたしの選択はわたし自身の判断によるものだ。このリンクのおかげで准将も同じデータを受け取っているはずだ。その判断を曇らせるようなことは伝えるわけにはいかない」

「判断ですか？」

「そうだ。わたしの判断には、一艦隊指揮官としての法《のり》を越えている部分がある。准将がわたしと同じ結論に達するかどうかは分からないし、達したとしてもわたしの判断を是《ぜ》とするか否とするかは別の話だ。

いま言ったように、わたしの判断はわたし自身が選択したものだ。准将には先入観を持たずに、こうなった原因とわたしの決断の理由を推察して欲しいとは思うが……わたしは准将に残存の艦隊を〈星湖《ほしのうみ》〉に連れ帰る責任を押しつけてしまった。

ここでさらにわたしの意図を伝えれば、それは准将の自主的な判断を妨げることになる。死にゆく者の遺言ほど、生者を縛るものはないからな……」

参謀長は深く頷いた。

「そういうことなら、もう何も言いません。准将の判断に任せましょう。しかし……准将もこれからが大変ですな……」

中将は苦く頷いた。

「そのとおりだな。不甲斐ない先輩の後始末を任せて申しわけないとは思うが、これも巡り合わせというやつだ。あきらめてもらうしかない」

そう言うと、前連邦宇宙軍蒼橋平和維持艦隊司令長官、キッチナー中将は薄く微笑んだ。

そして参謀長がそれに表情を合わせようとした時……すべてが純白の光に包まれた。

〈蒼橋〉の一角で光球が膨れ上がる……。

――この艦隊旗艦《サンジェルマン》の爆沈によって閉幕した戦闘は、後に〝蒼橋跳躍点会戦〟と命名され、連邦宇宙軍のみならず東銀河連邦の版図全域で語り伝えられることになる。

――だが、それはまだ先の話だった。

6 検討

「……官、司令長官。よろしいですか？」

——誰かが遠くで呼んでいる。思考の迷路に迷い込んでいたムックホッファ准将は、意識の底から自分を無理矢理もぎ離した。

第一〇八任務部隊旗艦《プロテウス》のCICに満ちていた喧騒《けんそう》が耳を打つ。

——そうか……おれはまだCICにいたんだな……。

一つ頭を振って声のしたほうを見やると、参謀長のアフメド中佐が心配そうに覗き込んでいた。

「あ、ああ、すまん。何かね？」

だが、その口調はまだどこかおぼつかない。参謀長は少しためらったが、報告を遅らせることはできないと判断したのだろう。意を決めて話し出す。

「はい。現時点の被害状況が出ました。高次空間通信《HDSN》で確認した旧第五七任務部隊の艦は二三隻です。残りの艦のうち、《シェフィールド》と《ポルトス》は航行不能の救難信号を発しているのが傍受されましたが、他の巡航艦からの応答はありません」

――旧第五七任務部隊……そうか……中将はもういなかったんだな……。

准将は現在、平和維持艦隊の指揮権を継承している。これは連邦宇宙軍が定める軍令承行令に従ったものであり、そこに個人の意見や意図が介在する余地は皆無だ。当然、准将は早急に状況を把握し、指揮下の艦隊に指示を出さねばならない。

だが、人の心がそう簡単に切り替えられないのもまた当然だった。

キッチナー中将不在の事実を改めて突き付けられ、准将は再び思考の迷路に迷い込む。

――中将が第五七任務部隊を解散し、おれに指揮権を移譲したのは、あの時点で死を覚悟していたということだ……。なぜ、あそこまで戦った？　そして何より、なぜその理由を告げなかった……。

だが、艦隊指揮に空白は許されない。

准将はともすれば迷走しそうになる思考を無理矢理引き戻した。

目の前に山積する〝するべきこと〟を改めて整理し、それに優先順位を付ける。

――そうだ。まずやるべきことは中将から引き継いだ残存艦隊の安全確保だ。すでに出番を終えた彼らを、無事に故郷に送り帰せないようでは中将に顔向けができない……。

心を決めた准将は、コンソールに表示された残存艦の一覧に改めて目をやった。

――巡航艦の生き残りは重巡航艦《トリスメギストス》と軽巡航艦《アラミス》と《ア

ト ス》の三隻か……。しかも三隻とも甚大な被害を受けていて、戦闘能力をほぼ喪失。さらに現時点では超空間航行《ジャンプ》も不可能……。

――ただ、彼ら巡航艦戦隊が身を挺して守った第一～第三啓開戦隊はほぼ無事だ。とはいえ、搭載兵器を消耗しているから再戦は無理だろう……。

損害状況を確認した准将は、CIC中央の円卓上に表示されているホログラムを拡大する。

薄赤い輝線で示される紅天《こうてん》本艦隊は戦場の南天に去りつつあり、それに反航する形で緑の光点が三つ、北天に向かっている。生き残りの巡航艦だ。

その反対側を南天に向かいつつ、紅天本艦隊から離れる方向に進んでいる三つの緑の輝点群が啓開戦隊だろう。

全体の位置関係を見て取った准将は、入力オペレーターに繋がるカフを上げた。

「旧第五七任務部隊所属艦を予備戦隊として再編成し、第一啓開戦隊司令アーノルド大佐を戦隊司令官に任命する。

巡航艦戦隊は損傷艦の安全確保を第一とし、戦場離脱後はそのまま蒼雪《あおのゆき》の衛星軌道に向かえ。

第一から第三の啓開戦隊はただちに反転。巡航艦戦隊の軌道を追尾。途中で可能なかぎり生存者の救助に努めよ。以上」

オペレーターが、今の准将の指示を高次空間通信リンク《HDSN》に打ち込んでいく。

ようやく動き出した連邦宇宙軍蒼橋《あおのはし》平和維持艦隊新司令長官の様子を見て、アフメド参謀長がふっと表情を緩める。

——一時はどうなることかと思ったが、どうやらなんとかなりそうだな……。

准将の命令は高次空間通信リンク《HDSN》を通じて瞬時に麾下《きか》の全艦艇に送信され、第一啓開戦隊旗艦《トーマス・スタビンズ》にも届いた。

「《プロテウス》より命令です。これは……大役を仰せつかりましたね」

CICで参謀長のブレーゼル中佐にコンソールを示され、戦隊司令兼艦長のアーノルド大佐は思わずうなった。

「おれが予備戦隊司令官だと？　先任順なら《トリスメギストス》のヨハンセン大佐のほうが上だぞ。何でおれなんだ？」

「《トリスメギストス》は大破寸前ですよ。まともに通信もできない状態では他の艦を指揮するのは無理です。あきらめてください」

そう中佐に指摘されて、大佐は不承不承頷いた。

「まぁ仕方ないか。とりあえず、大佐の身で二〇隻以上の戦隊を指揮できるのは得難い経験だと思うしかないな」

「士官冥利に尽きますね」

「ああ。こんな状況じゃなけりゃ大歓迎なんだがな。

よし。仕事開始だ。損傷艦の状況は変化ないな？」

「はい。全艦応急修理が完了して加速は安定しています。ただ……」

「何かね？」

「なぜ目的地が蒼雪の衛星軌道なんでしょう？　今の配置なら蒼橋跳躍点のほうが近いはずですが……」

中佐の疑問に大佐は微笑んだ。

「たぶん、理由は三つだ。

一つ、損傷艦は現時点では超空間航行《ジャンプ》できる状態にない。跳躍点に着くまでに修理できなければそのまま通り越し、蒼橋主星を大まわりして戻って来るしかない。

二つ、跳躍ステーションは〈紅天〉に制圧されている。

三つ、最初に探知した目標が行方不明だ。跳躍点に先まわりされる可能性が高い」

中佐はあっという顔をした。戦況の変化があまりに急激だったので、最初の目標のことが頭から完全に飛んでいたのだ。

――たしかあの目標は、蒼橋跳躍点に向かう自分たちとほぼ同じ軌道に乗っていた……。

「すみません。忘れていました。あの目標はもともと、われわれを追尾して退避を確認するためにあの位置にいたと考えるのが妥当ですね」

「たぶんそのとおりだろう。だが、キッチナー中将は退避せずに戦闘を挑んでしまった。こうなるとわれわれを再発見した時にどう出るか予想はできん」

中佐も苦い表情で同意する。

「ええ。損傷艦だからこそ見逃してもらえるはずがありません」

連邦宇宙軍の現役艦は地方星系軍に知られてはならない軍事機密の塊だ。〈紅天〉が鹵《ろ》獲《かく》する機会を逃すはずがない。

大佐は頷くと、新しい指示を出した。

「そういうことだ。今は、安全な場所で損傷艦は修理に専念し、無事な艦は生存者の捜索に全力を尽くす。このことを徹底させてくれ」

「はい。あ、報告が来ました。啓開戦隊の第一陣が捜索を開始するのは四時間後になるそうです」

戦場からいったん退避する軌道に乗っていた啓開戦隊が、反転して戻って来るにはどうしてもそのくらいはかかる。だが、連邦宇宙軍標準の耐Gスーツの酸素供給時間は五時間しかない。

――艦の機能が生きていないと、生存は難しいかもしれんな……。

そうアーノルド大佐が考えていた頃……。

ムックホッファ准将は次の優先事項に取り組んでいた。

——次にやるべきことは敵状の把握だ。紅天本艦隊がどの程度の損害を受けたのかを知らなくては次の方策が立てられない。

だが、その前に一つ、確認しなくてはならないことがある。

「連邦宇宙軍本部からまだ指示はないか？」

准将の問いに、参謀長が困惑した表情で答える。

「ありません。なお、本部との高次空間通信《HDSN》リンクに異常はありません」

つまり、連邦宇宙軍本部は今の状況を完全に把握しているにもかかわらず、沈黙を続けているということだ。

——こちらを信頼して下駄を預けた？　いや、違うな。司令長官が戦死し、巡航艦九隻が失われているのに、後任に何の指示も出さないことを信頼とは言わない。それを言うなら放置だ……。

だが、自分がごく自然にそう考えてしまったことに気づいた時、准将は慄然とした。

——いや、待て。落ち着け……。

再び思考の迷路が口を開く。

准将はかろうじてそこから自分の考えを引き剥がしたが、表情はいっそう険しくなる。

――結論を出すにはまだ早い。今はやるべきことをやるしかない。

改めて参謀長に訊ねる。

「紅天本艦隊に与えた損害状況の確認にはまだ時間がかかりそうか？」

高次空間通信《HDSN》リンクで収集された各艦の戦況データは複数の通信管制艦がいったん受け取り、それらを突き合わせて取捨選択したエッセンスが、艦隊各艦に再配布される。《プロテウス》が受け取っていたのもこのエッセンスデータだが、通信管制艦には未配布のデータが大量に蓄積されており、いま現在も送信を続けている。すべてを受け取って状況を再構成しなおすにはかなりの時間を要した。

問われた参謀長がコンソールをチェックする。

「現時点で全体の三分の一というところです」

時間的に中将が紅天本艦隊に反航戦を挑む少し前までしか再構成されていないということだ。

「分かった。では、紅天本艦隊の軌道要素だけを抽出するにはどのくらいかかる？」

「それだけなら三分もしないで出ると思います。出しますか？」

「頼む」

参謀長の言葉どおり、待つというほどの時間もかからずデータが表示される。

――流れはついさっき見ていた生のデータと同じだが、探査機《プローブ》のデータがサンプル抽出ではなく、全データ読み込みになっているので表示精度が高い。北天から降りてくる紅天本艦隊は、薄赤色の帯から赤い光点の列になって見えている。

時間を短縮してひととおりチェックした後、さらに指示を出す。

「加減速データを加味してくれ」

画像が巻き戻り、再度再生が始まる。赤い光点から進行方向に伸びる青い線が加速、反対側に伸びる黄色の線が減速だ。

最初は線が見えなかった薄赤い塊が遠距離からビームを発射した後、青い線を表示しながら毛糸玉がほどけるように一本線になっていき、その先端が傍らを反航する緑の輝点群に接近したとき、赤い光点から伸びる線が青と黄色にチラチラしはじめる。ランダム加減速による戦闘機動が始まったのだ。

緑の光点群が通り過ぎるにつれチラチラは収まり始めるが、赤い点線の後ろ三分の一が切れて緑の光点群に向かって少しした頃、赤い点線の先頭がいっきに黄色に染まった。

その範囲は徐々に進んでいき、やがて全部の赤い輝点が黄色の線を延ばし始める。その黄色は切れた後ろ三分の一にも波及し、紅天本艦隊は途中で切れた二本の黄色い線となって南天に消えていく……。

「減速が早いですね……」

参謀長が首をひねる。紅天本艦隊は蒼橋主星の北天を越えてキッチナー艦隊に迫った。

戦闘終了後、本来の目的地である〝ブリッジ〟に接近する軌道に遷移《せんい》するには減速しなくてはならない。だが、そのタイミングが少し早過ぎるように感じたのだ。

――単従陣を通常の陣形に戻すために先頭が減速する必要があるのは確かだが、あの位置で全艦艇が減速を始めてしまえば速度が落ち過ぎる。妙だな……。

同じ疑問を准将も持ったのだろう。航海参謀に繋がるカフを上げる。

「航海。紅天本艦隊の予想軌道と〝ブリッジ〟へ接近するまでの時間は出るか？」

一瞬の間があって、ホログラムの表示が切り替わる。

赤い点線は戦闘があった空域を南天方向に向かい、そのまま ぐるりと蒼橋主星をまわり、改めて内側の惑星蒼橋に向かう遷移軌道に乗っていく。

軌道の途中に表示される時間経過を見て、准将は眉を顰《ひそ》めた。

「航海。戦闘がなかったと仮定した場合の軌道と、所要時間の差はどのくらいある？」

航海参謀の返答は明確だった。

「戦闘しなかった場合は一七日。現在の軌道だと二〇日です」

准将と参謀長は思わず顔を見合わせた。差が思ったより大きい。

「その判断の根拠は？」

航海参謀は今度も即答した。

「減速状況にばらつきがあり、損傷艦がかなり出ていると思われます。損傷艦の修理にはゼロG環境が必要ですから、修理と艦隊の再編成に時間を取られると判断しました。ただ、損傷艦を分離し、健在な艦だけで急行するなら二〇日が一八日に縮まると予想します」

たしかにGがかかる加減速状態では碌《ろく》な修理はできない。これは妥当な判断だろう。

「分かった」とだけ返答するとカフを下ろした准将は、参謀長に向きなおった。

「どう思うね？　紅天本艦隊は損傷艦を分離すると思うかね？」

参謀長は少し考え、口を開いた。

「紅天本艦隊は巡航艦だけでも一〇〇隻を超える大勢力です。半分残しても〈蒼橋〉に太刀打ちする術はありません。分離するはずです」

だが、准将はその返答を聞いて逆に考え込んだ。

――半分で充分なのは前から分かっていたはずだ。なのになぜ、〈紅天〉は主力艦を一〇〇隻以上も動員したんだ？　これでは〈紅天〉の勢力圏はガラ空きだろうに……」

そこまで考えて准将は顔色を変えた。

「いかん！　もしかしたら……いや、待て……判断するのはまだ早い……まず情報だ。情報を集めなければ……」

そうぶつぶつと独り言を呟き始めた准将はしばらくそのまま呟き続けていたが、唐突に顔を上げコンソールに手を伸ばした。

「通信。至急〝葡萄山《ぶどうやま》〟と回線を開いてくれ。それから、紅天本艦隊の損害状況が判明したら、戦況データと合わせて送信を頼む」

　参謀長は唖然とした。高次空間通信《HDSN》リンクによって得られた情報は第一級の軍事機密だ。一自治星系に軽々しく提供していいものではない。

「司令長官。それは……」

　だが准将はそれを軽く制した。

「参謀長は、われわれ《第一〇八任務部隊》が予定どおり撤退に入ったからといって、紅天本艦隊が見逃してくれると思うかね？」

　そう問われて参謀長は少しうろたえた。

「それは……分かりません。判断できません」

　准将は軽く微笑んだ。

「正直だな。だが、彼らが撤退する中将の艦隊に攻撃をかけたことは事実だ。われわれが同じ目にあわないと考えるほうがどうかしているだろう」

　そう言われて、参謀長はもっと大事なことも思い出した。

　――もしわれわれが無事撤退できたとしても、蒼雪の衛星軌道に向かっている予備戦隊は置き去りになる。彼らを救うためには、〈紅天〉と何らかの形で交渉するしかない……。

　参謀長の様子に気づいたのか、准将は言葉を続ける。

「だから今は、紅天本艦隊の意図をつかむことが一番重要だとわたしは思う。幸いなことに〈蒼橋〉には熊倉《くまくら》大尉がいて蒼橋義勇軍とパイプを繋いでくれているし、調査も依頼済みだ。その情報を提供してもらうためにはこちらも手の内をさらす以外にない。違うかね？」

そう理詰めで問われて、参謀長は思わず頷いていた。

「はい。おっしゃるとおりです。紅天本艦隊の意図が分からないままでは、われわれ《平和維持艦隊》と〈蒼橋〉は一蓮托生《いちれんたくしょう》です。協力しなければどちらも生き残れない……」

そして、コンソールから再構成完了の告知音が流れ、結果が表示されたとき、参謀長は文字どおり絶句した。

「これは……」

准将も唖然とした表情を隠さない。

「まさかこれほどとは……参謀長、ただちにこれをホロムービー化して〝葡萄山《ぶどうやま》〟に送ってくれ。蒼橋義勇軍の意見を聞きたい」

「了解《イエス・サー》しました」

参謀長がてきぱきと指示を出す傍らで、准将は何度も結果を見なおした。だが、結果に変わりはない。

「与損傷率八〇パーセント……まさかこれほどとは……」

その少し後、葡萄山細石寺《ぶどうさんさいせきじ》の庵では、ロケ松と御隠居司令長官、そして住職と親爺《シュナイダー》参謀長の四人が驚嘆の声を上げていた。

「八〇パーセントだと？　その数字に間違いはねぇのか？」

《プロテウス》から送られたデータを見た御隠居が思わず聞き返す。

六分の一、つまり一七パーセント弱の戦力で、相手の八〇パーセントに損害を与えたと言われても信じられないのは当然だろう。だが、ロケ松は冷静にデータを見直し、御隠居を振り返った。

「高次空間通信《HDSN》リンクのAI《人工知能》が再構成した結果ですぜ。その場にいて見るよりよほど確かだ」

「だが……連邦宇宙軍の腕のほどは〝天邪鬼《アマンジャク》〟迎撃で見せてもらったが……今度の相手は歴戦の兵士が乗った軍艦だぞ……」

親爺参謀長の感想も似たようなものだ。パートタイマーの軍人を自認する彼らにとって予想外の結果だったことは間違いない。

一同の様子に、ロケ松は少し重い口を開く。

「とはいうものの、その戦果と引き換えにキッチナー中将の巡航艦戦隊は全滅しちまった。

勝ったかどうかは難しいところですぜ」

「全滅だって？」

参謀長が慌ててデータを繰る。

「……なるほど。自律航行可能な巡航艦は三隻だけ、しかも戦闘不能か……。たしかに全滅と言われても仕方ないな」

そこに御隠居が口を挟む。

「戦闘の経緯は分かるかね？　結果だけ出されても今一つピンと来ねぇんだが」

ロケ松は頷くと、背後にいる住職に訊ねた。

「この庵にホロムービー再生装置はありますかい？　准将が高次空間通信《HDSN》リンクがないこちらのためにムービー化したデータを添付してくれてます」

住職はためらわずに自分のコンソールのスイッチを入れた。

「民生用ですから解像度は低いですが、見るだけなら使えるでしょう」

俺の床から卓袱《ちゃぶ》台《だい》ほどの円卓がせり上がる。その上の空間が虹色に発光し、一種形容しがたい色の球が浮かぶ。

「一〇〇インチ型ですか。民生用の最上級ですな。……しかし、この庵にゃあ、本当に何が仕込んであるか分からねぇな」

そんな軽口を叩きながら、ロケ松はムービーの再生にかかった。

球体が漆黒に変わり、色とりどりの光点が動き始めるが、実際の戦闘が始まるまでにはまだ少しかかるようだった。

その待ち時間を我慢しきれなくなったロケ松が口を開く。

「それにしても解《げ》せねぇ話だ。何だって〈紅天〉は中将《キッチナー》の艦隊をいきなり攻撃して来たんだ？　〈紅天〉が連邦に喧嘩を売ったって勝てるわきゃあねぇのに、何を考えてやがる……」

ロケ松の疑問はもっともだった。東銀河連邦は銀河系における人類の版図を完全にカバーしている。中堅星系でしかない〈紅天〉に対し、経済力及び軍事力で優に一〇〇〇倍を超える力を持っているのだ。正面から喧嘩を売れば一瞬で叩き潰されるだろう。

そこに親爺参謀長が口を挟む。

「それなんだが……。〈紅天〉が全艦隊を動員すると呼号していた話は本当らしい。どうやら勢力圏内に配置してあった艦を根こそぎ動員したらしい。ですよね？」

最後は傍らの住職への問いかけだ。住職は一つ頷くと話を引き継いだ。

「左様ですな。勢力圏の星系へ抑えに置いていた艦も動員したと聞いています。つまり、いま現在〈紅天〉の勢力圏はガラ空きということですな」

ロケ松は唖然とした。それが事実なら、〈紅天〉は軍事常識を完全に無視して行動に出たということになる。

「そりゃあ無茶苦茶だ。もし連邦宇宙軍がその気になりゃあ、〈紅天〉制圧に虎の子の機動戦艦部隊を動員するまでもねぇ。半個艦隊で充分だ」

と、返したところで、ロケ松はもっと肝心なことに気がついた。

――待てよ、問題はそこじゃねぇ。この住職はなぜ、そんなことを知ってるんだ？　一般の星間ニュースにゃ〈紅天〉の内情なんぞ出てねぇぞ……。

見つめられた住職は、最初無表情を装っていたが、ロケ松が視線を外さないのを知ってゆっくりと相好を崩した。姿勢を改めて口を開く。

「……そろそろ潮時のようですな。熊倉大尉さんに事情を話してもよろしいですかな？」

御隠居が仕方ないな、という表情で答える。

「こうなりゃあ話すよりねぇだろう。これから先のこともあるしな」

親爺にも異論はない。

「ですね。ここまで来て隠し事をしても仕方ない」

住職は微笑むと言葉を継いだ。

「この寺《細石寺》が、孤児や苦学生の面倒を見ていることはご存知ですな？」

一瞬、何の話だ？　という表情になったロケ松だったが、すぐに思い出す。沙良《さら》がその代表だったはずだ。

「その費用はどこから出ていると思われますかな？」

ロケ松は一瞬虚を突かれた。考えてもいなかったことだ。

「……それは檀家からの寄付とか……」

答えながらロケ松は自答する。

——違うな。ここの住人の葬式代だけじゃそんな余裕はねぇだろうし、住職が檀家まわりをしている様子もねぇ。

住職はにこりと笑った。

「たしかに寄付はもらっていますが、檀家からだけではありませんな。大部分は他の星系《ほし》からです」

「他の星系《ほし》？」

ロケ松の反応は鈍い。

「左様。〈紅天〉の支配下で〈蒼橋〉と似た立場に立たされている星系《ほし》は数多くありますでな。そういう星系《ほし》が、孤児や苦学生支援という名目で寄付を募り、送ってくださっているのですよ」

「名目ですかい？」

「まさか蒼橋義勇軍に寄付するわけにはいきませんからな」

そうあっさり言われて、ロケ松はあっとなった。そこに御隠居が補足する。

「そういうこった。蒼橋義勇軍の存在は秘密だったが、支援は欲しい。

その一方で、他の星系《ほし》は自力で義勇軍を作れるほど余裕はねぇが、〈紅天〉の支配から逃れたい気持ちは〈蒼橋〉と同じだ。〈蒼橋〉が成功すりゃあ、自分たちの星系《ほし》にも目が出る可能性が高ぇからな」

「利害の一致――ってことですかい？」

ロケ松の疑問に、親爺参謀長がさらに付け加える。

「〈紅天〉の目があっても、孤児や苦学生への支援なら目立たない。だが、一回の寄付額はたいしたことがなくても、八二年続けばかなりのものです。その分だけ〈蒼橋〉の財政には余裕ができたというわけです」

最後に締めたのは御隠居だ。

「そして一番肝心なことは、これがあくまでも〝孤児と苦学生への支援〟でしかねぇってことだ。もし〈蒼橋〉が失敗しても、支援してくれる他星系《よそ》は知らぬ存ぜぬで済ませられる。累が及ぶ心配はねぇんだ」

ロケ松はうなった。

――弱者の知恵ってやつだな。〈紅天〉に面と向かって喧嘩を売ったのにはそれなりの後ろ盾があったってことか……。

ロケ松が納得した様子を見て御隠居が念を押す。

「だから〈紅天〉が本気を出しても、コトは〈蒼橋〉だけの話ですむはずだった。だからこそ、〈蒼橋〉は抵抗をあきらめたんだが……」

「事情が変わったということです。あっさり撤退するはずだった連邦宇宙軍を〈紅天〉が攻撃し、連邦宇宙軍もそれに反撃した。予想もしなかった急展開です」

「そこで寄付のネットワークを動員して、実情を調べたわけですな。寄付してくれる中には、真意を隠して〈紅天〉軍と取り引きしているところも少なくありませんからな」

親爺参謀長と住職の言葉に御隠居も頷く。

「そういうこった……」

そこで御隠居は少し言い淀んだ。球形スクリーンの中で、長い赤い輝線と短い緑の輝線が行き違おうとしている。

「ホロムービーのほうも肝心なところに差しかかったみてぇだ。先にこっちを見たほうがいいな」

無論、ロケ松にも異論はない。

四人が見つめるなか、キッチナー艦隊は最後の戦いに突入していく……。

同じ頃、実際に激戦が行なわれた空域は静謐《せいひつ》を取り戻していた。

自ら動けるものはすでに去り、物言わぬ破片と残骸だけが破壊時に加わった加速度によってのみ決定された新しい慣性軌道に乗って移動している。それらが自らの力で動くことはもう二度とない……。

「これも違うか……」

軽く舌打ちして、表示されたデータの一つを一覧から抹消したのは、チェアマン級迎撃駆逐艦《ゴードン》で索敵オペレーターを務める梁田《やなだ》二等兵曹だった。

彼らは今、僚艦の《ドニファン》とペアを組み、消息を絶ったデュマ級軽巡航艦《ダルタニャン》の捜索に当たっている。

《ドニファン》は消息途絶時の高次空間通信《HDSN》リンクのデータから算出された予想軌道上が、そして《ゴードン》はそれより速度が低かった場合の軌道が、それぞれ受け持ち範囲だ（機関が破壊された航宙艦が減速することはあっても、加速することはまずないから、高速度の軌道を予想しても意味はない）。

二等兵曹の役目は、各種センサー経由で索敵システムが抽出した〝確度の高い〟目標の目視確認だったが、今のところ《ダルタニャン》らしきデータは見つかっていない。

――なまじ艦体が無事だとかえって発見しにくいもんだが……。

遠い距離にあるステルス性の高い軍艦が、近くにある残骸に紛れてしまうことは珍しくないが、だからといって照準レーダーを使うわけにはいかない。漂っている残骸の中には間違いなく、ターゲットをとらえきれないまま休眠状態になった、対《アンチ》レーダーミサイルが含まれているからだ。

二等兵曹は次の目標に光学センサーを合わせ、読取波長を連続的に変化させた。

そのとたん、意識の奥が、つん！　と、尖ったもので突《つつ》かれた。

——お？　この感覚はどこかで……。

焦る気持ちを抑えて、まず自分の感覚を疑う。

誰よりも先に目標を発見したいと考えるのは索敵オペレーターの性《さが》だ。

だが、怪しいと感じたすべてのターゲットに接近し、サイズを確認するわけにはいかない。推進剤《アイス》を無駄にするだけでなく、それぞれがバラバラの軌道に乗っている目標に接近し、元の軌道に戻るには大変な手間を食うからだ。

二等兵曹は手順に従い、偏光レーザーを目標に合わせて照射した。

とたんにコンソールが反応する。返ってきた反射光に、事前にセットしてあった元素固有の波長が含まれているのだ。

その中にジルコニウムとスズがあるのを確認した瞬間、梁田二等兵曹は艦橋直通のコールボタンを押し込んだ。頬が緩んでいる。

「発見しました。間違いありません。《ダルタニャン》です」

副長の報告に、考え込んでいた艦長のハウト少佐が顔を上げる。

「間違いないか？」

「はい。ジルコニウムとスズの反応があります」

「それは……核融合炉がむき出しになっている可能性があるな」

「はい。急ぐ必要があります」

《ゴードン》は姿勢制御噴射《スラスタ》の火花を何度も閃《ひらめ》かせ目標へ接近する軌道に遷移し始めた。

そして三時間後、艦橋正面のスクリーンに広がる無数の光点の一つが急にフラッシュし、いっきにズームする。

「目標全長二〇〇m余。《ダルタニャン》です」

艦橋に報告が響く。

それを聞いた艦長のハウト少佐がにやりと笑う。

「軌道偏差を大きく取ったのが功を奏したな。よし、《ドニファン》に連絡だ。〝われ《ダルタニャン》発見。貴艦は先行する艦隊に合流されたし〟以上」

傍らの副長も微笑む。

「今度は勝ちましたね」

それを聞いた艦長の表情が厳しくなる。

「いや、勝負はこれから何人救い出せるかだ。別軌道を取った《ドニファン》が手助けできない以上、われわれだけでやるしかない。救出班は用意できているな？」

艦長の言葉に赤面した副長が、慌てて自分のコンソールを確認する。

「はい。全員準備完了しています。生存者は基本的に冬眠カプセルに入れて収容ということでよろしいですね？」

艦長が頷く。

迎撃駆逐艦はもともと、多連装ランチャーに推進装置を付けたとしか言えないような艦だ。

当然、救助者を収容するスペースなどないが、今は搭載した対レーダー《アンチ》ミサイルはすべて撃ち尽くして弾庫は空だから、生存者を冬眠カプセルに入れてそこに収容することは可能だ。

――救難信号すら出せないことから予想はしていたが、酷いものだな……。

艦長が見ているのはスクリーンに拡大されたデュマ級軽巡航艦の姿だ。その特徴ある艦首部が残っていなかったら、ただのスクラップにしか見えなかっただろう。

――ビームの直撃痕が四カ所。無事な砲塔は一基だけか。何人生き残っているか、時間との勝負だな……。

その残された後部一番砲塔の中で、ラング一等兵曹は助けが近づいていることも知らず眠り続けていた……。

7　遺　言

球形スクリーンの中で、二つに切れた赤い輝点の列が下に向けて消え、いくつかの緑の輝点群が残る……。

葡萄山細石寺《ぶどうさんさいせきじ》の庵の中、〝REPLAY?〟の文字が点滅するスクリーンを見上げたまま、四人は無言だった。

御隠居がその沈黙を破る。

「……とんでもねぇことを考えやがるぜ。連邦宇宙軍ってえのはこれが普通なのかい？」

訊かれたロケ松は小さく首を振った。

「……まぁ、やるとなったら全力でやるのが連邦宇宙軍には違いねぇんだが、こいつは特別ですぜ。ここまでやった例はおれも知らねぇ……」

複写したデータを整理していた親爺参謀長が、確認するように口を挟む。

「これは、追い詰められて……というわけじゃないですね。最後の突撃までの間に逃げる機会はいくらでもあった」

住職も考えは同じようだ。

「左様ですな。撤退命令を受けていたのだから、いつ退避しても非難されることはなかったでしょうな」

「……なのに、自分から戦いを挑み、最後には個艦突撃までしたってぇことだな。それだけ名誉にこだわったってぇことか？……いや、違うな」

御隠居の自問自答の結果には、ロケ松も異論はない。

「ええ。たしかに連邦宇宙軍にとって名誉は大事だが、無駄に命を捨てねぇことはもっと大事ですぜ。引きぎわが見きわめられない人間に艦隊の指揮は務まらねぇ」

「……となると、名誉や自分たちの命より大事なものが目的だった——ということになりますが……」

親爺参謀長の疑問は全員の疑問だった。

「左様。拙僧には軍人の体験はありませんが、目的もなしに自分の艦隊をすり潰す決断はできないだろうと愚考します」

「目的か……たしか紅天《こうてん》本艦隊の損傷率は八〇パーセントってぇ話だったたな」

親爺参謀長がコンソールを再度確認する。

「はい。一〇八隻の紅天本艦隊の巡航艦のうち、八五隻に主砲を命中させていますね」

「沈没は一隻だけだな？」

確認する御隠居に参謀長が同意する。

「ええ。最初に集中砲火を浴びせた重巡航艦一隻だけです」

参謀長が戦闘データを紅天本艦隊基準で並べ替える。それぞれの艦がキッチナー艦体のどの艦から撃たれたかの一覧だ。

その記録に目を通した御隠居は、納得したように頷くと、難しい顔をしたロケ松に訊ねた。

「最初に一隻爆沈させた後は、どの艦も一目標につき一回しか撃ってねぇ。これは連邦宇宙軍じゃあ普通のことかね？」

ロケ松は難しい顔のまま首を振った。

「いや、こんな事例は見たことも聞いたこともねぇ。巡航艦てぇのはタフなもんだ。一発二発の被弾なら応急修理でなんとでもなる。だから一度命中が出たら砲撃を集中してとどめを刺すのが常識だ。後で戻って来られちゃあ、戦った意味がねぇでしょう。

ましてやこの戦いは反航戦だ。一隻でも損傷した目標が出れば、中将の艦隊の後続艦は通過しながら順にそいつを撃てばいい。こんな楽な砲撃の集中はねぇはずだ……なのに目標を一艦に絞るような気配すらねぇ……」

「たしかに、一点集中ではなく、広く浅くという印象ですな。熊倉《くまくら》大尉さん、これは軍事的に見てどういう意味がありますかな？」

住職に問われて、ロケ松は腕を組んで考え始めたが、すぐに音を上げた。

「損傷艦が増えるから、修理と再編成で時間を取られることはたしかだが……そんなには遅れねぇだろうしな……」

データの処理を続けていた親爺参謀長が確認する。

「たしかに〝ブリッジ〟に到着するのが三日程度遅れるという予想が出ていますね。これは妥当ですか？」

蒼橋義勇軍《あおのはし》には軌道作業艇より大きな艦は連邦宇宙軍払い下げの哨戒艇しかない。名前は参謀長でも、本格的な軍艦の運用に詳しいわけではないのだ。

「こういうのは一番修理期間が長いやつに引きずられるから、まぁそんなもんだろうな。三日以上かかるようなら応急修理とは言わねぇ。工作艦を呼ぶか回航させるレベルだ」

ロケ松の解説に親爺参謀長は頷いた。

「なるほど。その修理は、加減速中は無理ですね？」

聞かずもがなの質問に、ロケ松は小さく鼻を鳴らした。

「当たり前だぜ。慣性航行でゼロG状態にしなきゃあ、壁をよじ登るだけでも一苦労だ」

「……なるほど。修理したのち、改めて加速なり減速が必要だから、結果として三日半という数字になったわけか……」

親爺参謀長は納得した様子だが、ロケ松は少し嘆息した。

「予想に間違いはねぇだろうが、おれにゃあその程度の足止めに意味があるとは思えねぇ……。中将は何をしたかったんだ？」

だが御隠居は、その言葉に表情を改めた。

「いや、大尉さん、意味はあるぜ――というか、ここはある、と考えて行動すべきじゃねぇか？　ご住職もそう思わねぇかね？」

話を振られた住職も意見は同じだ。

「左様。キッチナーさんは何も語らず、ただ行動された。残されたのは言葉ではありません。結果です。この最後の戦いの結果こそが、われわれに残した遺言なのでしょう。だから、それに意味があるかどうかは、残された者がそれを生かすか否かにかかっていると愚考します。意味があっても生かせなければ無意味。逆もまた真でしょうな」

そう正面から和尚に言われて、ロケ松は思わず赤面した。

「あ……すまねぇ。おっしゃるとおりだ。あのキッチナー中将の置き土産に意味がねぇはずがねぇな……」

ロケ松は中将と直接の面識はないが、ムックホッファ准将からいろいろ聞いている。さらにあのホロムービーを見せられたら、意味がないと誇《そし》るほうが無意味だろう。

御隠居が頷く。

「そういうことだろうぜ。まず紅天本艦隊の来襲が三、四日遅れると何か変わるのかを、きちんと考えたほうがいいだろうな」

「それなんですが」と口を挟んだのは親爺参謀長だ。

「それよりこっちのほうが重要じゃありませんか？　健在な艦だけで先行した場合は二日遅れ——という予想です。このパターンは実現性ゼロですよ」

「ん？」と親爺が指し示すデータを見て、御隠居が眉根を寄せる。

「……無傷の艦は一〇八引く八五で二三隻か。たしかにこりゃあ無理だな」

「でしょう？　それっぽっちじゃ〈蒼橋〉の早期制圧は無理です」

ロケ松は少し驚いた。

「無理？　どういうことです？」

親爺は御隠居にちらりと目をやった。御隠居が頷くのを待って話を続ける。

「蒼橋義勇軍は〈紅天〉を脅威と定めた日から延々とシミュレーションを続けてきたんです。なにせある意味、〈蒼橋〉ほど制圧しやすい星系《ほし》はありませんからね。

基本的に人間が住んでいるのは惑星蒼橋の地下都市と衛星だけだから、攻めるほうは〝ブリッジ〟の外側で遊弋《ゆうよく》しながら、出てきた輸送艇を狙うだけでいい。補給の尽きた衛星から順に手を上げるしかなくなります。

ただ、これには時間がかかるし、攻めるほうにも負担は大きい。二四時間三六五日、常に軍艦を〈蒼橋〉に張りつけておかないといけませんからね。

ところが〈蒼橋〉にとってはそうでもない。一番大きな〝簪山《かんざしやま》〟でさえ、孤立してから三年は活動を維持できるだけの用意があります」

それを聞いたロケ松は首をひねった。

「三年？　〝簪山《かんざしやま》〟の人口は八〇万以上と聞いたが、そんなにもつんですかい？」

「なに、いざとなったらみんな冬眠カプセルに入りゃあいいのさ。五万人も起きてりゃあ機能の維持には充分だ」

御隠居にそうあっけらかんと言われて、ロケ松は少し驚いた。

——そうか、こういうところが〈蒼橋〉なんだな。〝ブリッジ〟の住人は皆、宇宙生活の基本技能を取得してる。いわゆる一般人ってやつは観光客ぐらいしかいねぇんだ。だから、〝いざとなったらみんな冬眠カプセルに入りゃあいい〟なんて言葉がさらっと出るってわけだ。並みの星系《ほし》で軍司令官がこんなことを口走ったら、それだけで暴動ものだぜ……。

ロケ松が感心しているうちにも親爺参謀長の話は進む。

「……ところが短期に攻略するとなると話は別です。〝ブリッジ〟内の広い範囲に散在している重要衛星をいっきに占領するしかない。たぶん、最低でも五〇隻は必要になるでしょう。

もちろん攻撃して潰すだけならそんなに数はいらないんですが、それでは〈蒼橋〉を攻略する意味がありませんからね」

そう言われてロケ松は〝ブリッジ〟にある重要な衛星を思い浮かべてみた。

――〝簪山《かんざしやま》〟以下二〇基は下らねぇし、〝踏鞴山《たたらやま》〟はまた別だ。バックアップ担当艦も考えれば、五〇隻でもぎりぎりかもしれねぇな……。

話はさらに進む。

「……だから検討の結果、〈紅天〉が来るなら短期攻略も長期封鎖もないと蒼橋義勇軍は判断しました。どちらも〈紅天〉の経済がもたない。来るなら一点突破でどこかを攻略し、それを交渉の糸口にするだろう――と予測し、それは的中したわけですが……」

「なるほど」と、ロケ松は納得した。〝団子山《みたらし》〟をめぐる戦闘はそのとおりに進み、蒼橋義勇軍にひっくり返されたのは記憶に新しい。

親爺参謀長の話を御隠居が引き継ぐ。

「たしかに思惑どおりだったが、その後で短期攻略に方針を変えて来るとは思わなかった。こいつはもうお手上げだと思ったんだが……」

「キッチナー中将が紅天本艦隊を叩いて、足止めしてくれたってわけですかい？」

と、ロケ松が話を戻す。

「そうなるな。一〇〇隻以上の戦力でいっきにもみ潰すつもりが、八割方損害を受けちまったんだから、無事な艦だけで先行しても数が足りねぇ。〈紅天〉も艦隊を再編成していったん仕切りなおすしかねぇってことになる」

「てことは、中将は〈蒼橋〉の味方をしたってことですかい？」

ロケ松の疑問は当然だった。平和維持艦隊は基本的に中立の立場で行動することが求められる。もちろん、一般市民に被害が及ばないように行動した結果、どちらかに加担しているように見える場合はあるが、原則は中立だ。

今回の例で言えば、平和維持艦隊は〝天邪鬼《アマンジャク》〟迎撃の際は〈蒼橋〉に協力し、ＥＭＰ被害の支援では〈蒼橋〉と〈紅天〉の双方に協力している。

御隠居はロケ松に問われて、少し考える素振りを見せた。

「……と言うより、キッチナーさんはいきなり攻撃された時点で、〈紅天〉を明確に敵だと判断したんじゃねぇか？　敵ならその意図を挫《くじ》くべく動くのは当然だし、それが結果として〈蒼橋〉に肩入れした形になっているだけだろう」

「なるほど、〈蒼橋〉とは関係なく、〈紅天〉の思惑を潰すのが目的だったということですな。となると、その思惑というのは、やはり〝時間〟ですかな？」

住職の言葉に三人が頷く。時間稼ぎをすれば〈紅天〉の思惑は外れる＝〈紅天〉は事を急いでいる――ということだ。

親爺参謀長がスクリーンをクリアにして三人に向きなおる。

「そろそろ《プロテウス》と連絡を取る時間です。少し整理しましょう。まず……」

その少し後、《プロテウス》のCICで参謀長のアフメド中佐は感心していた。

「やはり〈蒼橋〉にはバックがあったようですね。以前の准将の憶測どおりです」

ロケ松が〝葡萄山《ぶどうやま》〟から通常回線で送って来た報告の確認が終わったところだ。

ムックホッファ准将が苦笑する。

「まさか孤児と苦学生支援のネットワークがそれだとは思わなかったがな。だが、それが〈蒼橋〉の意志決定に影響を与えていることは事実だろう。詳細を知る必要があるな」

「熊倉大尉もそれは承知しているようですね。報告に注記があります」

「ふむ。こちらが今から動くより確実だな。当面は任せよう。あと、気になるのは……」

「足止めの件ですね」

参謀長の発言に、准将が頷く。

「うむ。あの〝この最後の戦いの結果が、われわれに残した遺言だ〟という発言は重かったな。われわれは中将に見られているということだからな」

「はい。中将と将兵の奮戦の結果を無にすることはできません」

「そのとおりだが、その前に一つ、どうしても確認しておかなければならないことがある」

そう准将が視線を向けると、参謀長は頷いた。

「紅天本艦隊がなぜ中将の艦隊を攻撃したか——ですね？　平和維持艦隊に手を出せば、連邦に報復されるのは分かりきった話なのに、なぜそんなことをしたのか……」

そこまで聞いた准将は片手を挙げて参謀長を遮り、その手でコンソールを操作した。

司令長官専用ブースの周囲に薄青い幕が立ち上がり、ＣＩＣの喧騒が「サーッ」という遠いホワイトノイズに置き換えられる。

遮音スクリーンが立ち上がったのを知って、参謀長の表情が変わった。

「……これはそういう話なのですか？」

准将も難しい表情になる。

「うむ、単なる雑談ですませるには少々きな臭い話だ。わたし個人の推察だが、無用のトラブルは避けたいからな」

そう言うと、准将は参謀長を正面から見つめた。

「平和維持艦隊を攻撃すれば連邦から報復される——これは常識だ。だから皆、なぜ紅天本艦隊が攻撃に踏みきったか分からず、混乱している。だが、常識が実は常識ではなかったとしたら、どうなる？」

参謀長は虚を突かれた。

「常識ではない？　それはつまり、報復がないということですか？」

「現に報復は行なわれていない。違うかね？」

そう准将に問われて、参謀長は愕然とした。

「まさか……安全保障委員会内部に、〈紅天〉に与《くみ》する勢力がいて、報復の動きを阻止しているということですか？」

蒼白になった参謀長に、准将が軽く頷く。

「おそらくそうだろう。そしてこうなることは〈紅天〉も読んでいたはずだ」

「どういうことです？」

参謀長は戸惑うばかりだ。

「少し話を戻すぞ。今回の〈蒼橋〉への介入が、安全保障委員会の総意だったわけではないことは知っているな？」

「はい。連邦はみだりに自治星系間の問題に介入すべきではない――という意見は根強くあります」

准将の口調は落ち着いている。参謀長も少し落ち着いた。

「そうだ。だから今回の派遣でも長期化を防ぐために、戦力は一〇〇隻以内と枠をはめられた。これは介入に対する積極派と消極派の妥協の産物だったわけだ」

「はい。承知しています」

「だが、もう一つ忘れてはならないことがある。〈紅天〉の直接加盟問題だ」

「あっ！」

参謀長が小さな叫び声をあげる。

――たしかに〈紅天〉は一自治星系の枠を脱して連邦に直接加盟することを求めていた。まだ正式に表明したわけではないが、その意図を隠そうとはしていない。その意思は今や公然の事実だった。

「それを後押しする勢力があると？」

「結論を先に言えばそのとおりだ。いくら〈紅天〉が世間知らずでも、連邦内部に好意的な勢力がなければ、どんなに直接加盟を唱えても世迷い言《ごと》でしかないからな」

領ける話だ。参謀長は少し考えて口を開いた。

「……それが安全保障委員会の介入消極派だと？」

准将は小さく首を振った。

「いや、それは分からない。星間政治の奥底まで知る立場にはないからな。ただ、安全保障委員会は、〈蒼橋〉介入積極派と消極派だけでなく、〈紅天〉支持派と不支持派が複雑に入り混じった状況にあるのは間違いないだろう」

何やら自信ありげだ。参謀長は少し踏み込んでみることにした。

「失礼ですが、今、政治の奥底までは分からないとおっしゃったばかりなのに、なぜそう言いきれるんです？」

その言葉に准将は薄く微笑んだ。

「証拠があるからな」

「証拠？　どのような？」

訝《いぶか》しげな参謀長に准将は改めて向きなおり、告げた。

「いまだに連邦宇宙軍本部から指示が来ていない。もし基本方針に変わりないのなら、超遠距離攻撃を受けた時点で中将に〝応戦せずに撤退を急げ〟という命令があったはずだ。状況は高次空間通信《HDSN》リンクで本部に直接届いているんだからな」

参謀長が考え込むように呟《つぶや》く。

「……しかし、中将が反撃に移っても制止命令は来なかった……」

「そうだ。撤退命令も応戦命令も出ていない。連邦宇宙軍本部は完全に沈黙したままだ。これがどういうことか分かるかね？」

顔を上げた参謀長が少し自信なげに答える。

「……安全保障委員会の意思統一ができていない——ということですね？」

「そうなるな。たぶん、〈紅天〉の行動を黙認するか、逆に報復に出るかで対立しているのではないかと思う。どういう名目かまでは分からんが、連邦宇宙軍が動けないような策が取られているのだろうな」

参謀長は言葉を選び、ゆっくりと応じた。

「……ということは……紅天本艦隊が中将の艦隊を攻撃した理由は、ガラ空きの自分の勢力圏を攻撃されないため——ということですか？」

准将もゆっくり答える。

「……わたしはそうだと確信している」

「うーむ……」

准将からデータを受け取った葡萄山細石寺の庵の中に、ロケ松の唸り声が響いた。

「妙な話ですぜ。准将の言うことに間違いはねぇとは思うんだが、おれにゃあ政治向きの話はさっぱりだ」

腕を組んで、難しい顔をしたままのロケ松をなだめるように、御隠居が声をかける。

「そう言わずに考えてもらいてぇ。あんたの大将《ムックホッファ准将》が言うとおり、この仕掛けは〈紅天〉と連邦内部の勢力がつるんでなけりゃできることっちゃねぇ」

「そりゃあ、安全《う》保障委員会《え》が動かねぇんじゃ、連邦宇宙軍もどうしようもねぇのは道理だが……そんなに〈紅天〉の影響力ってのは強ぇんですかい？」

住職は、何かを思い出すように視線を空中に投げて答えた。

「左様ですな……主席の話では、最初はそれほどでもなかったような気がしますな。だからこそわれわれ〈蒼橋〉は連邦宇宙軍が介入することを見越してストライキを始めたわけです」

御隠居が頷く。

「おお、そういえばそうだった。あの時は主席が動いて安全保障委員会の多数派工作をやったはずだ。態度が曖昧な星系《ほし》が多くて苦労したみてぇだが、平和維持艦隊を出してもらえる算段がついたんで、おれも腹を決めたんだが……」

「それがいつのまにかひっくり返っていた……おれがひっかかってるのも実はそこなんでさぁ……」

途中で口を挟んだロケ松は、腕を組んで考え込んだまま言葉を続ける。

「……最初は〈蒼橋〉の算段どおり平和維持艦隊派遣が決まった。なのに、今になって連邦宇宙軍の出動が決まらねぇってのはどう考えても妙でしょうや。

こちらは巡航艦を九隻やられて、司令長官も戦死してるんですぜ。しかも先に手を出したのは〈紅天〉だ。政治的な思惑がどうなってるのかは知らねぇが、やるべきなのはまず、〈紅天〉に筋を通させることでしょう。違いますかい？」

ロケ松の憤懣《ふんまん》はかなりのものだが、御隠居はそれをあっさりいなした。

「いや、違わねぇ。違わねぇから実行できねぇんだろうさ」

「どういうこってす？」

ぽかんとしたロヶ松をフォローしたのは住職だ。

「〈紅天〉に筋を通させるには、連邦もそれなりの代価を払わなければならないということですな。安全保障委員会には〈紅天〉に与《くみ》する星系《ほし》があり、しかもかなり有力——〈紅天〉への報復を決定させないほど——な勢力になっているようです。

ですから、ここで安全保障委員会の報復派が対〈紅天〉報復決議を無理やり採択すれば、委員会内部に亀裂が生じるでしょう。連邦が一枚岩でないことは皆承知していますが、実際に割れ始めたら大変なことになる——つまりはそういうことです」

聞くうちに腕をほどいたロヶ松は、思わず嘆息した。

「結局、〈紅天〉自体より、〈紅天〉の後ろにいる星系《ほし》が問題だってことか……」

住職が静かに続ける。

「たぶん……キッチナーさんは、最初に攻撃された時に、そういう事情に思い至ったんでしょうな。安全保障委員会の内部に〈紅天〉に与する勢力がいなければ、無警告で攻撃されるはずがない——とね。

そして、相手が通り過ぎるだけの単従陣で迫って来ることを知って、さらに確信した。彼らが求めているのは具体的な戦果ではなく、〝平和維持艦隊が攻撃された〟という事実だけだ——とね。

だから、あそこで逃げても誰も非難はしなかったはずなんですな。むしろ良く無用な戦闘を避けたと誉められたでしょう。そして損害が少なければ当然、〈紅天〉へ反撃すべしという声はそう高くならず、〈紅天〉に与《くみ》する勢力にとって一番いい形になります。あとは無傷の紅天本艦隊が〈蒼橋〉を制圧し、資源の輸出を再開するのを待てばいい——うまく考えたものです」

住職の説明に御隠居も頷く。

「たしかにそうだ。安全保障委員会内部で勢力が拮抗している状況を放置すりゃあ、いつ報復案が可決されるか分からねぇ。だから〈紅天〉を使嗾《しそう》して先に攻撃させやがったんだ。その上で不介入を決議しちまえば、ひっくり返すのは難しいだろうぜ。手を出されないように自分から仕掛けるってぇ策は、一つ間違えりゃ完全に裏目に出る。途中で割って入る連中によほどの力がなけりゃあ、とても取れねぇ算段だぜ」

しきりに感心して見せる御隠居をよそに、ロケ松が訊ねる。

「しかし、中将は反撃して徹底的に戦っちまった。連中にとっちゃ予想外もいいところだが、おかげで〈蒼橋〉をいっきに制圧はできなくなった。これはやっぱり連中の思惑を潰したってことでいいのかね？」

それに答えたのは住職だった。

「そうですな。だがそれだけではありません。できるかぎり損害を与えて時間稼ぎをするのはもちろんですが、もっと肝心なことがあると愚考します」

「肝心なこと？　それはなんですかい？」

ロケ松の問いに、住職は少し微笑んだ後、姿勢を正すと表情を消した。

「それは……あえて無謀な戦いを挑み、全滅して見せることで、安全保障委員会と連邦宇宙軍本部の尻を叩く――ということです……」

御隠居が思わず声を上げる。

「そりゃあ、キッチナーさんは本気で捨石になったたってぇことかい！　名誉と栄光のためでなく――ってぇ話はよく聞くが、並の人間にできるこっちゃねぇぞ！」

ロケ松は、目を閉じた。

「いや、あの人はそれくらいのことはやれる人だった……ご住職の言うとおりだ……」

親爺参謀長はしみじみと述懐する。

「やはり、名誉や自分たちの命より大事なものが目的だったんですね……」

その言葉が宙に消えた後、四人は無言のまま大きく溜息をついた。

しばし沈黙が支配する。

やがて、親爺参謀長が重い口を開いた。

「……となると、これからが骨ですね。中将の遺志を無駄にしないためには、紅天本艦隊が〝ブリッジ〟に近づかないように足止めしなくてはならない。蒼橋義勇軍にそれができますか？」

そう問われて、御隠居はあっさりと手を振った。

「そりゃあ無理だぜ。〝ブリッジ〟の中ならどうとでもなるが、外から撃たれちゃあどうしようもねぇ」

その様子に和尚が苦笑いを浮かべる。

「こりゃまた正直な答ですな。でもまぁそれが当然……となれば頼れるのは一人だけです」

最後に締めたのはロケ松だった。

「分かってる。うちの大将《ムックホッファ准将》に頼むしかねぇな」

「これは正式な協力要請ですね」

《プロテウス》のＣＩＣで、〝葡萄山《ぶどうやま》〟から再度送られて来たデータを解読した参謀長が頷くが、准将は小さく首を振って見せた。

「いや、正式ではない。向こうの署名は蒼橋義勇軍総司令官で、主席ではない。まだ実務的な根まわしの段階だ……まぁ、ここで合意すればそれがそのまま正式なものになるのは間違いないが……」

その、奥歯に物が挟まったような口調を聞いた参謀長が怪訝《けげん》な顔になる。

「何か問題でも？」

「いや、今までもＩ　Ｏ《Irregular Object》迎撃やＥＭＰ被害救援で協力しているから要請に応えることは吝《やぶさ》かではないが、大きな問題が一つある……撤退命令だ」

参謀長は、「ああ」という顔になった。

「そうか、そうですね。連邦宇宙軍本部から新しい命令が来ていない以上、最後の命令が有効なわけですから、立場上、ここで紅天本艦隊の相手をするわけにはいかないということか……で、どうします？」

あっさりと答えた参謀長を見て、准将は苦笑いを浮かべた。

「簡単に言ってくれるな。もちろん協力はする。中将の真意が分かった以上、それを無駄にするわけにはいかんからな」

参謀長も同じ気持ちなのだろう。表情が違う。

「ええ。中将が何も言ってくれなかったはずです。こんなことを連邦宇宙軍本部に直結している高次空間通信《HDSN》リンクに乗せるわけにはいきませんからね」

「一つ間違えば体制批判だからな。あくまでも自分たちの名誉を守るための独断行動で押し通すつもりだったのだろう……」

そう答えた准将は、改めてキッチナー中将のやってのけたことの大きさに思いを馳せた。

――あの短時間でよくもそこまで考えたものだ。やはりあの人にはとてもかなわない…

……。

「中将の意思を無にするわけにはいかない。とはいえ、協力には撤退命令以上の名目が必要ということだ。だが、それを考えるのはあとにしよう。今は実務のほうが先だ」

「なるほど、なし崩しですか？」

「共犯関係というやつさ。前に参謀長が言ったとおり、今やわれわれと〈蒼橋〉は一蓮托生《いちれんたくしょう》だ。共に死ぬか共に生きるかしか道はない。

そしてわれわれの撤退命令に期限はない。安全にそして確実に撤退するために、するべきことをする……それだけのことだ」

准将はそう答えると、目の前のスクリーンに表示された〈蒼橋〉の概念図を見上げた。

――紅天本艦隊がどんな軌道を取って来るか見極めるのが先決だな。蒼橋義勇軍は〝ブリッジ〟の外に出ることができないから、これはわれわれの仕事だ。

准将は小さく頷くと、コンソールのカフを上げた。

「第四、第五啓開戦隊に命令。搭載の探査機《プローブ》の半数を、〝ブリッジ〟外に射出せよ。軌道半径は一光秒（約三〇万km）から一〇光秒（約三〇〇万km）の範囲。軌道に到達し次第、レーダー起動！」

蒼橋跳躍点での激戦から一日（紅天本艦隊来寇まであと二〇日）。

ムックホッファ艦隊《第一〇八任務部隊》は、撤退に向けて行動を開始した。
正確に言うならば、「生き延びて、撤退するため」に。

8　再　来

「……よって、現行の幹部会は総辞職し、われわれに代表権を譲るべきと考えます」

髪を撫でつけた長身の男がそう発言を結ぶと、一礼して着席した。

〝簪山《かんざしやま》〟の行政区画の中にある蒼橋《あおのはし》評議会議場にまばらな拍手が響く。

評議会主席、ムスタファ・カマルは溜息をつくと、軽く頷いて、議長に議事を進めるよう促した。

〈紅天《こうてん》〉の強硬姿勢転換以来、七度目の幹部会不信任案の提出だが、可決される可能性はない。提案した〈紅天〉系組合の評議員は議場の二割に満たないからだ。

髪を撫でつけた長身の男は、隣に座っている男と、何やら小声で話をしている。

――あの男が成立の見通しのない不信任案を飽きもせずに出してくるのは、〈紅天〉へのおもねり以外の何物でもないだろう。それにしても、こいつらは本当に、紅天本艦隊が来たら自分たちが〈蒼橋〉の主導権を握れるとでも思っているのか？

――自分たちがＥＭＰ被害の復旧をどれだけ妨害したかを承知の上でそんなことを考え

ているとしたら、驚くより先にあきれるよりないが……それが〈紅天〉の〈紅天〉たる所以《ゆえん》かもしれんな……。

そう瞑目《めいもく》して主席が天井を仰いだ時、正面のメインスクリーンに幹部会不信任案の投票結果が出た。

賛成四一、反対一五七、棄権二。

その結果を見て、主席の眉が曇る。

——これまでの六回の投票にはなかった棄権票が出ている……まずいな。

「苦労してなさるようだね？」

幹部会を終えて私室に戻った主席に向かって、〝葡萄山《ぶどうやま》〟CICで投票結果を知らされた御隠居司令長官が、モニタの中からことさら軽い口調で返す。

「ああ、連中にしてみれば、分艦隊でしかないムックホッファ准将の助力など眼中にないだろうからな。紅天本艦隊が簡単に蹴散らしてくれるとでも思ってるんだろう」

主席の口調はいつにも増して苦い。

「いずれにせよ、交渉の余地なしと宣言している相手に政治家ができることは、ほとんどない。ムックホッファ准将と蒼橋義勇軍にがんばってもらうしかないが……実際のところ、本当に勝てるのかね？」

だが、御隠居司令長官の返答は主席の希望を簡単にぶち壊した。

「勝てる？　馬鹿を言っちゃあいけませんや。勝てるわけがねぇでしょうが」

主席の顔色が変わる。

「！　た、滝乃屋《たきのや》司令長官。それはどういうことだ？　勝てないのならなぜ連邦宇宙軍と連携を……」

「まあまあ、主席、落ち着いてくだせぇ。ムックホッファ准将が言ってました。〝この戦いは勝とうと考えたら負ける。だから負けないことだけを考える〟とね」

「負けないこと？　それは勝つのと、どう違うんだ？」

「戦いってぇのは、正面から戦って勝ち負けつけるだけのもんじゃねぇってことです。判定もあればドローもある。ま、見ててくだせぇ」

御隠居は、気色《けしき》ばむ主席をいなすように答えた。

だが、見せ場は意外に早く訪れた。

複数の高速飛翔体探知
方位：二七〇・一一四。距離：四二〇万㎞。速度：秒速六〇㎞。加速度変化：ゼロ
到着まで七二時間
飛翔体数三〇以上、増加中

低い警告音と共に、〝ブリッジ〟の外側にいる《プロテウス》CICの高次空間通信《HDSN》リンク用スクリーンに表示が躍った。

さっと視線を走らせて一読したアフメド参謀長の表情が強張《こわば》る。

「早過ぎる……あの戦闘からまだ三日だぞ……」

紅天本艦隊の接近までには、まだ二週間以上の余裕があるはずだった。連邦宇宙軍と蒼橋義勇軍の連携はようやく機能しはじめたばかりで、準備ができているとは言い難い。

ムックホッファ准将も厳しい表情で表示をチェックし、ふと、何かに気づいた様子で航法参謀に繋がるカフを上げた。

「航法、探知した目標の予想減速Gを出してくれ。少し速度が高過ぎる気がする」

一瞬の間があって、コンソールのスピーカーが反応する。

「……これは……今すぐ減速を開始しても、〝ブリッジ〟の軌道に同期するには最大七G以上必要です」

「分かった。やはりそうか」

航法担当員からの報告を聞いた参謀長が聞き返す。

「これは航宙艦ではないということですか？」

「紅天本艦隊そのものはまだ遠い。たぶん、探査機《プローブ》だろうが……」

「ひやっとしました。で、どうします？」

ムックホッファ准将も、安堵したのだろう、小さく頷いた。

「少し様子を見よう。通常の警戒態勢を維持。蒼橋義勇軍に連絡を頼む」

「了解《イエス・サー》しました」

参謀長は、敬礼を返すと、高次空間通信《HDSN》で送る文面の作成に入った。

「〈紅天〉が来たってか？」

連続して鳴り響く低い警告音と共に、非常呼集のアナウンスが流れるなか、〝葡萄山《ぶどうやま》〟の蒼橋義勇軍CICに御隠居こと滝乃屋司令長官が姿を見せた。

ほっとした表情の親爺《おやじ》参謀長ことシュナイダー大佐が迎える。

「ムックホッファ准将から連絡がありました。探査機《プローブ》のようです」

蒼橋義勇軍には〝ブリッジ〟をカバーする航法支援レーダー以外に遠距離探知能力がない。頼りはムックホッファ准将の第一〇八任務部隊の哨戒艦が放った探査機《プローブ》だけだ。

だが、スクリーンに表示された座標を見た御隠居は、訝《いぶか》しげに首をひねった。

「妙な方角から来たな……」

紅天本艦隊はキッチナー艦隊を撃破した後、蒼橋主星の南天方向に向けて去った。そのまま一番効率的な軌道を選んだなら、〝ブリッジ〟には同じ南天方向から接近するはずだ。

だがこの目標はどちらかと言えば北天側から接近して来ている。

親爺参謀長も同じことを考えたのだろう。

「今、軌道計算をさせていますが……あ、出ました。紅天本艦隊が放ったとすると、かなり無茶な軌道を取らせたことになりますね」

スクリーンに出た軌道は南天の底で紅天本艦隊から分離し、急角度で北天に向かった後、頭を下げて〝ブリッジ〟に向かっている。

積分記号（∫）を引き伸ばした形に似ているその軌道を見て、御隠居は、半分呆れたような口調で呟《つぶや》いた。

「無茶どころじゃねぇな。こんな軌道を三日やそこらで飛んで来たらGは二〇を超えるし、そもそも推進剤《アイス》がもたねぇだろう」

「……たしかに。こいつは紅天本艦隊が放ったもんじゃありませんね」

「だな、間違いねえ……となると……考えられるのは一つだけだな」

御隠居の言うことは親爺参謀長にも分かる。いま〈蒼橋〉に紅天艦隊は二ついるのだ。

「撤退中の〈紅天〉の蒼橋派遣艦隊ですね」

「それしかねぇだろう。連中はいまどの辺にいる？」

「出発が一〇日前ですから、まだ跳躍点には着いていませんね」

〈紅天〉蒼橋派遣艦隊は、解任されたアンゼルナイヒ中将と蒼橋義勇軍が引き渡した二隻の軽巡航艦の捕虜を乗せ、〈紅天〉に向かっている。

「よっしゃ、連中が標準的な軌道を取っていると仮定して、この目標を放てたかどうか計算させてくれや」

「分かりやした」

参謀長が指示を出してから数分後に軌道計算の結果が出た。

「ああ、これならそれほど無理ではありませんが……おかしいな？」

その口調を御隠居が聞きとがめる。

「どうしたい？」

計算結果に目を通していた参謀長の言葉には、疑念が満ちていた。

「いや、派遣艦隊は〝ブリッジ〟から遠ざかる軌道に乗っていますから、こちらに探査機《プローブ》を出せば速度が相殺されて……あ、間違いない」

観測諸元を基に計算していた親爺参謀長の表情が強張る。

「どうした？」

「こいつは探査機《プローブ》じゃありません。長射程ミサイルです！」

「なんだと！」

御隠居は目を見開いた。

る。

「長射程ミサイル？　間違いないか？」

御隠居からの報告を《プロテウス》のCICで受けたムックホッファ准将の声が高くなる。

それに対し、航法担当参謀の応答は冷静だった。

「間違いありません。蒼橋義勇軍から受け取った航法支援レーダーの観測パターンと五〇％以上の確率で合致していますが、探査機《プローブ》のパターンとのマッチングは二〇％以下です」

「目標はどこか分かるか？」

航法担当参謀は、目の前のスクリーンに、飛来する長射程ミサイルの軌道を表示した。

観測された座標から予測される未来位置は、円錐形に広がって〝ブリッジ〟全体を包みこむように広がっている。

「現在の座標では、まだ最終誘導コースに乗っていません。未来予測位置は〝ブリッジ〟付近としか言えません」

「分かった、最終誘導に入るのは何時間後だ？」

航法担当参謀はスクリーンに計算結果による到達予測時間を表示させた。

「遅くても四〇時間後には開始すると思われます」

「了解」

そう告げてカフを下ろした准将は、きつい表情で傍らのアフメド参謀長を振り返った。

「どう見る？」

「何をそんなに急いでいるのか？　何を狙っているのか？　妙なことが多過ぎますね……」

紅天本艦隊は応急修理と再編成を終え、〝ブリッジ〟に向かう軌道に乗っている頃だ。

「たしかに妙だ……だが、これはチャンスかもしれん」

「チャンス？」

「ああ。〈紅天〉はわれわれが思っていたより追い詰められているのかもしれん……」

准将は通信担当参謀に向き直った。

「通信、〝葡萄山《ぶどうやま》〟と回線を開いてくれ」

「了解」

通信担当参謀が、そう言ったとき、モニタの中に受信を告げるアイコンが点滅した。

「……あ、今、蒼橋義勇軍から先に通知が来ました。出しますか？」

「もちろんだ。出してくれ」

「了解《イエス・サー》」

《プロテウス》CICの中にめぐらした遮音スクリーンの中に、御隠居司令長官の声が流れる。

「滝乃屋だ。ムックホッファさんかね？」

「はい。例の長射程ミサイルの件ですね？」

准将の応えに、御隠居の声が、くぐもったような響きを立てる。笑ったらしい。

「さすがだな。狙いはどこだと見るね？」

「〝簪山《かんざしやま》〟でしょう。他に考えられない」

准将の迷いのない答に、御隠居の声が一瞬途絶える。

「……やはりそう見るか……しかしあそこには〈紅天〉系市民が二〇万人以上いる。そいつらを犠牲にしてもかまわねぇような覚悟が〈紅天〉にあるかね？」

准将は少しためらうと、手元のデータを見なおし、小さく頷くと言葉を継いだ。

「いや。以前のテロで〈紅天〉は、〈紅天〉市民がほとんどを占める蒼北市《あおきたし》を狙ったと聞いています。今さら躊躇はしないでしょう」

御隠居が一瞬息を呑む気配がした。

「……それもそうか……だが、長射程ミサイルを集中しても、〝簪山《かんざしやま》〟を破壊はできねぇぜ。直径六キロの岩塊《ヤマ》を砕くにゃあ、一〇〇発くれぇは必要だ」

「ええ。それは承知しています。目的は別でしょう」

准将の返答を予期していたのだろう。御隠居が静かに応える。

「機能の無力化――かね？」

「はい。〝簪山《かんざしやま》〟は〈蒼橋〉の要《かなめ》です。指揮命令系統を物理的に破壊してしまえば、〈蒼橋〉の組織的抵抗は不可能ですからね」

「……たしかにそうだ。〈蒼橋〉制圧完了と全銀河系に打電されれば、実情がどうであれ、おれたちに反論する術《すべ》はねぇな……」

そこまで言って、御隠居はいったん言葉を切った。ややあって再び聞こえた口調は一変していた。

「……待てよ。てぇことは〈紅天〉はよほど焦ってるってことだぜ。紅天本艦隊が到着して実際に占領作戦を始める前に、〈蒼橋〉占領宣言を出したがってるってぇことにならねぇか？」

准将は軽く頷いて口を開いた。

「さすがですね。こちらの結論も同じです。早急に勝利宣言を出さなくてはならない事情が〈紅天〉にあると見ます」

「分かった。だが……その事情が何かはまだつかめてねぇんだな？」

「はい。まだ不明です。ただ、向こうが急いでいるならこっちは時間稼ぎをする――今のところはそれだけです」

スピーカーからポンと軽い音が響く。御隠居が手を打ったのだろう。

「よっしゃ。面倒なことは後だ。こっちは〝旗士〟と〝露払い〟に総動員をかけて、最終誘導に入った長射程ミサイルを迎撃する手はずを整える。そっちに半分落としてもらえりゃあ、なんとかなるかもしれん」

「半分？……ですか？」

ムックホッファ准将の言葉には、訝しげな色がにじんでいた。

連邦宇宙軍の対《アンチ》レーダーミサイルをフルに使っても、すべてを落とせるとは限らない。ましてや長射程ミサイルは、ギリギリの距離まで近づかねばレーダー波を出さないため、迎撃の網をくぐるミサイルの数は増えるだろう。

准将の言葉は、御隠居にも伝わったのだろう、御隠居は、安心しろ、というニュアンスで答えた。

「ああ。こっちにも考えてることがあるんでな。頼んだぜ」

宇宙空間を、いくつもの光点が移動している。

それは〝簪山《かんざしやま》〟に向かって、飛来する紅天艦隊の放った長射程ミサイルを迎撃するために出勤した蒼橋義勇軍の〝旗士〟と〝露払い〟たちの姿だった。

「うーん、やっぱりまだ最終誘導には入らないか……」

迎撃地点に向けて2Gの全力で加速している《播磨屋四號《はりまや》》のコクピットで、コンソールを確認していた滝乃屋昇介《たきのやしょうすけ》が呟く。

「……何が……です？」

そう薄目を開けて訊ねたのは便乗席のロイス・クレインだ。２G加速は二度目とはいえ、慣れていない身には辛い。

「長射程ミサイルが最終誘導段階に入ってレーダーを発信してくれれば、連邦宇宙軍の対《アンチ》レーダーミサイルが始末してくれるんだけどね。このまま発信しないでやり過ごされちゃうと、迎撃確率がぐんと落ちるらしいんだ」

目標のレーダー波を捉えて照準する対《アンチ》レーダーミサイルは、レーダー波がなければ探査機《プローブ》のデータを参考にして狙いを定めるしかないが、当然ながら命中する確率はガタ落ちになる。

かといって対《アンチ》レーダーミサイルの発射を遅らせれば加速時間が不足して速度が上がらない。当然目標にあわせた軌道修正の角度は大きくなり、迎撃の確率はやはり落ちることになる。

ロイスは前に説明されたことを思い返そうとしたが、Gが強すぎて考えがまとまらないのだろう、あきらめて目を閉じた。ぽつんと言葉が漏れる。

「音羽屋《おとわや》さん……どうされてるんでしょう？」

音羽屋忠信《おとわやただのぶ》の救難信号が受信されたのは三日前だ。

ただちに蒼南市《あおなみし》に連絡が取られたが、折悪しく蒼橋地表では砂嵐が発生し、大気圏内航空機が飛べる状況にはなかった。砂嵐が赤道付近を通過するまで動きが取れないのだ。

ロイスのつぶやきを耳にした昇介は、便乗席のロイスを振り向いて微笑んだ。

「大丈夫。救難信号は生体データも一緒に送って来てくれてるからね。少ししなびてるかもしれないけれど、命に別状はないよ」

ロイスも薄く微笑む。

「しなびて……ですか？」

「ああ。水に漬けてやればピチピチになって復活するよ」

ロイスは思わず吹き出した。

「音羽屋さんは乾燥ワカメですか？」

昇介が連られて微笑もうとした時、《播磨屋四號》のコクピットに低い告知音が流れた。

「来た！」

連邦宇宙軍の探査機《プローブ》が感知したデータが、防人リンクを経由して届いたのだ。

「間に合えばいいのだがな」

参謀長から報告を受けたムックホッファは、メインスクリーンの長射程ミサイルの座標と、対《アンチ》レーダーミサイルの軌道を見比べた。

長射程ミサイルのすべてが、同じ位置でレーダー波を出すわけではない。

群れとなって飛来する長射程ミサイルには、AI《人工知能》が搭載され、相互にリンクされて、一種の群体知性のような働きをする。

ミサイルの群れは、目標に向かって飛びながら、一定の距離に達すると、ランダムに選ばれたミサイルが触覚のようにレーダー波を出し、目標物の位置を測定するようになっている。

そのデータは、レーザー発振によって、群れを作って飛んでいるすべてのミサイルに送られ、共有される。

レーダー波を出したミサイルの数はわずかであり、このレーダーによって目標の位置を探った後でどのようなコースを取るのか、どの位置まで近づいてからそれぞれのミサイルがレーダーを作動させるのか、正確なところはわからない。

対《アンチ》レーダーミサイルの発射のタイミングは、長射程ミサイルが、どの時点でレーダー波を出して探査を始めるのか、それを読まねばならない。

このデータによっておおまかなコースを決めたミサイルは、事前にプログラミングされた位置まで到達した後、最終誘導用レーダーを作動させる。

探査機《プローブ》が探知したのはこの最初の触覚にあたる短時間のレーダー波だったが、探知能力を極限まで高めた連邦宇宙軍の探査機《プローブ》は見事にそれを探知し、後続してくる対《アンチ》レーダーミサイルに指示を出した。

何しろ四二〇万㎞彼方の話だ。長射程ミサイルがレーダーを発振してから対《アンチ》レーダーミサイルを発射していたのではとても間に合わない。とりあえず接近してくる方向に向けて撃ってから、中間誘導するしかないのだ。

《プロテウス》のCICに、高次空間通信《HDSN》リンクのAI《人工知能》が探査機《プローブ》から送られてくるデータを取捨選択したデータが次々に表示される。

長射程ミサイル加速開始

長射程ミサイルレーダー発信開始

対《アンチ》レーダーミサイル第一陣接触

その表示を見たムックホッファは、息を吐いた。

——間に合った……だが、思ったより近い。この分だと撃ち漏らしがかなり出るかもしれん。

対《アンチ》レーダーミサイル三〇％通過済み、迎撃不能

「迎撃予測数出るか？」

ムックホッファ准将の問いに、砲術参謀の声が応える。

「約五〇基、四三％強です」

飛来する長射程ミサイルの数は一一六基。六十基強が残る計算だ。

「蒼橋義勇軍のリニアガンでどのくらい落とせるか……二割……三割は無理だろうな」

アフメド参謀長が力なく呟く。

蒼橋義勇軍の作業艇が積んでいるリニアガンはもともと小さな岩塊《ヤマ》の軌道を逸らせるためのものだ。直撃しても長射程ミサイルの機能を完全に奪えるとは限らない。

その間にも報告は続く。

「長射程ミサイル残機六四基。四グループに分かれて〝ブリッジ〟に向かいます」

「予想目標出るか？」

准将の問いに、一瞬間があって砲術参謀が応える。

「……予想目標。L区の蒼宙市《あおぞらし》、保養ステーション《ぶどうやま》、蒼橋リンク管制センター衛星《かなめやま》、後はH区のサブ管制センター《こかなめ》と思われます」

「今度も〈蒼橋〉の軍と政の中枢を突いて来ましたね」

参謀長の発言は前にあったテロの経緯を踏まえてのことだ。

「そうだな。搦手《からめて》が無理だったから正面から来たということだろう。ただ、蒼橋義勇軍が待ち受けている。後は彼らと滝乃屋司令長官の手並み次第だが……」

そうムックホッファ准将が顎をなでた頃……。

「そろそろ来るよ！」

防人リンクから流れた昇介の予告に、生駒屋辰美《いこまやたつみ》は艇の操縦桿を握りなおした。

「分かってる。タイミングを逃がすんじゃねぇぞ」

「当たり前だよ、辰美姐《ねえ》さんが一番槍なんだから。みんな頼りにしてるよ」

「少し面映《おもはゆ》いがな……」

そう言葉少なに返した辰美の耳を、耳慣れた声が叩く。

「抜かすがいいや。一世一代の晴れ舞台だ。男っぷりを見せてやれ」

予備の〝露払い〟の調達が間に合い、迎撃に参加している成田屋甚平《なりたやじんぺい》だ。

「うるせぇ、おれは女だ！」

そこに落ち着いた声が響く。

「男だの女だの言うのはやるべきことをやってからだ。一番槍を任せた以上、おれたちを失望させることはないと信じている。頼むぞ」

甚平の声がおっ、という感じで低くなる。

「ああ。そうだな。G《グリーン》・G《グリーン》の旦那の言うとおりだ。要は任せたってことだ。頼むぜ」

カフの落ちる音を聞いて辰美は苦笑いした。

――たく。散々プレッシャーかけといて、いまさら頼むもねぇもんだ。でもまぁいい感じに緊張してきたぜ……。

先行する昇介の《播磨屋四號》が送ってくるデータによれば、長射程ミサイルの残機は六四基。その半数が〝簪山《かんざしやま》〟に向かっている。

辰美と甚平、そしてG《グリーン》・G《グリーン》の〝露払い〟名人《マエストロ》トリオの役目は、最初にそれを迎撃することだ。一発でも当てればミサイルの軌道が逸れ、後続する〝露払い〟連はその逸れを大きくすることに集中できる。

だが、言うは易く行なうのは難《かた》いのが実務というものだ。ましてや蒼橋義勇軍には正規軍のような砲撃支援システムはないに等しい。〝旗士〟の送ってくるデータと射手の腕以外、頼るものはない。

つまり、加速が始まったいま落とせなければ、もうチャンスはないのだ。

辰美は意識して呼吸を抑え、目標が照準レンジに入るのを待った。

――そして。

「くそっ、外したか。次は……」

辰美がスクリーンを見なおしたとたん、新しい光点が瞬いた。

「あいつか。やっぱり旗坊は凄ぇぜ」

迎撃目標は三二基。全部を迎撃している余裕は最初からない。それを承知で的確な目標を指示してくる昇介の手際の良さに辰美は改めて舌を巻いた。

——本当にあいつの頭の中はどうなってるんだ？

〝露払い〟のリニアキャノンは艇体に固定されているから、照準を変えるには艇自体の向きを変えるしかない。そのバーニア機動の時間まで見込んで出される指示は、とても人間業とは思えなかった。

もちろん、その指示どおりに艇を動かし、リニアキャノンを撃つ彼ら名人《マエストロ》トリオの腕も凡百の〝露払い〟とは懸絶《けんぜつ》しているのだが、彼らには他人を褒めるゆとりはあっても、自分を誇るという驕《おご》りはない。

彼らにとって自分の腕は単なる事実でしかないからだ。

「よし、やった！」

照準ゲージの中央で火花が散り、さらに同じ火花が二つ続く。

——G《グリーン》・G《グリーン》の腕は相変わらずだが、ギプスが取れたばっかりの甚平もやるもんだぜ……。

〝生駒屋見参〟と大書された作業艇は、わずかにサイドバーニアを吹かし、次の目標にリニアキャノンの砲身を向ける。

辰美の背後で、ジェネレーターが押し殺した響きを奏ではじめた。

目標はまだ、半分も通過していない。


――だが……無限に続くかと思われた濃縮された時間は突然終わり、《播磨屋四號》のコクピットは静寂に包まれた。

つい先ほどまで阿修羅王どころか、千手観音のごとき奮闘振りを続けていた昇介が、ゆっくりとシートの背もたれに身体を預け、ぽつんと呟く。

「……疲れた……」

じっと見つめていたロイスが、おずおずと口を開く。

「迎撃……終わったんですか？」

振り向いて微笑んだ昇介の顔は蒼白で、目の下に隈ができている。

開始からわずか三〇分。その変わりように、ロイスが息を呑む。

「ぼくらの分はね。後は後続している〝露払い〟連のがんばりしだいさ……たぶん、やってくれると思う……」

だがロイスは知っている。長射程ミサイルは最終誘導コースに乗り、加速を続けている。

迎撃が遅れれば遅れるほど、難易度は跳ね上がるのだ。

その知識をおくびにも出さず、ロイスは自席のハーネスを外した。

「何か飲み物でも作りましょうか？」

目をつぶった昇介の返事はない。ロイスはその額に優しく手を当て、コクピット後方のキッチンユニットに向かった。


「残りはいくつだ？」

〝葡萄山《ぶどうやま》〟ＣＩＣに御隠居の声が響く。

「〝簪山《かんざしやま》〟に一一基、〝要山《かなめやま》〟に六基、〝小要《こかなめ》〟に七基、そしてここに七基《ぶどうやま》、全部で三一基です」

報告を受けた親爺参謀長がしみじみと呟く。

「全体の無力化率は五一パーセント強です。やはりお孫さんと名人《マエストロ》トリオの腕は凄いですな……」

参謀長が感心するのも無理はない。長射程ミサイルはいったん軌道を逸らされても自力で軌道修正可能なので、無力化率は三割程度が限界というのが事前の予測だったのだ。

たしかに〝簪山《かんざしやま》〟以外の目標も、予測を超える（三八パーセント）無力化率だったが、昇介＋名人《マエストロ》トリオはさらにすごかった。〝簪山《かんざしやま》〟に向かうはずだった三二基の目標の実に七八パーセント（二五基）に命中弾を与え、いったん軌道を逸らせてしまったのだ。

だが、そのまま放置すればその二五基は自力で軌道修正して元のコースに戻って来てしまう。しかも撃ち漏らした七基は加速を続けているので、後続の〝露払い〟連が待ち受ける宙域に達した頃には、彼らの手には負えない速度になっていることが予想された。そのため、後続の〝露払い〟連は無事な七基をあえて無視し、軌道がずれたために慣性航行に移行して目標探索中の二五基に攻撃を集中した。

広い宙域に分散していた彼らが、同行していた〝旗士〟連の指示に従って、戻って来そうな目標に順送りでリニアガンを撃ち込んだ結果、自力での軌道修正に成功したミサイルは四基だけにとどまったのだ。

「まぁ、昇介の阿呆はともかく、名人《マエストロ》トリオの名前は伊達《だて》じゃねぇな。よし、後は着弾時間だが……」

御隠居の取ってつけたような評価に笑いをこらえながら、参謀長がデータを確認しつつ報告する。

「〝簪山《かんざしやま》〟が一三時間後、〝要山《かなめやま》〟が一八時間後、〝小要《こかなめ》〟が一九時間後、ここが一五時間後です」

四つの衛星は〝ブリッジ〟の中に分散しているから、実際に着弾するまでの時間が一致することはない。

「よし。最低でも半日ありゃあ、避難の時間は充分だな」

「はい。すでに当直要員を残して冬眠カプセルに入るよう指示が出ています。人口が多い

〝簪山《かんざしやま》〟でも間に合うはずです」

「一般の作業艇の避難も間に合うな」

「ええ。ただ……、連邦宇宙軍が渋ってます」

「分かってる。ビーム砲で迎撃するっていうんだろう？　気持ちは分かるが、今回はビーム砲の出番はなしだ。そばにいて巻き添えになったら申し開きができねぇ」

「ですね。ムックホッファ准将には念を押しておきます」

《プロテウス》のCICで〝念〟を押されたアフメド参謀長が肩をすくめた。

「やはり退避せよとのことです」

「仕方あるまいな。ここは彼らの顔を立てよう。退避指示を出してくれ」

「了解《イエス・サー》しました。……しかし、うまくいきますかね？」

参謀長はムックホッファ准将の指示を転送しながら呟いた。

御隠居司令長官の策は伝えられているが、やはり確信は持てないようだ。

准将が軽く微笑みを返した。

「聞いたかぎりでは、論理的な穴はないようだ。後は八十二年の蓄積がどこまでものを言うかだが……これぱっかりはやってみなければ分からないだろう」

参謀長は無言で頷く。こうなってしまえば、もう連邦宇宙軍にできることはないのは事実だからだ。

蒼橋跳躍点の激戦から七日目（紅天本艦隊来寇まで一三日）。

ムックホッファの乗る旗艦《プロテウス》と、それに随伴する艦隊は、進路を変え、〝ブリッジ〟と紅天本艦隊を結ぶ線上から離れはじめた。

9 奥義

緊急退避命令が発令中です。繰り返します。〝簪山《かんざしやま》〟全区画に対し、緊急退避命令が発令中です。この放送をお聞きになった当直員以外の方は、大至急近くの冬眠カプセルエリアに向かってください。カプセルの数は充分余裕があります。慌てずに係員の指示に従ってください。繰り返します。全区画に対し緊急避難命令が発令中です……。

〝簪山《かんざしやま》〟の中に、住民に対して避難を呼びかける緊急メッセージが、繰り返し繰り返し流れている。

いつもなら、人通りの絶えないメインストリートは無人となり、交差点にある緊急信号が無駄に赤い点滅を繰り返している。いつもは宣伝用のビデオクリップが映し出されている街角のホロスクリーンにも緊急警告メッセージが流れているが、それを見る人の姿はない。

だが、そんな繁華街から少し離れた官庁街で、一つの騒動が起こっていた。

「で、どうするのかね？　素直に冬眠カプセルに入るか、ここでがんばるか、今すぐ決めてもらわないと困るんだが？」

カマル主席は、そう言うと、執務室に押しかけてきた男たちを見まわした。

幹部会不信任案を提出した〈紅天《こうてん》〉系議員たちだ。

「そ、それは踏み絵を踏めということか？」

蒼白な顔で口を開いたのは髪をなでつけた一人の議員だ。議場で装っていた権威じみた姿勢は完全に消えている。

他の議員たちも、動揺と焦りを隠そうともしない。

――まあ、無理もない。ここで素直に冬眠カプセルに入れば、〈紅天〉が自分たちもろとも〝簪山《かんざしやま》〟を攻撃するつもりであることを認めることになる。かといって入らなければ自分の身が危うい――たしかに踏み絵と言えば踏み絵だが、こっちはそんなものに拘泥《こうでい》している暇はないんだ……。

主席は軽く溜息をつくと言葉を継いだ。

「踏み絵？　意味が分からんが、きみたちのバックにいる方々《紅天本星》から指示はもらってないのかね？」

「し、指示？　そんなものは受けて……いや、違う。無論指示は受けている。当然だろう」

無論、この部屋にいる誰一人そんな言い草を信じてはいない。強硬方針転換以来、〈紅天〉との通信が途絶していることは周知の事実だった。

——あくまでも〈紅天〉の代理人という姿勢を崩すつもりはないというわけか。ま、それならそれでかまわないさ……。

「分かった。ではその指示に従ってくれ。念のために言っておくが、冬眠カプセルエリアは三〇分後に封止される。例外はない」

そう言い置いて、主席は席を立った。

取り残された〈紅天〉系議員たちはばつが悪そうに顔を見合わせたが、突然一人が身を翻して通路に向かうと、後は一気だった。足音が入り乱れ、唐突に静かになる。

主席が振り向いた時、部屋にはもう誰もいなかった。

「ＡＴＴ《蒼橋電信電話会社》一班エア、仙崎《せんざき》、配置に着きました」

「一班配置完了確認。作業開始まで後三時間だ。その場で休息を取れ、一五分前に覚醒波を流す」

「一班エア、了解」

そう管制室に返答したＡＴＴの女性エンジニア、エア・宮城《みやぎ》は、喉頭マイクから手を離すとゆっくり壁にもたれかかった。

「横になったほうが楽だぜ」

そう言って床から見上げるペアの仙崎信雄《せんざきのぶお》に、エアは薄く笑いかけた。

「ありがとう。でもだめなの。寝ると息苦しくて」

それを聞いた仙崎がニヤリとしたとたん、エアにぴしゃりとやられる。

「何か言ったらセクハラだからね」

仙崎は寝たまま器用に肩をすくめると、そのまま自分たちがいる場所の天井を眺めた。

岩肌がむき出しになった円形断面の竪穴《シャフト》の壁面には、小さな照明が等間隔で設置されている。それは途中から細い輝線になり、そのまま闇の中に消えている。その脇に垂れ下がっているのは細い二本のワイヤーだ。

――三〇〇メートルってのは、こうして見ると長ぇ……じゃなかった、高ぇもんだな。ウィンチがなかったらとても降りて来られねぇが……こんな場所があるとは知らなかったぜ。

〝簪山《かんざしやま》〟は回転楕円形の岩塊《ヤマ》の内部に円筒形の市街エリアをはめこむ形で掘り抜かれていて、エリアの最外殻部（人工重力基準で最底部）が一Gになるように回転している。

だから市街地の外（下）に出っ張っている岩盤部分では人工重力は一Gを超えてしまうが、そこにあるのは自動化されたインフラ設備や備蓄エリアなので、通常は人間が立ち入ることはない。

だが、今は仙崎を始めとする何十人かが、その〝簪山《かんざしやま》〟の最外殻部（最底部）で待機を命じられている。

――おれはATTのエンジニアだったはずなんだが、なんでこんなところであんなもののお守りをする羽目になっちまったんだろうな……。

仙崎の視界の向こうで、エアが壁から身を起こし、床から突き出た円形ハンドルに上半身を預けた。安堵の溜息が聞こえる。

――一・五Gであの胸じゃあ、ああするよりねぇか……。

まぁいい。力仕事の時間まで少し休むとしよう……。

「当直作業員点呼完了」

「蒼宙港《あおぞらこう》避難完了」

「一〇分後に全カプセルエリア封止開始します」

「隔壁閉鎖開始」

〝葡萄山《ぶどうやま》〟CICに、〝簪山《かんざしやま》〟のコントロールセンターからの報告が流れる。

「さて……と、いよいよだな」

御隠居司令長官の声は、いつもどおり落ち着いている。

参謀長が、ふう、とため息をついたあと、自分に言い聞かせるように呟《つぶや》く。

「まさかあれを使う日が本当に来るとは思いませんでしたよ……」

ご隠居が頷く。

「ああ。あれを始めた連中も本当に使う日が来るとは思っちゃいなかっただろうさ。だが、備えあれば憂いなしってことを忘れずにいてくれたおかげで、おれたちは助かる。考えてみれば凄ぇことだな」

「まったくです。〝こういうこともあろうかと〟ってのはこういう時に使う言葉なんでしょうな」

親爺参謀長がそう言って微笑んだとき、新しい警告音が響いた。

「到達予定時刻まで三〇分を切ったようだな……」

「いつ始めます？」

「もう少しだな。早からず遅からず、頃合ってやつを見きわめねぇといけねぇ」

「いい加減にやって適当に仕上げるわけですか？」

「ああ。これだって〈蒼橋《あおのはし》〉の仕事だ。他にやりようはねぇだろう？」

「分かりました《ラジャー》。タイミングはお任せします」

「まぁ、司令長官なんぞに祭り上げられてたって、中身は知れてる。失敗しても恨むんじゃねぇぞ」

「そんな無粋な真似はしませんよ。だいたい失敗したら二人とも宇宙《そら》の星屑です。恨んでる暇なんぞあるわけがない」

「違いねぇ。じゃあ、やることをやるとしようか」

御隠居はそう言うと、CICの正面スクリーンに表示された残時間と、長射程ミサイルの距離表示に視線を移した。

――遅けりゃあ厚みが足りねぇ、早けりゃあ間に合わねぇ。因果な役目だが、これが選ばれしものの恍惚と不安、我にあり、ってやつかもしれねぇな……」

スクリーンに表示される二つの数字が恐ろしい勢いで減っていく……。

と、突然その表示がさらに加速した。

その瞬間、御隠居は無意識のうちにコンソールのボタンを押し込んでいた。

CICに、そして〝簪山《かんざしやま》〟に、甲高いブザーの音が鳴り響く。


バルブ開放！　当直作業員は開放完了次第内部に退避！

非作業員は耐Gスーツ密閉確認後、シートに着け。

バルブ開放！　当直作業員は開放完了次第内部に退避！

非作業員は……。

事前に録音されていた警告アナウンスが、〝簪山《かんざしやま》〟との直通回線から流れ出す。

そしてもちろん、当の〝簪山《かんざしやま》〟にいる人間もそれを聞いていた。

バルブ開放！　当直作業員は開放完了次第内部に退避！

非作業員は……。


「よっしゃ、来たぜ」

アナウンスと同時に、一抱えもあるバルブに取りついていた仙崎とエアが、渾身の力を込めてそれをまわそうと試みる。

「だめよ、動かないわ」

「そっちの壁に足を踏ん張れ、ハンドルじゃねぇ、下に渡した梃子の一番端を持って引っ張るんだ」

「分かった」

二人の背筋が悲鳴を上げる。だが、二度、三度と繰り返すうちにバルブのハンドルがわずかに軋み始めた。

「行ける、行けるぞ」

「お願い、まわって！」

次の瞬間、ハンドルはあっけなく動き、思わず手を離してしまった二人は壁に叩きつけられた。

後頭部を打って一瞬気が遠くなりかけた仙崎が頭を振って起き上がった時、ハンドルの向こうにいたはずのエアが、足元に倒れているのに気づいた。

だが、慌てて手を伸ばそうとした時、足元からかすかな振動が伝わって来た。

——他のバルブが開き始めたな。ええい、今は仕方ねぇ！

先崎はエアをそのままにして、一人でハンドルに取りついた。固着が解かれたので一人でもなんとか動かせる。

汗だくになりながらようやく限界ぎりぎりまでハンドルをまわしたとき、仙崎は足元から伝わる振動が一際強くなっていることを知って、かすかに微笑んだ。

——よし、完全に開いたな。あとは……。

もちろんエアだ。

壁に留めてあったウィンチを外し、エアの耐Gスーツに固定する。ちらりと見えたフェイスシールドの奥の顔は真っ青で、四肢にも手応えはない。

身体を持ち上げる時に一度引っこんだ汗が再び吹き出す。

——くそっ、クール機能なんてモノの役に立ちゃしねえ。

仙崎は自分の耐Gスーツのサイドポケットからマジックテープ式の結束バンドを引っ張

り出し、二人の身体を固定した。

――このウィンチなら、人間三人くらいまでなら余裕で引っ張り上げるはずだ。エアの身体に腕をまわし、ウィンチを少しまわしてワイヤーのたるみを取る。後は壁に足を踏ん張って距離を取りながら上がるだけだ。

振り仰ぐ仙崎の目に、三〇〇メートル上まで続く灯りの列が映る……。

当直作業員全員退避完了。
バルブ開放一〇〇パーセント。
当直作業員一名意識不明。脳震盪の模様。命に別状なしとの診断あり。

その報告を聞いたとたん、御隠居の肩がほっという感じで緩む。

「良かった。人死には出さずにすんだな」

「はい、でも肝心なのはこれからです」

CICの正面モニタに映し出されている〝簪山《かんざしやま》〟の姿はおぼろに霞《かす》んでいる。

良く見れば表面のあちこちから細い蒸気のようなものが噴き出しているのが分かる。一G以上の区域に備蓄されていた推進剤《アイス》が緊急排出口から噴出しているのだ。

氷の微細結晶である推進剤《アイス》は通常、真空に触れると瞬間的に蒸発して水蒸気になるが、何しろ量が違う。噴出口は見る見るうちに数を増し、〝簪山《かんざしやま》〟を包む白い霧はどんどん濃くなって行く。

やがて〝簪山《かんざしやま》〟の姿が完全に見えなくなった時、参謀長がぽつんと呟いた。

「間にあったようですが……もったいない話です……」

無理もない。推進剤《アイス》は宇宙空間に生きる者にとっては命の綱だ。これがなくてはどこにも行けないし、そもそも命を繋ぐことすらできない。生命維持システムが供給する酸素の元も推進剤《アイス》なのだ。

惑星の地表には大気も水も無尽蔵に存在する。だが宇宙空間では、それらは人の手によらなければ作り出せない。

ガス惑星である蒼雲《あおのくも》の衛星に製造プラントを作る苦労、それを絶え間なく稼動させ、〝ブリッジ〟まで運んで来る苦労……価格だけでなく、その人の苦労が今、虚空に向けて文字どおり霧散しようとしている。参謀長ならずとも一言、言いたいところだろう。

参謀長の呟きに肩をすくめた御隠居が応える。

「まぁそのとおりだが、いくらもったいなくても〝簪山《かんざしやま》〟に暮らす人間と引き換えにはできねぇぜ」

参謀長は無言で頷いた。それは承知しているが、簡単に割り切れないのが宇宙生活者《そらすみ》というものなのだろう。

と、そこに新しい報告が届いた。

「レーザー検知、屈折してます」

とたんにCICが歓声に包まれる。当直しているオペレーターはわずかだが、その響きはかなりのものだ。

「よし、いける！」

「やりましたね！」

御隠居と親爺が顔を見合わせて相好を崩す。

長射程ミサイルはその名のとおり、目標を遠距離からピンポイントで撃破するための兵器だ。

目標は通常、自力航行や防衛ができない人工衛星類だが、撃墜を困難にし威力を増すために高速度が与えられている。長時間にわたって加速することで、最終的に巡航艦の最大船速並みの速度に達することができるのだ。

だが、この高速度は諸刃の剣でもある。速度が高すぎるために目標の近くで照準が逸れたらやり直しがきかないのだ。

そのため、照準は三段階に分けて行なわれる。最初は触覚型の短時間レーダー発振による探査結果の共有。続いて個々のミサイルに装備された照準用レーダーによる個別誘導。

だが、それだけでは不十分なのだ。何せ目標は衛星類。〝簪山《かんざしやま》〟ほどの大きさがある場合は稀で、通常は軌道作業艇以下の大きさの人工衛星が相手なのだ。レーダーによるアクティブホーミングだけでは精度が足りない。

だから終端誘導《はっしんがたゆうどう》にはレーダーに加えて高精度なレーザー発振が併用される。目標に向けてレーザーを発振し、戻って来た反射光を解析してコースを決めているのだ。

蒼橋義勇軍の狙いはそこだった。

レーザーの直進性は高いが、光である以上、通過する媒体の密度が変われば屈折率が変わる。

宇宙空間は通常真空だから、本来ならそれは問題になるような欠点ではないが、今の場合は違った。目標の周囲は推進剤《アイス》が蒸発した水蒸気の層で覆われているのだ。さらに目標の至近空域はいまだ蒸発していない推進剤《アイス》によって可視光線が遮られている。その中にレーザービームを指向すれば……。

真空中では目に見えないレーザー光が、幾筋も〝簪山《かんざしやま》〟を覆う白い霧の中に光跡を残す。だが、その光跡は真空中から（目には見えないが）徐々に濃くなる水蒸気の層を通過して来たものだ。

光跡は目に消えて揺らぎ、当然反射光も揺らぐ。その揺らいだ反射光に誘導されたミサイルは……。

一発目、逸れました。

二発目、通過します。

三発目、明後日のほうに向かいます。

四発目……。


ミサイルがことごとく通り過ぎて行くのを知って、参謀長は舌を巻いた。全部とは言わないが、半数くらいは命中するものと覚悟していたからだ。

「凄いもんですね……」

御隠居の返答はそっけない。

「何、八二年かけて推進剤《アイス》を蓄積したんだ。このくらいは屁でもねぇ」

通過するミサイルは砲弾の速度をはるかに凌駕《りょうが》している。とても肉眼では視認できないが、白い霧のあちこちに黒くぽっかりと穴が開く。ミサイルが通過した痕跡だが、一度空いた穴はすぐ周りの霧が広がり、埋めてしまう。

「逸れたミサイルが爆発しませんね。近接信管が作動しないくらい外れているってことですか？」

長射程ミサイルは速度が高すぎて通常の接触信管は使用できない。作動する前に自分の速度で信管が潰れてしまうからだ。近接信管も目標が自身の破片が損害を与える範囲より遠ければ作動しない。

参謀長の疑問に御隠居が短く応える。

「だろうな」

「〈蒼橋〉が使う三年分の推進剤《アイス》を放出した甲斐がありましたね」

「まったくだが……待てよ。おい、ミサイルの残りは何発だ？」

「三発です」

報告を聞いた御隠居の表情が強張《こわば》る。

「……無傷とはいかねぇかもしれねぇな……」

え？　という顔をした参謀長に御隠居がスクリーンの画像をズームして見せる。

軌道上を横倒しになった形で周回している〝簪山《かんざしやま》〟の両端、特に蒼宙港《あおぞらこう》が付属しているあたりの霧が薄くなりつつある。

「あ、やはり……」

備蓄タンクの非常排出弁から噴出した推進剤《アイス》の霧は、〝簪山《かんざしやま》〟の自転に伴って拡散し、周囲に厚い霧の層を作っている。だが、両端は遠心力が弱い上に、蒼宙港のある一端には推進剤《アイス》の備蓄タンク自体が少ないのだ。

「あそこを狙ってるやつがあったら、逸れる前に命中するな……」

御隠居がそう言ったまさにその時、ＣＩＣのスクリーンに閃光が走った。

「直撃か！　どこだ！」

「蒼宙港です！」

オペレーターがスクリーンを切り替えるが、港の光景を映し出すはずのモニタは、半数近くがブラックアウトしている。

「映らねぇモニタにかまうな。それよりどこのカメラが映らねぇか出せ！」

ばたばたとオペレーターが話し合う気配があって、スクリーンにワイヤーフレームで描写された蒼宙港が映る。赤く光っている点が作動中のカメラだ。

だが円盤状の構造体の三分の一近くの範囲のカメラに反応がない。そのぽっかりあいた空白は、まるで巨人が一齧《ひとかじ》りした巨大なドラ焼きを思わせる。

「こいつはひでぇ……飛ばすよりねぇな。中に人はいねぇな？」

「はい。避難完了済みです」

「よし、〝宇宙鳶《そらとび》〟連に出番だと伝えてくれ、あのまんま放って置いたら港がバラバラになっちまう」

〝葡萄山《ぶどうやま》〟ＣＩＣのスタッフがあわただしく動き出す。

「今のが最後か？」

「はい。一発目です」

「よし、〝簪山《かんざしやま》〟は済んだ。この分なら他の衛星もなんとかなりそうだな」

御隠居の言葉に参謀長が頷く。

「はい。他の衛星も準備は終えています。〝簪山《かんざしやま》〟に比べれば目標は小さいから、備蓄してある推進剤《アイス》で充分なはずです。問題は……」

参謀長の言葉を御隠居が受ける。

「ああ。ウチだな。準備はできてるか？」

〝葡萄山《ぶどうやま》〟はその名のとおり、小ぶりな岩塊《ヤマ》の集合体だ。〈蒼橋〉の公用衛星の常として推進剤《アイス》の備蓄はあるが、レーザービームを屈折させるほど濃密に吹き出すことは無理だ。

「当直オペレーター以外は全員冬眠カプセルに入りました。出ますか？」

「いや、ミサイル到着までまだ二時間弱ある。動くのは一時間前にしよう。大将に連絡してくれ」

「了解《イエス・サー》」


「〝葡萄山《ぶどうやま》〟から連絡来ました。命中一時間前に開始です」

待機中の《播磨屋壱號《はりまやいちごう》》のコクピットにコ・パイロットの大和屋小雪《やまとやこゆき》の声が流れる。

すでに耳慣れたそのアルトの響きに呼応するように、艇長の播磨屋源治《はりまやげんじ》はリクライニングしていたシートを起こし、コンソールに向かう。

「よっしゃ。やっとこさ出番だ」

〝天邪鬼《アマンジャク》〟迎撃が終わったあと、〝車曳き〟の出番がなかったことをよほど気にしていたのだろう。声の張りが違う。

思わずくすりと笑みを漏らした小雪を横目で見ながら、源治は最終チェックを始める。

「推進剤《アイス》良し、反応炉温度良し、アーム良し、ピトン動作確認良し、いつでも行けるな。予定軌道は出たか？」

すかさず小雪が返す。

「はい。定格出力で一〇〇キロメートル弱移動できます」

源治は少し考えると指示を出した。

「いや、出力を二〇パーセント上げよう。一〇〇キロじゃあ少し心もとねぇ。レーダーでロックオンされないようにできるだけ離れておきてぇ」

「了解しました。出力二〇パーセント増なら一三〇キロは確実に離れます」

「よっしゃ、それで行くとしよう」

源治はそう言うと正面スクリーンに視線を戻した。

艇の前方、ほんの数百メートル先で星空を背景に〝葡萄山《ぶどうやま》〟がゆっくり回転している。

自力で長射程ミサイルを回避するには推進剤《アイス》の備蓄が足りない〝葡萄山《ぶどうやま》〟の、CICユニットだけを切り離し、安全な軌道まで移動させるのが彼らの任務だ。

もともと他所から引っ張ってきて〝葡萄山《ぶどうやま》〟にくっつけたCICだから、動かす気になれば〝車曳き〟一隻で充分移動可能なのだ。

「細石寺の担当は澤瀉屋《おもだかや》だったな。軌道が交差しないようにタイミング調整頼むぜ」

「はい。こちらが先に行きますから問題ないと思います」

「後は……まぁいいか。始まらねぇとできねぇことばっかりだ。よし、小雪は今のうちに休んどけ。今日は〝露払い〟も〝旗士〟もいねぇから、動き出したら休めねぇぞ」

「あ、はい。じゃあそうします」

小雪は素直にシートをリクライニングさせ、透明度を下げたフェイスシールドを下ろした。

源治は一人、スクリーンに視線を戻す。

――CICと細石寺は無事でも〝葡萄山《ぶどうやま》〟自体はだめだろうな。ミニ〝天邪鬼《アマンジャク》〟がどれほどできるか……後始末が大変だぜ……。

一方、〝ブリッジ〟から遠く離れた軌道上にいる《播磨屋四號》のコクピットでは、ロイスが呆然としていた。

「い、今の何？　何か白い霧みたいのが出たと思ったら、いきなり爆発が起こって……〝簪山《かんざしやま》〟は大丈夫なの？　ミサイルはどうなったの」

その様子を見た昇介は「大丈夫だよ」と笑うと、正面スクリーンをズームさせた。

防人《さきもり》リンクで受信している〝簪山《かんざしやま》〟の映像が拡大され、薄れつつある白い霧の向こうにうっすらと輪郭が浮かび上がる。

「……無事……なんですね？」

ロイスがそのごつごつした影を見て安堵の溜息をついた時、昇介は何やら慌てた様子で画面をパンさせた。

「あちゃあ、蒼宙港《あおぞらこう》がやられたみたいだ」

昇介の言うとおり、蒼宙港のシルエットがおかしい。円盤型がはじけ、何やら不規則に動いている。

「……壊れてるんですか？」

「長射程ミサイルが直撃したんだ……全部は逸らせなかったみたい」

ロイスがぽかんとする。

「じゃ、じゃあ他のミサイルはみんな？」

「うん。〝簪山《かんざしやま》〟に備蓄中の推進剤《アイス》で作った水蒸気の霧に誤魔化されて、どっかに行っちゃった」

「水蒸気の霧？　そんなものでミサイルが逸れちゃうんですか？」

昇介は手短にレーザー誘導の原理と水蒸気による屈折の説明をしたが、それを聞いたロイスはさらに混乱した。

「……だって、だって、そんな簡単なことでミサイルが逸れるなんておかしいです」

「おかしいって言われたって、通過する媒体が変わればレーザービームが屈折するのは基本的な物理法則だよ？　ミサイルが明後日《あさって》のほうから返ってきたビームに合わせて軌道修正すれば外れるのも当然だし……」

「そ、それはそうですけど……こんな話聞いたこともありません」

ロイスの言葉に昇介は吹き出した。

「当たり前だよ。航宙艦の推進剤《アイス》タンク程度じゃ全開放したってすぐ拡散しちゃう。ビームを屈折させるほど濃くはならないんだ。普通なら誰もやらないよ」

「じゃ、なぜ〝簪山《かんざしやま》〟は……」

昇介は正面に向きなおると静かに告げた。

「あそこのタンクには、〈蒼橋〉の本格的な開発が始まって以来、こつこつと備蓄してきた推進剤《アイス》が詰まっていたんだ。爺《じい》ちゃんの話だと、補給なしで〈蒼橋〉が三年はもつくらいあったらしい。それを一度に放出したんだから、ビームくらい狂っても当然なんだ……」

「……三年分……ですか？」

ロイスはただただ呆然とするばかりだった。

――〈蒼橋〉には数千隻の軌道作業艇がある。一年で消費する推進剤《アイス》の量は膨大だろう。

それが三年分……。

「……〈蒼橋〉って凄いんですね……」

――日々消費される推進剤《アイス》を少しずつ備蓄して来ただけではない。それだけの量を備蓄する設備も密かに作っていたということなのだ。いったい何年の時間がかかり、何人の人間が係わって来たのか……。

昇介は黙りこんでしまったロイスをちらりと振り返り、声をかけた。

「ほら、蒼宙港《あおぞらこう》の切り離しが始まるよ」

「え？」とロイスがスクリーンに目を戻すと、〝簪山《かんざしやま》〟を覆っていた白い霧はほとんど晴れ、半壊した蒼宙港が無残な姿を見せている。どうやら被害区域は三分の一近くに及んでいるようだ。

重心が偏ったために、蒼宙港全体が不規則に揺れている。

と、その付け根あたりで、小さな火花がいくつか散った。

「あれは？」と、ロイスが注視する間もなく、火花の数は急速に増え、突然ぷつんという感じで金属製の構造体が〝簪山《かんざしやま》〟から離れる。

「うん、うまくいったみたいだ。さすがに〝宇宙鳶《そらとび》〟連の腕は確かだね」

「……蒼宙港って、分離式だったんですか？」

ロイスに訊かれて昇介は苦笑した。

「分離式っていうより、後からくっつけたものだから、外そうと思えば外れるんだ。後は回転を止めて修理すればいい。半年もあればもとどおりだよ」

「本当に……〈蒼橋〉って凄い……あっ！」

突然のロイスの叫びに、昇介は虚を突かれた。

「何？　どしたの？」

「アンテナが……アンテナがなくなっちゃいました！」

狼狽したロイスがスクリーンを指差す。

〝簪山《かんざしやま》〟の通称の由来となっているアンテナ群は、蒼宙港《あおぞらこう》に付属している。切り離されてしまえば使えない。

「大丈夫だよ。今は警戒態勢だから蒼橋リンクの通信量はそう多くない、ATTが応急アンテナを用意してくれるから心配ないよ」

だが、ロイスの狼狽は止まらない。

「違うんです。高次空間通信《HDSN》リンクが使えなくなったら、わたし……」

あ、そうか、と昇介は合点した。

――ロイスは本来、星湖《ほしのうみ》トリビューンの蒼橋特派員だ。高次空間通信《HDSN》リンクが使えなければ記事を送れない。

「忘れてた。ロイス姉ちゃんは特派員だったね。でも大丈夫。高次空間通信《HDSN》リンクにはアンテナはないんだよ」

「え？　アンテナがない？　どういう意味です？」

「高次空間通信《HDSN》はぼくたちのいる三次元空間の物質は障害じゃないんだ。高次元空間ゲートを開くのは地下でも水中でも構わないし、アンテナも要《い》らないんだよ」

「ふぇ？　そうなんですか？」

ロイスがぽかんとしている。

――無線通信と似たようなものだと思ってたのかな？　まぁ、使うだけなら原理なんて知らなくても問題ないんだろうけど……。

と、いうようなことは口には出さず。昇介は言葉を継いだ。

「でも、蒼橋リンクはアンテナが必要だからね。応急アンテナが準備できるまでここから作業艇《ここから》使うのは無理だよ」

「……じゃあ〝簪山《かんざしやま》〟に行けば使えるんですね？」

ロイスの目の輝きが違う。昇介はすべてを察した。

「うん、使える。行く？」

ロイスは無言で頷くと、耐Gスーツのポケット《かくし》から携帯端末を取り出した。

――〈蒼橋〉は本当にとんでもない星系《ほし》だわ……。蒼橋義勇軍の存在を知って以来、驚きの連続だったけれど、今になってみれば部長がわたしをここに送り込《あおのはし》んだ理由が分かる。

〈蒼橋〉の常識は他の非常識……でもそれをきちんと見ていけば、それは非常識でもなんでもなく、ただの常識をきちんと問いなおして地道に努力した結果だということが分かる。ここにこういう星系《ほし》がある……〈蒼橋〉の味方とかそういうことじゃない。この〈蒼橋〉という星系《ほし》の姿をありのままに伝える。それがわたしの仕事なんだ……。

携帯端末にかがみこみ、目にも止まらない速さでキーボードを打ち始めたロイスを横目で見て、昇介は〝葡萄山《ぶどうやま》〟に通じる防人リンクのカフを上げた。

――ああなったロイス姉ちゃんは誰にも止められないんだよな……。

「こちら《播磨屋四號》。〝簪山《かんざしやま》〟に寄航したい。可能ですか？」

《プロテウス》のCICで、〝簪山《かんざしやま》〟が長射程ミサイルのほとんどを回避したことを知ったムックホッファ准将は小さく一つ溜息をつき、ぽつんと呟いた。

「さすがだな……」

アフメド参謀長が頷く。

「あれだけ濃密な水蒸気ならレーザービームも狂います。話半分で聞いていましたがあの推進剤《アイス》の量は予想外でした」

「対IO《Irregular Object》作戦の手際の良さといい、蒼橋義勇軍は予想される脅威を徹底的に研究し尽くしているだけでなく、対策もしっかり立てていたということだな。あの推進剤《アイス》作戦は、直接中枢を狙われた時のための対策だったわけだ」

「ええ。勝つのではなく防ぐ。敵を倒すのではなく、味方の損害を極力抑えることに尽力した結果だと思います。たぶん根底には、それでだめならいったんあきらめて再起を期する――という考え方があるんでしょうね。死んでしまっては元も子もないわけですから」

しみじみと言う参謀長に、准将も深く頷く。

「ああ。おそらくそうだろう。軍事思想としては異端だが、人の在り方としては充分以上に納得できる考え方だ。われわれも見習う必要があるかもしれんな」

准将はそう答えると、右手を顎に当てて考え込んだ。

――それにしてもなぜ、〈紅天〉は紅天籍市民も多く住む〝簪山《かんざしやま》〟を、いきなり長射程ミサイルで攻撃したんだ？

前に話が出たが、焦っているのは間違いないようだ。その大きな理由は必要な戦力が足りなかったことだろうが……。

そうか、これは中将の功績だ。なら、われわれがすることは一つしかない。

准将は小さく頷くと、通信参謀に繋がるカフを上げた。

「〝葡萄山《ぶどうやま》〟と連絡を取りたい、回線を開いてくれ」

遮音スクリーンの中に、親爺参謀長の声が響く。

「〝踏鞴山《たたらやま》〟に連絡を取るのなら、御隠居を通したほうが早いと思いますよ」

「いや、報告どおりなら、話を繋ぐのは、あなたのほうが向いているような気がする」

「そんなもんですかね？　で、誰に話を？」

「わたしが軽巡航艦二隻で紅天の全艦隊に対峙しようとしている——と聞いても笑わない人間を頼む」

親爺の声は、驚くのを越えて、半分呆れていた。

「准将……何を考えてるんです？」

「なに、楽しいことさ」

蒼橋跳躍点の激戦から八日（紅天本艦隊来寇まで一二日）、ムックホッファ准将は動き出した。

10　職　人

「仙崎《せんざき》、もうちょっとテンションかけて、三キロくらい」

「ほいよ」という答と共に、支持ワイヤーの一本が引かれ、〝簪山《かんざしやま》〟の表面から伸び上がっていた仮設アンテナがわずかに揺らぐ。

「そのまま……そのまま……止めて！」

アンテナの利得《ゲイン》をモニターしていたエアが、自分の担当している支持ワイヤーを少し緩める。

「こんなもんかな？　管制、どんな感じ？」

「どんぴしゃだ。これなら仮設じゃなくてもいけるぜ」

管制センターからの応答に、エアが苦笑する。

「バカ言わないでよ。みんな冬眠カプセルに入ってるから通信量が少ないだけでしょ？　リンクが本格的に動き出したらこんなもんじゃ役に立たないわ」

「違いねぇ。じゃ、後四本頼んだぜ」

「はいはい」

そう返すと、エアはスーツの喉頭マイクを押した。

「作業班全員に連絡。二番アンテナ設置完了。次に行くわよ」

カチカチという応答が人数分返るのを確認して、エアは両脇下から出ているＥＭＵ《船外活動ユニット》の操作ハンドルを握った。

〝簪山《かんざしやま》〟の表面からわずかに距離を取り、ゆっくりと移動する。

――この位置で宇宙《そら》が見えるって、妙な感じね……。

いつもなら頭上に覆い被さるように広がっていた蒼宙港《あおぞらこう》の構造体は見えず、遠く乳白色に輝く天の川を横切るように太い輝線が見える。

――こうして見ると〝ブリッジ〟もなかなか綺麗なものね。人間が大騒ぎしてることなんてどうでもいいような気がしてくる……。

無論、そんなわけにはいかないことはエアも承知している。だが、そんな気持ちにさせるほど今日の〝ブリッジ〟は見事だった。

と、エアのヘルメットの耳元で、回線が開くカリカリという雑音が響いた。

――ゆっくり宇宙《そら》を見るのはしばらくおあずけってことね……。

やるべきことはまだたくさんある。エアは意識を通信器に戻した。

――その〝ブリッジ〟のはるか向こうで、一つの事件が始まろうとしていたことをエアは知らない。

　ＥＭＰ騒動が一段落ついた〝踏鞴山《たたらやま》〟はムックホッファ准将の依頼で蜂の巣をついたような騒ぎになっていた。

「巡航艦の偽物《フェイク》を作れ？　なんだそりゃ？」

「そりゃあ資材が充分にあれば、外見がそっくりなものを作ることはできますがね。指定された納期内には無理ですねぇ」

「偽物ったって、巡航艦はでけぇだろ。いくら中身のないガランドウの張りぼてでも、おれのとこで扱えるエンジンじゃあ、ろくに動かせやしないぜ」

「そもそもテッポウはなしなんだろう？　近づかれたら終わりじゃないか」

〝踏鞴山《たたらやま》〟の運営組合衛星に集められた各部署の親方連中がそう言って首をひねる。

「いやいやそうじゃねぇんですよ」

　依頼を告げにやってきたロケ松が、慌てて親方たちに説明する。

「作って欲しいのは囮《デコイ》なんでさぁ」

「囮《デコイ》？　本物そっくりの作り物の鳥で、獲物をおびき寄せるってやつか？」

「そうです、作ってもらいてぇのは、その囮《デコイ》です」

「けどよ、相手が鳥なら、形や色をそっくりにすりゃ騙せるが、〈紅天《こうてん》〉の軍艦相手に通用するのか？」

「そうだぜ、軍艦同士の戦いってぇのは、目で見るより、ずっと遠くでやるんだろう？　外見を似せる意味があるのかね？」

「いや、軍艦の戦いは何万キロメートルも離れたところからレーダーや赤外線センサーで目標を探すから、逆に目視される心配はねぇんでさ」

「それはいいが、連邦宇宙軍にはそういう用途の装備はないのかい？」

「いや、赤外線探知欺瞞用の囮《デコイ》はありますぜ。ただ、高温のフレアで噴射焔に見せかけるだけだから、本物みたいに動かすことはできねぇ」

「本物みたいに動かす？　とんでもねぇことをさらりと言いやがるぜ。本物みたいに動いて本物みたいに見えるんなら、そりゃあ本物じゃねぇか」

「いや、待て待て。大尉サンはレーダーや赤外線と言ったぜ。つまり、レーダーの反射が本物と区別できないようにすりゃあいいってことじゃねぇか？」

「そういやそうだ。反射パターンさえ似てるなら、外見や大きさは関係ねぇわけだ」

「軍艦てぇやつはステルス性が高ぇから、民生用レーダーなら巡航艦でも小型艦並みの反射しか返さないって聞いたぜ。だったら小型艦にそれらしく細工すりゃあ巡航艦らしくなるんじゃねぇか？」

「たしかに遠距離なら誤魔化せそうだな」

「形だけ同じで、サイズを小さくすればいいわけか？」

「いや、それだと距離とサイズが合わなくなるぞ。距離はレーダー波が返ってくる時間で、測定されるからな」

「おい、大尉さんよ。囮《デコイ》の元は連邦宇宙軍の巡航艦だよな？　すまんが、ちょいとレーダー波の反射を取らせてくれ。

おい、誰か管制局へ言ってレーダーを……」

「いや、そいつには及ばねぇ」

ロケ松は、手に持ったデータチップを掲げて見せた。

「ここに持ってきてますぜ」

「おい！」

それまで黙っていた一人の親方が声をあげた。顔に放射線火傷の跡がある古株だ。

「そいつぁ軍機じゃねぇのか？　おれが退役してからずいぶん経つが、巡航艦のレーダー反射データが軍機でなくなったとは思えねぇ」

「お、そういやぁ汰島屋《たじまや》さんはたしか、連邦宇宙軍の元軍人さんだったな」

火傷の親方と顔見知りらしいもう一人の親方が口を挟む。

汰島屋と呼ばれた親方は、つまらなそうに同意した。

「四〇年前の話だし、位も一等兵曹どまりだったがな。それはともかく、軍機扱いのものを外に出すのなら、筋ってもんがあるんじゃなかったのかい？」

ロケ松はそう問われて真顔になった。

「ああ、そのとおりだ。軍機データを扱うには事前に申請して、それまでの実績確認やら従業員の身元保証を済ませた上で、ハンコを山ほどもらう必要がある。だからこれは連邦宇宙軍が発注するんじゃねぇ。蒼橋義勇軍からの仕事だ」

汰島屋を含めた親方一同はそれを聞いて啞然とした。なんで蒼橋義勇軍が連邦宇宙軍の軍機データを持ってるんだ？

と、その時、汰島屋がニヤリと笑った。

「大尉サン、あんた何を考えてる？」

ロケ松もニヤリと笑い返した。

「おれが考えてるのは連邦宇宙軍のことだけだぜ。この紛争をなるべく早く収めて、全員で〈星湖《ほしのうみ》〉に帰る。考えてるのはそれだけだ。まぁ、そのために必要なことはなんでもやるつもりだがな」

話を聞いた汰島屋が顎をなでる。

「なるほど……なんでもね……たしかに蒼橋義勇軍は〈紅天〉の軽巡航艦を鹵獲《ろかく》した。そのデータベースに連邦宇宙軍の機密データがあったって不思議はねぇな」

もう一人の親方が感心したように首を振った。

「なるほど、理屈と膏薬はどこにでも付く――ってやつだな」

「そういうこった。だが、それより肝心なことがある」

そう言うと汰島屋は、ロケ松に向きなおった。

「大尉サン、そこまで言うってことは、連邦宇宙軍は〈蒼橋〉に肩入れしてくれると思っていいのかね？」

それは他の親方連も一番気になることだったのだろう。視線がいっせいにロケ松に集中する。

思わずたじろいだロケ松だったが、ここは引くわけにはいかない。一つ咳払いをすると口を開いた。

「いや、話が後先になっちまったな。最初にそのことを説明しとくべきだったぜ。〈蒼橋〉にいる連邦宇宙軍が蒼橋義勇軍と連携することは合意済みだ。紅天本艦隊を相手にするにゃあ、他に手はねぇしな。

ただ、中立であるべき平和維持艦隊が一歩踏み込んだのにはわけがある。半分は利害だが、残りの半分は贖罪《しょくざい》だと思ってもらいてぇ」

「贖罪？　どういう意味だね？」

汰島屋が首をかしげる。ロケ松は苦い表情で続ける。

「もともと〈蒼橋〉は、〈紅天〉が強硬政策に転じた時点で完全に手をあげるつもりだったと聞いている。違うかね？」

「いや、違わねぇ。下手に対抗したって勝てねぇことは分かりきってるんだ。博打《ばくち》の目が出なかった時にぐずぐず言うのは素人《しろうと》だぜ。玄人《くろうと》ならすっぱり忘れて次を考えるもんだ」

汰島屋の答に、一同が頷く。ロケ松は改めて感心した。

「その辺はさすが〈蒼橋〉だとおれも思う。いくら〈紅天〉が強硬でも、手向かいしない相手を痛めつけたら、あとあと面倒なことになる。資源輸出を再開するにゃあ住人の協力が不可欠だからな。いろいろ不便にはなるだろうが、一般市民が命を取られるようなことはねぇだろうとおれも踏んでいた。

……だが、それをおれたち連邦宇宙軍がぶち壊しちまった。

もちろん先に手を出したのは〈紅天〉だが、キッチナー中将の奮戦で追い込まれた〈紅天〉は、いきなり長射程ミサイルを撃ち込んできやがった」

「ああ。あれにはおれも驚いた。〝簪山《かんざしやま》〟にゃあ八〇万人住んでる。被害がほとんどなくて幸いだったが……」

汰島屋たちが顔を見合わせて頷き合う。子供のいない軌道生活者の家族の多くは〝簪《かんざし》山《やま》〟に住んでいる。嘘偽りのない実感だろう。

そのざわめきが静まるのを待って、ロケ松は話を続ける。

「あのミサイル攻撃は、〈紅天〉が完全に〈蒼橋〉を敵どころか、殲滅《せんめつ》し、排除すべき存在と考えているってことだ。

分かるかい？　〈蒼橋〉はまだ、〈紅天〉の兵士をただの一人も殺してないのに、おれたち連邦宇宙軍のせいで、そういう扱いを受ける羽目になっちまったってことだ。だから、このまま紅天本艦隊が〝ブリッジ〟の占領にかかれば、とんでもないことが起きるのは間違いねぇ。

蒼橋評議会と義勇軍は解散させられ、弾圧が始まる。武装蜂起や反抗の芽を完全に潰すためなら、〈紅天〉はどんなことでもやるだろう。そしてそうなった時でも、〈蒼橋〉は素直に手を上げたままでいるかね？」

ロケ松に問われて、汰島屋は腕を組んだ。

「……そうだな。それがおれだけのことならいくらでも我慢するが、こと家族や知り合いに累が及んだら自重する自信はねぇ……。

いや、もし命でも取られたら間違いなく報復するぜ。その後自分がどうなろうとかまやしねぇ……」

そう言う汰島屋に、ロケ松は苦い表情を向ける。

「そりゃあテロだぜ。そうなったら〈紅天〉も報復するだろう。関係ない市民にも被害が及ぶかもしれねぇ。それでもやるかね？」

「やる。そうなったらたぶん、他人なんかどうでも良くなってるだろうからな……」

言い切った汰島屋に一つ頷くと、ロヶ松は、一同を見まわした。

「……つまり、このまま接近する紅天本艦隊を放置したら、〝ブリッジ〟は無差別テロと報復の応酬で地獄になるのは間違いねぇってことだ。

連邦宇宙軍蒼橋平和維持艦隊として、それだけはなんとしても防がなくちゃならねぇんだ。その原因を作ったのが自分たちの仲間となればなおさらだ。

だから頼む。この囮《デコイ》作りに協力してもらいてぇ」

そう言って頭を下げるロヶ松に、汰島屋が笑いかける。

「まぁおれだって本当は爆弾背負って突っ込むような真似はしたくねぇさ。そういうことなら存分に協力させてもらうぜ」

居並ぶ親方連も口々に協力を申し出る。後は一気だった。職人魂に火がついた親方連が勝手に話を進め始める。

「なるほど……そういうことならどこに力を入れて作ればいいかは見えてきた」

「ああ、加速性能が重要になるな。どうする？　おれは最初、固体燃料ロケットのブースターを束ねたやつを流用しようと思ったんだが……」

「いや、そいつは最初《はな》から論外だ。ブースターじゃ出力調整が難しい。機動力がなけりゃたちまち見破られちまうぜ」

「そうか。となるとやはり、〝車曳き〟を改造するしかねぇな」

「ああ、最低でも三〇組。六〇基必要らしい。それだけ数を揃えるには〝車曳き〟を使う以外ねぇ」

「では、〝車曳き〟を使うとして、足りないものはなんだ？」

「囮《デコイ》としての最低限の機能――レーダーの反射パターン再現は問題ないな」

「データをざっと見て計算した限りじゃあ、五万キロ離れてりゃあ、巡航艦そっくりに作れる。それは間違いねぇ」

「問題は加速性能だな。〝車曳き〟は丈夫だから、梁の二本も増やしておけば強度は問題ねぇだろう」

「後は肝心の推力だな。エンジンを増設するしかねぇが……」

「増設より〝車曳き〟を二隻並べるほうが簡単だが、重さも倍になるからな。推進剤《アイス》タンクを半分にしてやればなんとか……」

「そうだ、推進剤《アイス》は二隻分もいらねぇ。帰りの分も減速分も必要ねぇんだ」

「よし、ちょっと計算してみるぜ。ええと、ご破算で願いまして……あ、ダメだ。やはりエンジンは三基ねぇと無理だ」

「よし、この際エンジンの寿命も無視すべぇ。放り込む推進剤《アイス》を増やせば、そのぶん推力が上がる」

「ええと……ダメだ。推進剤《アイス》が多いと温度が下がって反応効率が悪くなる。噴射速度が落ちるから思ったほどには推力が上がらん」

「しかし、〝車曳き〟を二隻並べた上に増設エンジンを載せるとなると工数が倍近く増える。人手が足りんぞ」

親方連の議論を頼もしげに見ていたロケ松だったが、話題の焦点が自分の本業であるエンジンになったとたん、好奇心がむくむくとわき上がった。それを抑えきれず、殴り書きの数字がごちゃごちゃ書き込まれたボードを覗き込む。

――や、たしかにエンジンが二基と三基じゃ、作業にかかる手間が段違いだ。工数のほうを削るにも限界がある。こりゃ、人手を増やす算段をしたほうがいいか？……ん？

改めてロケ松は書き散らかされた数字を見た。どこか違和感がある。

――推進剤《アイス》を増やした時の推力の伸びがやけに低くねえか？　温度が下がって噴射速度も落ちるのは仕方ねぇとしても、この効率はあまりに低過ぎる。理由は何だ？

ロケ松はしばらく数字を睨んでいたが、突然、「あっ」と声をあげた。

「おい、皿《ノズル》だ、皿《ノズル》！　噴射ノズルを深いのに変えてみろ！　噴射速度が落ちても、推力はそう落ちないはずだ」

あっけにとられた親方たちだが、汰島屋だけはすぐにロケ松の指摘の意味に気がついた。

「大尉サンの言うとおりだ。〝車曳き〟の皿《ノズル》を輸出用の皿《ノズル》に変えて推力を再計算してみろ」

「ひとよひとよに……お！　二基でなんとかなったぞ。なんでだ？」

　ロケ松はこの星に来たばかりの時に、皿《ノズル》をめぐって沙良《さら》と会話したことを思い出していた。

「〈蒼橋《ここ》〉の作業艇は〝ブリッジ〟内専用だ。短距離のスプリンターさ。それが一番出てるのが足まわりの皿《ノズル》だ」

　ロケ松の言葉の後を、汰島屋が続ける。

「おれも最初驚ぇた。他星系《よそ》だと採鉱艇は長距離ランナーだ。何億キロも岩塊《ヤマ》を運ぶことはざらで、一度港を出たら半年近く整備できねぇことも珍しくねぇ。だから輸出用の皿《ノズル》は長時間噴射できる設計になってるんだ。その分、推進剤《アイス》を増やしても効率は落ちねぇはずだ」

「たしかに、〝ブリッジ〟の中じゃあ吹かしたところでせいぜい三日だな」

「ああ、そんな星系《ほし》は〈蒼橋〉だけだ。四〇年暮らしているうちにすっかり忘れてたぜ」

　汰島屋はそういうと頬に残る放射線火傷の跡を掻く。それを見ながらロケ松はぽんと手を叩いた。

「よし、エンジンの目処《めど》はついたな。急かせて悪いが試作機に二日、量産に四日しか取れねぇ。寝てる暇はねぇぞ」

そして長射程ミサイルが回避され、〝踏鞴山《たたらやま》〟で作業が始まった翌日。

ロイスを〝簪山《かんざしやま》〟に送ってきた昇介《しょうすけ》は、公用高次空間通信《HDSN》ロビーでぼけっとしていた。

――みんな冬眠カプセルに入っちゃったから、街に出ても誰もいないもんな……。店も閉まってるし、やることがないよ……。

そんなことを考えるともなく考えつつ、手に持ったコーヒーのカップを口に運ぼうとした時……。

「……あの、〝踏鞴山《たたらやま》〟って行くのにどのくらいかかります?」

いきなりロイスに話しかけられて、昇介は飲みかけのコーヒーを噴いてしまった。

「あ、ごめんなさい。大丈夫ですか?」

ロイスが差し出したハンカチで口を拭き、綺麗にたたんで返した昇介は、軽く咳払いした。

「うん。もうほとんど残ってなかったから大丈夫。でも、なんでいきなり〝踏鞴山《たたらやま》〟なの? 部長さんに何か言われたの?」

ロイスは高次空間通信《HDSN》で星湖《ほしのうみ》トリビューンに記事を送ったところのはずだ。いきなり今まで話に出なかった〝踏鞴山《たたらやま》〟を持ち出すのは何か言われたからに違いない。

ロイスがこっくりと頷いた。

「部長から連絡が来てたんです。蒼橋義勇軍の記事も大切だが、〈蒼橋〉の〈蒼橋〉たる所以は〝踏鞴山《たたらやま》〟にあるはずだ。この前送った分ではまるで足りないって……」

――なるほどね、と、昇介は納得した。

〈蒼橋〉の記事を送るなら、たしかに産業の中心である〝踏鞴山《たたらやま》〟の情報が足りないのは問題だろう。甚平《じんぺい》兄ちゃんを迎えに行った時はビーム砲関係の取材しかしてないから、記事には詳しく書けなかったみたいだし……。

「でも、〝白熊山《しろくまやま》〟で推進剤《アイス》を補給しないといけないから、三日はかかるよ」

「三日ですか……そのくらいあれば蒼橋リンク経由で高次空間通信《HDSN》にアクセスできるようになりますよね？」

「うん。いま仮設アンテナを立ててるから、三日あれば問題ないと思うよ。許可は必要だけど」

言われてロイスが気づく。

「あ、そうか。そういえば高次空間通信《HDSN》の端末にも掲示がありました。蒼橋リンク経由で接続するには、蒼橋義勇軍か評議会の許可が必要だって」

「今は緊急事態だからね。で、どうする？　祖父ちゃんに頼めば許可はもらえると思うけど」

ロイスが腕に巻いている〝ＰＲＥＳＳ〟の腕章は蒼橋義勇軍のシュナイダー参謀長から受け取ったものだ。禁止区域以外ならどこにでも行けるが、緊急時の通信回線使用には許可が要る。

「お願いしたいんですけど……いいですか？」

昇介はあっさり頷いた。

「いいよ。ぼくはロイス姉ちゃんの案内役兼護衛だから、任務がない時は姉ちゃんの指示に従うのが仕事だからね」

「よかった……断られたらどうしようかと思ってたんです」

見るからにほっとした様子で微笑むロイスに、昇介が軽く突っ込む。

「部長さんって、そんなに怖いの？」

とたんにロイスの表情が変わる。

「……怖いです」

その様子に昇介は肩をすくめた。

――そうか……ロイス姉ちゃんも苦労してるんだな……。


〝踏鞴山《たたらやま》〟で作業が始まってから三日後、〝ブリッジ〟外周で警戒中のランサム級哨戒艦《ディック・カラム》に、第一〇八任務部隊旗艦《プロテウス》から一通の指示が届いた。

「ふむ。H《High》区をレーダーでスキャンして結果を報告せよ、か。通信内容はこれだけか？」

「はい、他に指示はありません」

通信オペレーターの返事を受けて、艦長は「ふむ」と顎を押さえた。

「準備できたということか……よし、やってくれ」

指示に従って、探査オペレーターが〝ブリッジ〟外周に向けていたレーダーアンテナをH《High》区に向ける。と、オペレーターの一人が奇妙な声をあげた。

「ありゃ？　なんでこんなところに旗艦がいるんだ？」

それを聞いた艦長がにやりとする。

「何が見えた？」

「……それが……《プロテウス》と《テーレマコス》がH区にいます。高次空間通信《HDSN》リンクではまだ〝ブリッジ〟に入っていないはずなのに……」

艦長は頷いた。

「よし、照準用レーダーで精査をかけろ」

「はい……これは……これは偽物です！」

オペレーターが、精査データと、データベースのデータを並べて正面スクリーンに表示させた。艦長が首を傾げる。

「おれには同じに見えるな」

「このふたつを重ね合わせてみます……ほら」

あるかなしかの、微妙なでっぱりが、H《High》区の物体から飛び出ている。

「出撃前に《テーレマコス》はレーダーアンテナのアームを交換してあります。おそらく、この偽者は改装前のデータを元に作ってあるんでしょう」

「なるほどな。で、もし最新のデータが元になっていたらどうだ？　判別できたか？」

オペレーターは難しい顔になった。

「たぶん……無理だと思います。この偽者のできは異常です。何をどうしたらこんなものができるのか……」

「たしかに戦闘中にここまで精査することはないな。職人のこだわりというやつか……《蒼橋》という星は、つくづくおもしろい星だな」

「では、この偽者は蒼橋義勇軍が？」

「ああ、ムックホッファ准将が依頼して、〝踏鞴山《たたらやま》〟で作らせていたやつだ。おもしろくなって来たぞ……」


哨戒艦《ディック・カラム》の報告は、ただちに〝踏鞴山《たたらやま》〟の親方連中に届けられた。

無精髭をはやし、目ばかりぎらぎらさせた親爺たちが、配給された握り飯を頬張りながら、囮《デコイ》の設計を再検討する。

「おおむね問題なしということだな。そっちのオカカとってくれ」

「ほらよ。じゃあ治具を作るが、気になるところがあれば言ってくれ。お茶くれ」

「熱いのでいいな？　じゃ言うが、反射板の数を増やそう。うまく加工する手が見つかったのはいいが、それに頼り過ぎてやたら複雑な形状になってる。それより単純化して数を増やすほうが工数が省ける」

「たしかに凝り過ぎて生産性が落ちるのは問題だ。そっちのシャケくれ」

「ああっ、最後のやつを食っちまった。梅でいいか？」

「仕方ねぇな。じゃ梅でいい。……しかし、カフェテリアが使えねぇとこんなに不便だとは思わなかったぜ」

「贅沢言うなって、反射板の加工が終われば、また使えるようになるさ」

「それは分かってるがね……」

——と、親方連中が奮闘していた頃……。

《播磨屋壱號《はりまやいちごう》》に押されて低軌道に遷移《せんい》中の〝葡萄山《ぶどうやま》〟ＣＩＣユニットの中で、御隠居は難しい顔になった。

「あの姉ちゃんが〝踏鞴山《たたらやま》〟から記事を送りたいと？」

「はい。滝乃屋《たきのや》中尉から連絡がありました」

ロイスに取材の自由を許可したのは参謀長だが、当然御隠居も承知している。

「よりによって〝踏鞴山《たたらやま》〟とはな。時期が悪いぜ」

彼らはついさっき、〝踏鞴山《たたらやま》〟からの囮試作機《デコイ》が完成し、予定どおりの結果だったことを知らされたばかりだ。

「まぁ、あの娘が情報を漏らすとは思えませんが、本人にその気がなくても、ほんの小さな欠片からこちらの意図を読まれる可能性はあります。それに……」

蒼橋義勇軍の情報関係の総元締めである参謀長の進言は、司令長官といえども無視できない。言葉を濁したのに気づいて続けるよう促す。

「はい。気になるのはやはり時期です。よりによってこの時期に〝踏鞴山《たたらやま》〟というのが解せません。完全にピンポイントです。ひょっとしたら何かつかまれているのかも……」

頷ける話だった。

「たしかに、記事にするなら文字どおり紙一重で災厄を免れた〝簪山《かんざしやま》〟の話のほうが読者にアピールするだろうぜ。しかもその立役者の一人と一緒に行動してたんだ、書く記事のネタは充分あるはずだぜ」

「それなんですが……」と親爺参謀長が言葉を継ぐ。

「長射程ミサイルと〝簪山《かんざしやま》〟の話は、もう書き上げて送ってます。送稿許可願いが出ていたのでOKしました」

「おお、仕事が早ぇな。問題はなかったんだな？」

「ええ。〝露払い〟と〝旗士〟の腕前を絶賛してましたが、白眉は推進剤《アイス》の件に関しての表現でしたね。ええと……」

　と、参謀長はコンソールを操作した。

「……〝光の屈折というきわめて単純な原理の応用で、迫り来る長射程ミサイルを回避した事実は記者に二つのことを教えてくれた。一つは物理法則は嘘をつかないということ。そして嘘をつかない法則を味方につけるには、不断の努力が必要――ということだ。

　たしかに原理そのものは単純だ。しかし今回の〈蒼橋〉のような成功を収めることは、他の星系《ほし》にはきわめて難しいだろうと思う。

〈蒼橋〉が自らの星系《ほし》を守るために蒼橋義勇軍を創設してから八二年。彼らが休むことなく準備を重ね、周到に用意を整えていたからこそ、その蓄積が意味を持ったことを忘れてはならない。

　これを読む読者の方に一つ訊ねたい。あなたの星系《ほし》に、いつ使うか分からないが、必ず必要だと考えて継続していることが何かあるだろうか？

　自分のためでも、今いる家族のためでもなく、ただひたすら、いつかその場所に住むことになる人々のために、毎日不断の努力を続けていることがあるだろうか？

　もしあるのなら、あなたの星系《ほし》は生き続け、いつの日か大きく羽ばたくことだろう。

〈蒼橋〉が今、そうしようとしているように……〟」

　参謀長の読み上げが終わる。御隠居司令長官は一つ頭《かぶり》を振ると、ぽんと両膝を叩いた。

「まいった。ここまで書かれちゃあ後には引けねぇな。よし、昇介のやつに言ってくれ。許可は出すから好きなところに行って、好きなだけ記事を書かせろ、とな」

　あまりの思い切りの良さに、親爺参謀長が驚く。

「全部見せろと？　いいんですか？」

「ああ。全部見せる。どうせ原稿はおまえさんがチェックするんだろう？」

「それはもちろんですが……」

「ならいいじゃねぇか。今の原稿を見れば、これからの作戦を知っても書く気遣いはねぇ。全部知った上で、起こったことだけ書くだろうというのは予想がつく。おまえさんが欲しかったのはこういう記者なんだろう？」

　昔話し合ったことを改めて指摘されて、親爺参謀長は頬をかいた。

「まぁ……たしかにおっしゃるとおりです。こういう記者がいてくれれば、こちらは百万の味方を得たようなものです。分かりました。許可を出します」

　御隠居は軽く頷いたが、急に何かを思い出した様子で言葉を継いだ。

「そうだ、せっかくだからムックホッファさん……は無理だから、改めて熊倉大尉さんを紹介してやってくれ、〝踏鞴山《たたらやま》〟にいるんだろう？」

「ええ。ニセモノ《フェイク》作りで大童《おおわらわ》のはずです。……しかし、連邦宇宙軍がどう判断するか……」

「そりゃああちらさん《れんぽううちゅうぐん》が決めるこった。ただ、無下《むげ》にはしねぇはずだぜ」

「何か確信でも?」

「あの姉ちゃんは星湖《ほしのうみ》トリビューンの記者だぜ。連邦屈指の大星系に直《ちょく》で情報を流せる機会を無駄にするはずがねぇだろう?」

11　翻弄

そしてさらに三日後。

「本当にできちまいましたよ」

第一〇八任務部隊旗艦《プロテウス》のＣＩＣに、ロケ松から通信が入った。

モニタに映るロケ松の顔は、無精髭と垢で黒くむくんでいる。酷い顔だとムックホッファ准将は同情するが、彼の顔も無精髭をのぞけば似たようなものだ。

「こちらでも確認した。六日間で予備機も含めると六三基の囮《デコイ》が完成したわけだな。全部使えるのかね？」

「六機検査でハネましたから、今すぐ使えるのは五七基ですぜ」

「特号はまだなんだな？」

「トラブル続きでしてね。でも二基は今夜中に完成させます。ですが、機体はともかく、電源まわりがギリギリなんでさ。雷神屋《いかづちや》の親爺が、最後まで調整してくれてますが、加速は一Ｇが限界です」

「そこはなんとかごまかす必要がありそうだな。よし、最初の七組のコントロールをこちらに移してくれ」

「了解《イエス・サー》、後はお任せします」


そして七時間後。第二陣の発進に合わせて、第一〇八任務部隊は〝ブリッジ〟から離れる軌道に乗った。

まず、迎撃駆逐艦と哨戒艦からなる啓開戦隊が広く間隔を空けて先行する。

「第四・第五啓開戦隊全艦、遷移《せんい》軌道に入ります」

すでに空いている間隔をさらに広げ、最終的にはそれぞれが半径一〇〇万km以上の空域を探査する形になる予定だ。もし戦闘になっても相互支援はほぼ不可能だろう。

高次空間通信《HDSN》リンクでそれを確認したアフメド参謀長がぽつんと呟《つぶや》く。

「視界は広いでしょうが、どうにも寒々しいですね……」

「逆に考えるんだ。この布陣、紅天《こうてん》本艦隊からは、どう見えると思う？」

ムックホッファが笑みを含んだ声で訊ねる。

「この布陣ですか？　紅天本艦隊の舌打ちの音が聞こえてきそうですね。彼らの探査機《プローブ》は現在一四隻の軽巡航艦を探知しているわけですからね。

《プロテウス》が七隻。《テーレマコス》も七隻。さぞ困惑することでしょう」

「きみが紅天本艦隊の参謀ならどう考える？」

「そうですね。こちらの意図が消極的なら陽動によって艦隊を分散させた隙に蒼橋跳躍点に逃げ込む。そして積極的なら隙を突くところまでは同じだが、目的は紅天本艦隊に攻撃をかける——何のひねりもありませんね」

参謀長が自嘲的に呟く。

「ただ、消極策とは判断しないでしょう。たぶん攻撃をかけてくる。それも目標は主力艦ではない、と」

准将が満足そうに頷く。

「そうだな。紅天本艦隊にとって、〈蒼橋《あおのはし》〉を早期に陥落させる手段は海兵隊しかない。狙われているのは強襲揚陸艦や輸送艦だと考えるのは当然だ」

と、そこに高次空間《HDSN》通信リンク経由の報告が入る。

参謀長がほっとした様子で確認する。

「紅天本艦隊が動いたようです。七つの戦隊が本艦隊から分離、囮《デコイ》を追っています。予定どおりですね」

純粋に軍事的に判断すれば、紅天本艦隊が取りうる選択肢はいくつもあった。囮《デコイ》を無視するというのもその一つだ。

だが、散開しつつ跳躍点を目指すかに見えた七組一四隻の軽巡航艦が、紅天本艦隊の軌道を側面から横切る軌道遷移も可能な加速を始めたことで、他のすべての選択肢は消えた。第三啓開戦隊の放った探査機《プローブ》の赤外線センサーは、それまで強い反応を示していた紅天本艦隊のいくつかの赤外線源がいきなり小さくなるのを捉えた。

やがて赤外線源は再び強く輝き始めたが、スペクトルの偏移は他の赤外線源よりわずかに赤に寄っていた。〝ブリッジ〟に艦尾を向けて減速しつつ接近する本艦隊から分離し、側方に加速を開始したのだ。

時間が経過するにつれ、他の赤外線源と、側方に加速を開始した赤外線源との距離が開いてきた。その時には、最初に探知した探査機《プローブ》は本艦隊の前方を警戒する駆逐艦に迎撃されていたが、すでに他の探査機《プローブ》が探知を引き継いでいる。

第一〇八任務部隊の啓開戦隊は探査機《プローブ》を散らすように射出速度とタイミングを微妙に変えて投射していた上、いくつかは最低限の通信を除いてレーダーなどの電波の発信をすべて止め、赤外線や光学などの受動センサーのみでの探知を行なわせていた。

得られる情報は万全ではないが、途切れることもない。紅天本艦隊は常に敵に監視されている状態での行動を余儀なくされていたのである。

次々と高次空間通信《HDSN》リンク経由で入ってくる情報はAI《人工知能》によって仕分けされ、ホログラムとして表示される。

その経過を確認した准将は、参謀長にもっとも気になる点を確認した。

「追跡しているのは主力艦かね？」

「はい。赤外線源の大きさから判断して、同型の軽巡航艦を三隻一組で運用しているようです。確定ではありませんが」

「向こうがこちらと同じように囮《デコイ》を使って攪乱している可能性もあるからな」

「はい。こちらが向こうを騙せるなら、向こうもこちらを騙せるはずです」

「意味のない欺瞞はないよ。この点に関しては、こちらを騙しても紅天本艦隊にメリットはない。現時点ではね」

「分かってはいますが、あらゆる可能性を忘れないのも、参謀長の職務ですから」

「そうしてくれると助かる。その上で判断し、責任を負うのが司令官の職務だ。

　よし、第一陣に通信を。予定どおり逃げまわらせろ。後、紅天本艦隊を分離した部隊を、迎撃戦隊と名づけてナンバリングしてくれ」

「了解《イエス・サー》しました」

〈蒼橋〉の技術の集大成とも言うべき囮《デコイ》だったが、高次空間通信《HDSN》は搭載されていない。コストも大きさも、〞車曳き〟に搭載するには高すぎ重すぎるからだ。

　それゆえに、囮《デコイ》への命令は啓開戦隊と探査機《プローブ》の間の電波による通信に紛れるようにして行なわれていた。探査機《プローブ》の通信プロトコルだから、複雑な暗号ですらない。

　そしてそれで充分なのだ。通信のサイドローブが傍受されて探査機《プローブ》への命令に〞プログラムA-三を実行せよ〟といった内容が含まれていたことが分かったとしても別に困らない。〝プログラムA-三〟の内容を知ることはできないからだ。

通信を受け取った探査機《プローブ》のAI《人工知能》は命令を実行しようとするが、データベースには〝プログラムA-三〟に関するデータがない。AIはこれを実行不能の命令としてログに記録した上で廃棄する。

七組一四機の囮《デコイ》も距離に応じたタイムラグの後、この命令を受け取る。囮《デコイ》のAIは探査機《プローブ》用の命令は実行できない。これまで受け取った数千の命令はすべて廃棄されてきた。

人間ならばうんざりするところだが、AIは気にすることなく新たな命令を受け取る。

〝プログラムA-三を実行せよ〟

今度の命令は実行可能だった。ランダムに設定された一〇秒から一〇〇〇秒までのウエイト時間の後、囮《デコイ》は発進時に指定された待避軌道へと遷移を開始する。

エンジンを傷めることおかまいなしに反応炉に放り込まれた推進剤《アイス》が無理矢理にひねり出した推力が、〝車曳き〟の艇体を軋ませる。強化した二基のエンジンと交換した皿《ノズル》のおかげで囮《デコイ》の最大加速は四Gを超える。

「待避軌道に乗るための加速に入りました」

「紅天本艦隊の動きは？」

「まだ分かりません」

位置取りが重要な艦隊戦だが、惑星間移動時の秒速一〇〇㎞を超える慣性速度に比べれば、限界ぎりぎりの五G加速ですら、ごくわずかなベクトル変化しか生まない。しかも、彼我の加速性能に極端な差がない以上、変化が明らかになるまで待っていては手遅れになる。

――こちらの目的と意図は読まれていると考えるべきだろうな。陽動によって紅天本艦隊を分散させるのが目的であるのなら、現在もっとも近くにある七組一四隻の軽巡航艦はすべて囮《デコイ》であると考えるだろう、しかも待避軌道に入っても付かず離れずのままであることも。ならば紅天本艦隊は迎撃をやめるか?

ムックホッファは自問し、自答する。

――もちろんやめない。万が一、本物であるならば放置は危険すぎる。迎撃戦隊には一分でも一時間でも早く、七組一四隻の正体を確認して沈めるよう命令が下されているはずだ。

「紅天迎撃戦隊は第一から第七までの七戦隊あります」

「こちらの七組の囮《デコイ》すべての頭を押さえる軌道にある――そうだな?」

参謀長が頷く。

「はい。待避軌道は見事に読まれていました。このままでは三〇時間とたたずに追い付かれます」

「三〇時間稼げるならば充分だ。迎撃戦隊が復帰する頃には決着が付いているだろう。こちらの敗北か、時間切れ引き分けという形でね」

「つまり、囮《デコイ》一四基で、敵の巡航艦二一隻を無力化したことになりますね。これは大戦果です」

「もちろん、敵にはまだ主力艦が八〇隻近く残っている。しかも、どれだけ囮《デコイ》を送り込もうが、重巡航艦は本隊から離れないだろう」

「張りついているのはキッチナー中将の反撃で損傷を受けた艦でしょうからね。どう接近しようとも二、三隻は必ず待機しているでしょう」

「さて、そろそろ第二陣が探知される頃合いだな。次はどう動くか……」

巡航艦二隻のペアが単独で行動しているように見せかけていた第一陣と違い、第二陣は第一〇八任務部隊の総力をあげた出撃だ。ただ、戦隊ごとに広く分散しているため、紅天本艦隊がどの程度陣容を把握しているかは定かではない。

本命部隊を率いる准将は考える。

――最終減速のタイムリミットを考えれば、この第二陣がこちらの全力出撃であることは容易に把握できるだろう。

――第一陣をほぼ確実に囮《デコイ》と見抜きながらも貴重な迎撃戦隊を繰り出したのは、紅天本艦隊が〝ブリッジ〟の軌道と同期するための最終減速に入っていたからだ。

現在の紅天本艦隊にとって死守すべき最重要単位《High Value Unit》は、海兵隊を搭載した強襲揚陸艦と輸送艦からなる制圧部隊だ。

攻略用資材を満載した制圧部隊は鈍重で、最大加速は一Gが限界だ。そしてその推力のすべてを減速に使っている間、紅天本艦隊の機動力は無に等しくなる。

もしこちらの軽巡航艦が探査機《プローブ》と〈蒼橋〉の観測網の助けを借りることができたら、通常の砲戦距離である五万㎞をはるかに超える遠距離から一方的にアウトレンジすることが可能なのだ。

——もちろん、減速を中断して回避運動をするという選択肢もあるが、それは〈蒼橋〉制圧が遅れることを意味する。その選択をする権限を、紅天本艦隊の司令長官は持つまい。

ここまでやっておいて、タイムリミットを過ぎて負けました——では、この出撃に関わった〈紅天〉の軍および政府関係者にとって政治的自殺だろう。

長射程ミサイルによる〝簪山《かんざしやま》〟への無差別攻撃も、そのデメリットをすべて分かった上で、決断したのだろう。

——片手を縛られて戦っているようなものだ。同じ現場指揮官として、その苦悩に同情はするが、容赦はせん。

たった二隻とはいえ、連邦の巡航艦を近づければ、輸送艦が危ない。だからこそ、敵司令長官はほぼ確実に相手が囮《デコイ》であることを承知の上で、迎撃戦隊を紅天本艦隊から分離したのだろう。

　准将の黙考は、読み上げオペレーターの声で破られた。

「敵探査機《プローブ》の通信サイドローブとレーダー波をキャッチ」

　高次空間通信《HDSN》リンクのAI《人工知能》がホログラムに新しい動きをプロットする。

「第二陣の七組一四隻――いや、本艦を含む八組一六隻を、紅天本艦隊がキャッチした模様です」

「よし、第二陣に紅天本艦隊への襲撃コースに乗るよう指示を出せ」

　第一陣七組に与えられた航行プログラムは、敵艦隊とつかず離れず機動し、追撃してくるであろう敵巡航艦を一時間でも長く本隊から遠ざけるというものだった。

　それに対し、第二陣七組が準備している航行プログラムはもっと好戦的だった。欺瞞は最低限にし、ひたすら紅天本艦隊へ接近する。最接近距離は五万から一〇万km。砲戦距離は通常五万kmだが、最終減速に入っていて砲撃照準用のデータが充分に集まっているのなら、一〇万kmでも巡航艦の砲撃は命中する。

「紅天本艦隊にとっては、制圧部隊の一〇万km圏内が、阻止限界エリアですね。積極的に迎撃してくるでしょう」

　参謀長の言葉に、准将は頷いた。

「ああ。残存する二隻の軽巡航艦は、彼らにとって残る最大の脅威だ。その位置が判明しないかぎり、常に最悪のパターンを想定して行動しなければならん。今レーダーで把握している、八組一六隻の中に、二隻ともいてくれ、と……。

おそらく紅天本艦隊の司令長官と参謀たちは、祈るような思いだろう。

そして存在さえ確認すれば、残る軽巡航艦のすべてを投入してでも、沈めてやる、とね」

「《プロテウス》が沈められるのは困りますね。しかしそれなら《プロテウス》と《テーレマコス》の二隻は、第二陣ではなく第三陣に取っておいたほうが良かったのでは？　位置を確認したら紅天本艦隊は探査機《プローブ》と偵察艦を総動員して触接を続行するでしょう。もう一度軌道をくらまして紅天本艦隊に襲撃をかけるのは至難の業です」

「いや、だからこそわれわれは特一号と特二号と一緒な第二陣でなくてはいけないんだ」

ちょうどその頃、〝踏鞴山《たたらやま》〟では、ロケ松も加わって製造していた最後の囮《デコイ》が組み上げられていた。

「通電チェック……よし。いいぞ、作業完了。特四号、完成だ」

雷神屋《いかづちや》こと神立雷五郎《かんだちらいごろう》がそう宣言してパネルを閉じたが、歓声は上がらない。代わりに全員がそれを聞いて大きく溜息をついた。無重力の作業場でなければ、全員がその場に座り込んでいたかもしれない。事実、数人は立ったまま目を閉じていびきをかき始めたほどだ。

「ようやく終わったな。こいつが最後の囮《デコイ》だ。すぐに推進剤《アイス》を入れてくれ」

ロケ松がしわがれ声で指示を出す。そこに汰島屋《たじまや》が近づいてきた。

「大尉サン、管制からだ。第三陣の他の囮《デコイ》は全部準備が終わっている。特四号《こいつ》を含めて一六組、総勢で三二機だ」

「一組減って一五組じゃなかったのかい？　運びだす時の事故で、レーダー反射板がはずれちまったと聞いてるぜ」

「検品でハネられたやつの反射板を取りつけて、なんとか数をそろえたのさ」

「臨機応変、さすがだな」

「しかし、作っておいていまさらだが、こんな珍妙なものが本当に役に立つのか？」

汰島屋とロケ松の視線の先にあるのは、他の囮《デコイ》とはまったく違う形状をしていた。いや、すでにそれは、囮《デコイ》ですら、なかった。

「設計上は、なんとかなる。運用上も……ま、こないだの失敗のこともあるから、雷神屋の親爺も、最善を尽くしてくれてる。一番の問題は、一発撃ったあとの充電にかかる時間だな」

「いや、おれが言いたいのはそっちじゃねぇ。こいつ以外の他の囮《デコイ》には、四Gの加速力があるが、こいつは一Gが限界だ。それで大丈夫なのかってことだ」

ロケ松は汰島屋に渋面を向けた。

「そいつはおれも気になっている。造りながら追加で、発電機だ、通信機だ、強度が足りねぇから梁通せってごちゃごちゃ増やしていって、重量が三倍に膨らんだからな。レーダーではちゃんと《プロテウス》に見えるようにしてあるが、加速性能は絶対的に足りねぇ。機動力を試される場面になれば、一発でバレる――けどよ」

ロケ松の特徴ある三角眉毛が、ハの字に広がる。

「准将が、大丈夫だって太鼓判を押してくれたからな。おらァ、あの人を信じる」

――本音を言えば、おれも《プロテウス》に乗っていたかったけどな……。

その紅天本艦隊は、断続的に探査機《プローブ》を発射しながら最終減速を続けていた。キッチナー艦隊との戦闘で紅天本艦隊の主力艦には大きな損害が出ていたが、補助艦艇に被害はほとんどない。遮るもののない惑星間宙域での遭遇戦であれば、補助艦艇の数は、そのまま索敵能力の差となる。

だが、惑星近郊での迎撃戦では、侵攻側――この場合は〈紅天〉側――が不利になる。防衛側――この場合は〈蒼橋〉と第一〇八任務部隊側――は、惑星とその周囲に浮かぶ施設を索敵に利用できるからだ。さらに、最終減速のため軌道が単調になりやすい〈紅天〉側と違い、第一〇八任務部隊側は自由に軌道を選んで迎撃することができる。

おまけに、第一〇八任務部隊はあえて艦隊を広く散開させた上で囮《デコイ》を使って撹乱しているのだから、どれだけ探査機《プローブ》を飛ばしても追いつかない。

それでも、紅天本艦隊は囮《デコイ》を含む八組一六隻の巡航艦らしき反応を探知するや、即座に迎撃戦隊を繰り出した。

「第四啓開戦隊から通信。紅天本艦隊から反応分離。数は八個戦隊――いずれも、軽巡航艦らしき主力艦三隻を含むものと推測されます」

通信を受け取った参謀長がため息をつく。

「なんと手堅い。第一陣と合わせると、敵は四五隻の主力艦を迎撃に繰り出してきています。キッチナー艦隊との戦闘結果と照らし合わせると、無傷な主力艦は二〇隻をそう超えないはずなのですが……」

囮《デコイ》を含む第一〇八任務部隊と紅天迎撃戦隊は時間の経過と共に急速に距離を縮めていく。最初に敵と接触した紅天迎撃戦隊は、通常の砲戦距離を上まわる一〇万㎞時点で砲撃を開始した。もちろん、命中はしない。

迎撃戦隊の狙いは、砲撃することで敵の反応をみることにある。撃ち返せば、本物だ。

だが、そう思わせて実は本物の巡航艦である可能性も否定できない。

相手は撃ち返してこなかった。代わりに、退避軌道へと遷移を始める。囮《デコイ》かどうか、ここまでの反応では分からない。

紅天迎撃戦隊は、さらに加速度を上げた。限界ぎりぎりの五G加速。敵も、加速度を上げる。三G。そして四Gへと。

五G加速は長くは続けられない。ましてや、紅天迎撃戦隊に所属する軽巡航艦はキッチナー艦隊との戦闘で損傷を受けた艦で編成されていた。応急はすませてあっても、艦に無理をさせていればいつ致命的な事故が発生するか分かったものではなかった。

紅天迎撃戦隊の指揮官が長い鬼ごっこを覚悟して加速を三Gに落とした時、突然、逃げる敵の姿がレーダー上で歪み、溶けるように崩れた。

その情報は、すぐに探査機《プローブ》と啓開戦隊を経由して、高次空間通信《HDSN》リンクで《プロテウス》に伝えられた。

「二五号、反応が消えました」

「先ほど砲撃されていた囮《デコイ》だな。何があった？」

「探査機《プローブ》の報告からすると、自壊してばらばらになったようです」

「二五号を追いかけていた紅天迎撃戦隊はどうしている？」

「加速を停止して慣性状態ですね。あ、また加速を再開しました。今度は逆――紅天本艦隊に戻る軌道へ遷移しています」

「加速を止めて精密な観測を行ない、囮《デコイ》であることを確認して本隊に復帰、というところか。合流までの時間は？」

「四時間から六時間、というところですね。追撃でかなり軌道要素がズレてきていますから」

「微妙な数字だな」

「二五号がもう少し引きつけてくれていれば良かったんですが」

それから二時間の間に、事態はめまぐるしく進展した。

第二陣の七組の囮《デコイ》のうち、三組がその正体を暴かれた。二組は距離五万kmまで接近したところで囮《デコイ》であると見抜かれたらしく、迎撃戦隊は放置して帰還軌道に遷移した。

残り一組は距離六万kmで追撃戦隊からの砲撃が命中した。装甲も何もない囮《デコイ》はただの一撃で爆散した。距離六万kmは有効射程よりも遠いが、紅天迎撃戦隊は距離一〇万kmから延々と砲撃を繰り返して調整したため、砲撃精度が向上していたのである。

そしてついに――。

《プロテウス》と《テーレマコス》の前に、迎撃戦隊が出現した。

「紅天迎撃戦隊一三が接近中。距離一二万km。相対速度、プラス六八km毎秒」

「植民地警備用の軽巡航艦が三隻か。蹴散らすのは簡単だが……」

《プロテウス》艦長が何かを催促するかのように、ムックホッファに視線を向ける。ムックホッファは苦笑して首を左右に振った。

「いかん、今はまだ、こちらが囮《デコイ》か本物か分からないままにしておく必要がある」

「残念です。探査機《プローブ》の密度と索敵の精度で圧倒している今なら、無傷であの三隻を食える自信があるんですが。この距離でも初弾命中を狙えますよ」

「それは間違いないが、本艦がそのような行動を取れば、〈紅天〉は全力をわれわれに集中させるだろう。〈紅天〉制圧部隊までの距離はまだ二〇万kmもある。

手は打ってある。だから今しばらくは辛抱してくれ」

ムックホッファの言う〝手〟はそれから一時間後に明らかになった。

紅天迎撃戦隊の一隻が、接近する標的に向かって距離一〇万kmで砲撃を開始するや否や、間髪を入れずに、反撃が返ってきたのである。

距離一〇万kmで届くのは、主力艦のビーム砲だけだ。この情報は、即座に迎撃戦隊から紅天本艦隊に届けられた。

続いてもう一発。

ペアになっている敵艦のもう一隻から、ビーム砲が紅天迎撃戦隊に放たれる。

——対象は二隻とも、敵主力艦。

——連邦宇宙軍第一〇八任務部隊に、主力艦は二隻のみ。ユリシーズ級軽巡航艦《プロテウス》と《テーレマコス》。

——よって、接近する他の反応はすべて囮《デコイ》である。

――囮《デコイ》にミサイルを搭載している可能性はあるものの、それは制圧部隊を護衛する駆逐艦で迎撃可能。

――迎撃戦隊全艦は、ただちに敵主力艦を迎撃せよ！　迎撃位置につけないものは、追撃可能な軌道へ遷移！　この二隻を取り逃がしてはならない！

これまで囮《デコイ》の群れに翻弄されてきた紅天本艦隊がホログラム処理された動きでも分かるほどに戦意をみなぎらせて動き始めた時。

一方の第一〇八任務部隊も、いよいよその牙を剝こうとしていた。

「特一号、第三射」

「紅天迎撃戦隊一三が軌道遷移を開始しました。特一号、特二号の未来位置の頭を押さえる軌道です」

「紅天本艦隊から探査機《プローブ》多数射出！　特一号、特二号を包み込むように展開していきます」

参謀から届く報告をまとめながら、参謀長が皺だらけになったハンカチで額の汗を拭く。

「さすがに……さすがに敵の砲撃が《テーレマコス》をかすめた時には、もう終わったと思いましたよ」

この一時間に距離を八万㎞まで詰めた紅天迎撃戦隊一三は、《プロテウス》ならびに《テーレマコス》へ砲撃を開始していた。

「一方的に砲撃されるのが、ここまで心臓に悪いものだとは……」

植民地警備を目的に設計された〈紅天〉の軽巡航艦は、航続距離や機動力を重視するかわりに、砲撃能力が低い。探査機《プローブ》の支援がないことも合わせて考えれば、まず当たらない。理屈では分かっていても、心理的な重圧は予想以上に大きかった。

「紅天本艦隊は、残る軽巡航艦のすべてを使ってでも特一号と特二号を沈めるつもりですね。本隊からも軽巡航艦らしき反応が分離しつつあります。ちょっとこっちに都合がよすぎるほどですな」

「プレッシャーを感じていたのは、われわれだけではないということさ。紅天本艦隊も、姿を見せない《プロテウス》と《テーレマコス》に怯え続けてきたんだ。だからこそ、特一号と特二号の砲撃に引っかかった」

「あのビーム砲が、自分たちの落とし物だと知ったら、紅天本艦隊の連中、どんな顔をするでしょうなぁ」

《プロテウス》艦長が愉快そうに笑う。

デコイ特一号、特二号。

《プロテウス》艦長が言ったとおり、この二隻に搭載されていたのは、蒼橋義勇軍に鹵獲《ろかく》された〈紅天〉軽巡航艦《テロキア》の主砲だった。I《Irregular Object》O迎撃のために一二個の工場衛星の電力をフルに使って狙撃をした時とは違い、砲撃のための電力はすべてデコイの三基のエンジンによって賄っている。本来ならば電力がまったく足りないのだが、ロケ松と雷神屋は射出するプラズマ弾を模擬弾頭レベルまですかすかな収束状態にすることで補っていた。

　これでは命中してもダメージを与えることはできないが、どうせ命中など最初から期待できない。砲手もおらず無人で、自前の照準用レーダーも持たず、探査機《プローブ》からのわずかな情報だけで砲撃するわけだから、偶然であっても当たるはずがない。

「紅天本艦隊が冷静に情報を分析すれば、そのあたり、いろいろとおかしいことに気がつくはずなんですが……」

「我慢比べはこちらの勝ちというわけですな」

「あとはこれを実質的な勝利につなげるだけだ。頼んだぞ、艦長」

「お任せください」

「……特二号、第三射！」

《プロテウス》、《テーレマコス》と紅天制圧部隊までの距離は残り一四万km。

　蒼橋跳躍点の激戦から一六日目（紅天本艦隊来寇まで四日）。

　決着の時が、近づいていた。

12　遠　謀

紅天《こうてん》本艦隊の制圧部隊は、六隻の強襲揚陸艦と、八隻の輸送艦から成っていた。

五隻の強襲揚陸艦には、完全武装の海兵隊一個大隊＋支援部隊の一〇〇〇人がそれぞれ搭載されている。五隻の輸送艦には燃料や弾薬といった補給物資と装甲シャトルが。そして三隻の輸送艦にはそれぞれ二〇〇〇個の冷凍睡眠カプセルが収められ、その中で二〇〇〇人の海兵隊員が眠っている。

補充兵を運ぶのにわざわざ冷凍睡眠カプセルにしているのは、輸送にかかる手間を省くためだけではなく、負傷者の後送用も兼ねているからだ。

本来なら、このような遠征には専用の病院船を随伴させるべきなのだが、病院船は攻撃の対象にならない代わりに船の積み荷や乗員、軌道などの情報をすべて公開せねばならず、それを〈紅天〉本星が嫌ったためこのような処置となった。

そして最後の一隻の強襲揚陸艦だけは、他の輸送艦から少し離れた後方に置かれていた。中に何が積載されているかは、艦隊司令部のごく一部の人間にしか知らされていない。

制圧部隊の周囲には、十重二十重《とえはたえ》に駆逐艦を中心とした護衛艦が配置されている。巡航艦はそのさらに外側だ。

《プロテウス》のCICで配置を確認した作戦参謀が首をひねる。むろん、観測だけでは積載している物資までは分からない。

「これは……何を目的とした布陣でしょう？　護衛艦を輸送艦の周囲に集中配備させる意図があるにしても、巡航艦を護衛艦の防護陣営の外側にわざわざ配置する必要はないはずですが」

しばらく考えたあとで、ムックホッファ准将が逆に質問する。

「この布陣を読み取るには、敵が何を恐れているかを考える必要があるな。紅天本艦隊にとって、現時点での最大の脅威はなんだ？」

「それはもちろん、連邦宇宙軍艦隊の主力艦。つまり《プロテウス》と《テーレマコス》の二艦です。主力艦ビーム砲による遠距離砲撃は防ぎようがありません。撃たれる前に排除するしかないのです」

「では、紅天本艦隊にとって次に脅威となるのは何だ？」

「次……ですか？　わがほうには、他に攻撃手段はありませんが？」

驚いたように聞き返す。一歩間違えれば特攻覚悟の綱渡りをしているのも、他に手がないからだ。

「紅天本艦隊側に立って考えるんだ。わがほうに残存の主力艦が二隻しかないのは、〈紅天〉側も確認して知っている。だが、それ以外の情報はあまりないはずだ」

「となれば……ミサイル……ですね。それも一発や二発では護衛艦の迎撃をくぐり抜けられません。長射程ミサイルによる飽和攻撃。これが次の脅威になります」

「つまり、そういうことだ。護衛艦の密集陣形は長射程ミサイル飽和攻撃を迎撃するためのものだよ」

「しかしその場合でも、巡航艦をわざわざ外に出して危険にさらす必要はありません。迎撃をかいくぐった長射程ミサイルが、サイズ的に輸送艦に近い巡航艦をターゲットにして攻撃するかもしれません」

「それが狙いだろう」

「……いざとなったら、巡航艦を盾にして長射程ミサイルの被害を吸収するために？　そこまでやるのですか！」

「それほどの覚悟、ということだ。〈紅天〉星系軍は彼らなりに、自らの星系の未来を賭けてこの戦いに挑んできている。連邦宇宙軍に喧嘩を売った以上、中途半端に頭を下げてお茶を濁すことはできないからな」

「なるほど。追いつめられているのは〈紅天〉側だという言葉の意味が分かった気がします。ですが、なぜこのような……。

〈紅天〉はこの宙域であればそれなりに力を持つとはいえ、あくまで自治星系。連邦に直接加盟している大星系というわけでもないのに、そんなに〈蒼橋《あおのはし》〉に頭を下げるのが嫌なのでしょうか？」

「政治向きのことは推測するしかないが、〈紅天〉は実力が伴ってないからこそ、地域の大国としての誇りと面子を捨てられなかったのではないかな。辺境の星系ほど、そういう傾向はあると思う。むしろ――いや、なんでもない」

准将は言葉をにごした。

――むしろ、自治星系のそうした誇りと面子を煽る形で政争の道具にしようという連邦の中央星系こそ、恥じるべきなのだ。

連邦直接加盟というカードをちらつかせて、リスクの高い軍事的な賭けに〈紅天〉と〈蒼橋〉の運命を張りこむような真似をさせるなど……。

だが、これは軍人が口にしていいことではないな……。

特一号、特二号は砲撃を繰り返しつつひたすら前進を続けている。特号を建造したロケ松や汰島屋《たじまや》が心配したように、その加速は最大でも一G加速でしかなく、主力艦の加速としては心許ない。

だが、特一号、特二号を迎撃する〈紅天〉側がそのことに気づく可能性はなかった。なぜなら、二基は最初から襲撃軌道としてベストの軌道——紅天本艦隊に最接近時で五万km を割り込む軌道——を選択していたからだ。

軌道遷移《せんい》をしないのであれば、最大加速で軌道をねじ曲げる必要は元よりなく、結果として最大加速が一Gでしかないことなど、〈紅天〉側に分かるはずもなかった。

むろん、欺瞞軌道を取らずに直接接近してくる特一号、特二号はその動きからして最初から〈紅天〉側にフェイクではないかと考えられていた。しかし、万が一にも裏をかかれていれば——紅天本艦隊はあらゆる可能性を潰すために特一号、特二号にも迎撃戦隊の巡航艦を差し向け、そして反撃を受けたのである。

——やはり、裏をかくつもりだったのか！

紅天本艦隊は、連邦宇宙軍艦隊の策を読み取った——と判断した。

そしてその確信こそが、准将がつけ入る、唯一の隙だった。

《プロテウス》、《テーレマコス》から紅天制圧部隊まで、距離一一万km。だが……。

「特一号からの信号、途絶えました！」

オペレーターが、悲鳴にも似た報告を伝える。

「何があった？」

「分かりません……分かりませんが——あ、今、赤外線のバーストを確認。特一号、爆発しました」

「敵の砲撃が命中したのか？　それともＥＭＰか？」

　あきらめきれないかのように質問を重ねる参謀長を准将が制する。

「今は真実を調査している場合ではない。——来るぞ！」

　特一号、特二号に向かって殺到していた八個の紅天迎撃戦隊の噴射を熱源とする赤外線の反応が、ろうそくを吹き消すかのように、いっせいに消えた。わずかの時間の後、再び熱源が復活する。

　そのすべては、青くドップラーシフトしていた。

「紅天本艦隊より、探査機《プローブ》多数射出！　本戦隊に向かってきます！」

「逆探が本艦へのレーダー波の照射をキャッチしました！」

　報告が飛び交う。そのいずれもが、紅天本艦隊が《プロテウス》と《テーレマコス》を標的として定めたことを示していた。

「参謀長」

　ムックホッファは静かに言った。

「はっ！」

「砲撃を紅天制圧部隊の強襲揚陸艦に集中させる。輸送艦は放置だ。軌道を算出してくれ」

「了解しました。最接近時の距離は？」

「八万km。反航戦でいくぞ」

「……了解《イエス・サー》です」

参謀長は無念そうに答えた。最接近が八万kmの反航戦では、相対速度は大きく、距離は遠い。標的が装甲を施された強襲揚陸艦であれば、確実に仕留めることは困難だろう。

「艦長、聞いてのとおりだ。六隻の強襲揚陸艦に、それぞれ一発は当ててくれ。やれるか？」

「もちろんです。ちょっと相対速度がでかいので、撃てる回数は厳しいですが……なんとか調整してみましょう」

《プロテウス》、《テーレマコス》から紅天制圧部隊まで、距離一〇万km。

先に主砲を放ったのは、紅天制圧部隊を囲む巡航艦だった。キッチナー艦隊を相手にしたのと同じく、赤外線源を目標にいっせいに主砲を放つ射法だ。

「ひょう。こいつはおっかないですなぁ」

包み込むようにして《プロテウス》をかすめていくビーム砲弾をみて、艦長がおどけたように言う。

「山姥《やまんば》から逃げるためのお札を撒《ま》くしかありませんな。よろしいですか？」

「ああ。タイミングは艦長に任せる」

キッチナー艦隊の戦闘記録を分析した第一〇八任務部隊では、〈紅天〉の赤外線源を利用する射法への対策を講じていた。《プロテウス》から発進した無人の艦載艇が、《プロテウス》と紅天本艦隊の間に入り、機雷を射出する。機雷はすぐに爆発し、周囲に破片と光熱を撒き散らした。

「敵、第二斉射きます——うまくいきました！　照準が甘くなっています」

キッチナー艦隊を苦しめた超遠距離砲撃のための赤外線源を利用する射法は、ビーム砲弾による散布界に敵を包み込むことで確率論的に命中率を上げるためのものだ。

散布界が標的からどれだけズレているかは、命中時の赤外線で確認しているはずだ。自爆した機雷の破片とガスが持つ熱が、その確認を阻害しているのだ。

「見事だ、艦長」

准将が誉めると、艦長は照れくさそうに笑った。

「誉めるのは逃げ切るまでとっといてください。艦載艇《おふだ》は三枚しかありません。本当は逃げ切るために取っておきたいのですが……」

「逃げる前に落とされては意味がない。かまわん、きみがここぞというタイミングがあれば、使い切っていい」

「では、ありがたく二枚目を使わせてもらいます」

《プロテウス》と《テーレマコス》は正面から紅天本艦隊へ近づいているわけではない。たがいの距離が変われば、機雷による赤外線的な煙幕はすぐにズレてしまう。

結局、八万kmの最接近までに、三隻の艦載艇《おふだ》はすべて使い切ることになった。僚艦の《テーレマコス》も同様だ。それが幸いして、どちらもまだ被弾はしていない。

「主砲戦開始！　撃って撃って、撃ちまくれっ！」

《プロテウス》艦長が獅子吼《ししく》する。定格一杯に充電した主砲がビーム砲を放つ。艦を回転させつつ、二発目。さらに三発目。

凝集したプラズマの砲弾が、光速の一〇分の一の速度で紅天本艦隊の中央に位置する制圧部隊に吸い込まれていく。

「標的LA1にヒット！」

「次だっ！」

「標的LA2、ヒットなし！」

「次っ！」

「標的LA3、ヒット！」

だがもちろん、〈紅天〉側も一方的に撃たれるがままではない。有効射程よりやや遠いものの、制圧部隊の周囲に配置された三〇隻の主力艦の索敵情報をリンクして精度を補い、砲身も焼けよと撃ちまくる。

「《テーレマコス》被弾！」

悲鳴に近い観測員の報告がCICに響く。

「推進剤《アイス》タンクに穴が空いて推進剤《アイス》が一〇〇トンばかり漏れたようですが、戦闘力に支障はないそうです」

「そうか」

《テーレマコス》はその後も被弾を続けた。さすがに二発目からは無傷とはいかず、主砲塔一基が破損。センサー群アンテナのひとつがアームごとへし折られる。機関にも損傷が蓄積してゆき、射撃間隔が間延びしていく。

僚艦に比べて《プロテウス》はツいていた。ほんの五分ほどだけ。

衝撃。そして轟音。一瞬だけ明かりの消えたCICの中で、艦長が吼えた。

「応急班！　被害報告！」

数十秒ほどで、応急班を指揮する副長から艦内通信で報告があった。それを聞いた艦長の顔が歪む。

「提督、空になった格納庫に大穴が開けられたようです。が、戦闘力に支障はありません！」

しかし艦長は、准将に向かってはことさらに陽気な口調で報告した。

平然と頷き返した准将は内心で思う。

――人員に被害が出たな。艦載艇を持たない整備兵は応急班に編成されるが、その損害も直接には戦闘力減少につながらないので報告しなかったのだろう。

戦争ドラマでは指揮官役の俳優が、「みんなの命、おれが預かる」的なセリフを言うことがある。だが、それが実際にはどんな意味であるか知っている人はどれだけいるだろう、と准将は思った。

——それはつまり、「おれの目的のために、おまえたちは死ね」ということだ。安易に口にして良いセリフではない。

《プロテウス》はその後さらに二発、《テーレマコス》も一発のビーム砲を被弾した。その後はたがいに距離が開き、再び一〇万kmを超えたところで両艦とも砲撃を停止した。ムックホッファは戦闘が終わるやただちに、《プロテウス》のCICに参謀を集合させた。

紅天制圧部隊に与えた被害は、戦闘記録を分析するまでは確定しない。だが、味方の被害はすぐに報告があがり、間違いもない。

《プロテウス》は三発を被弾。後部格納庫が破壊され、機関部の推力が一五％減少した。《テーレマコス》は四発を被弾。主砲塔一基が失われ、前部センサー群アンテナがもぎとられた。何より、船体中央のほぼ同じ場所に二発撃ち込まれて装甲を深く抉《えぐ》られたため、艦の強度がかなり低下している。

「《テーレマコス》は最大で二G加速が限界のようです。軌道を選べば、なんとか逃げ切れると思いますが……」

報告をまとめた参謀長の言葉も歯切れが悪い。

無理もない。紅天本艦隊はせっかく特定できた二隻の主力艦との触接を維持すべく、迎撃用に送り出した巡航艦のうち四個戦隊・一二隻で《プロテウス》と《テーレマコス》を追いかけている。

反航ですれちがった紅天本艦隊と第一〇八任務部隊とは軌道要素の違いが大きく、すでに〈紅天〉側のセンサーからは逃れているが、もしも二隻が再び〝ブリッジ〟に戻ろうとするなら、よほど遠まわりの軌道を選ばねば、追尾してくる巡航艦に捕捉されるだろう。

「しかたない。《テーレマコス》にはこのまま〈蒼雪《あおのゆき》〉へ向かわせる。〝ブリッジ〟に戻るのは本艦だけだ」

機動力の落ちた《テーレマコス》と共に行動していては、フェイク第三陣との合流に間に合わないという判断である。

「それで、人員の被害は？」

「は。《プロテウス》が死者八人、負傷者七人。《テーレマコス》は死者二一人、負傷者一一人です」

「そうか。それなら……」

――まだ、戦えるな。

その言葉がすぐに脳裏に浮かんだ自分に、准将はわずかな嫌悪を抱いた。しかし、それは指揮官としての紛れもない本音であった。

「〈紅天〉側の動きはどうなっている？」

「与えた損害については現在集計中ですが、それを示唆する動きが〈紅天〉側にあります」

高次空間通信《HDSN》リンクの情報を、アフメド中佐がホログラムに投影する。

「現在、紅天本艦隊は最終減速を中断して慣性航行中です」

「何？　ここで中断しては機動力の小さい艦は減速しきれず〝ブリッジ〟を通り過ぎてしまうぞ」

「はい。通り過ぎた後でもう一度同期のためにアプローチはできますが、時間がかかります」

「こちらにとってみれば、願ってもない展開だが……、それを〈紅天〉が選ぶ理由はなんだろうな」

「分かりません。現在は啓開戦隊も探査機《プローブ》も迂闊に近寄れない状況なので」

「ふむ……艦長につないでくれ」

戦闘が終わっても、艦長と乗組員の仕事は終わらない。損傷を受けた艦の復旧作業で《プロテウス》艦長は艦内を文字どおり走りまわっていた。

「艦長、すまないが意見を聞かせてくれ。今回の砲撃戦でどのくらいの被害を敵強襲揚陸艦に与えたと思う？　所感でいい」

　何かがパイプを流れるような背景雑音が艦長の声とともに流れてくる。

「八万km彼方のことなんで、はっきりと断言はできませんが……半数の艦にはそれなりの手応えを感じました。

　撃った後の敵の艦の動きが、どことなく怯《ひる》んでいましたので」

「残りの半数には、その手応えを感じなかったということだな？」

「はい」

「分かった。ありがとう」

　通信を切り、ムックホッファは考えた。

　――〈紅天〉本星が〈蒼橋〉攻略をあきらめたのでないかぎり、紅天本艦隊が攻略を止めるはずがない。つまり、加速を止めたのは……。

　准将は顔を上げた。

「損傷が軽い強襲揚陸艦に、必要な物資と人材を集中しているのだろう。残った強襲揚陸艦で〈蒼橋〉を攻略するつもりだ」

「〈紅天〉星系軍とは、なんともしぶといですな。味方であれば頼もしいことこのうえありませんが、敵としては……正直、勘弁してくれ、と言いたいですよ」

　参謀長は冗談めかしているが、本音が奈辺にあるかはＣＩＣの誰もが理解していた。

「彼らは彼らなりに祖国への自らの義務を果たしている」

「では、われわれは、われわれの義務を果たさねばなりませんね」

年若い参謀が、唇の端を引きつらせながら言う。笑みを浮かべようとして、失敗しているのだ。

「ならば決まりだ。もう一度いくぞ。戦いはこれからだ」

むろん、次はもっと厳しい戦いになる。

《プロテウス》は手傷を負い、頼りになる《テーレマコス》はもういない。先の戦いで活躍した啓開戦隊も探査機《プローブ》の残機が心許ない。

一方紅天本艦隊はフェイクの手口を知った。砲塔を搭載した特号による欺瞞も次は通用しないだろう。加えて最終減速をほぼ終えた紅天本艦隊との相対速度は小さくなっている。

今回の戦いのように、一戦して離脱という手はもはや使えない。〝ブリッジ〟に逃げ込まないかぎり、紅天本艦隊の追撃をかわすことはできず、今ではそれすら不可能に近い。

――それでも、最後まで戦わなければならない。〈紅天〉が〈蒼橋〉早期攻略を諦めるまで。

紅天本艦隊も、連邦宇宙軍平和維持艦隊も、一歩も引かない。両者のさらなる激突は不可避かと思われた。

だが、彼らの預かり知らぬところで、事態は大きく動き始めていたのである。

13 伏 兵

「司令長官、お時間よろしいですか？」

最後になる可能性の高い紅天本艦隊との再戦を前に、いったん自室に戻ったムックホッファ准将を、アフメド参謀長が訪れた。

「きみが直接来るとは、何かあったのかね？」

訝《いぶか》しげな准将に、参謀長は一冊のファイルを差し出した。

「これは？」

「補給参謀の末富大尉の自主レポートです」

「自主レポート？　読んだのかね？」

「はい。司令長官に上げる情報の最終吟味はわたしの職務ですから」

准将は微笑んだ。

「いや、別に怒っているわけではないよ。読んだのは誰か確認しておきたかっただけだ」

「末富大尉はレポートをプリントアウト後、元データを廃棄したと言っています。わたしに提出する前に読んだ者は本人だけで、わたしが受け取ったあと読んだのは、わたしだけです」

「ふむ」と准将は顎をなでた。

――自主レポート自体は珍しくないが、提出が今というのは妙だな。あとでは間に合わないということか……。

「分かった。ただ、あと一〇分もすればわたしもＣＩＣに戻るつもりだった。その時でも良かったのではないかね？」

准将の疑問に、参謀長は薄く微笑んだ。

「ここなら人払いの必要はありませんから」

――なるほど。それだけ重大な情報ということか……。

「分かった。すぐ読む。わたしが遅れてもＣＩＣでの会議は予定どおり始めてくれ。ただ、わたしは急な腹痛を起こすかもしれない。そのことを心に留めておいてくれ」

「了解《イエス・サー》しました」

参謀長は微笑を消し、姿勢を正すと目礼し、退出する。その後ろ姿を見送ったあと、准将はファイルを開いた。

末富大尉は連邦宇宙軍の慣例どおりに、レポートを結論から書き始めていた。

その結論というのは、「〈紅天《こうてん》〉は重金属市場の相場崩壊を防ぐために〈蒼橋《あおのはし》〉制圧を急いでいる」という一行だった。

相場崩壊というのは、売り手と買い手の合意によって売買が成立する相場の機能が崩壊し、売りたくても買い手が存在しない、あるいは買いたくても売り手が存在しない状態になって売買が完全に停止してしまうことを言う。

前者ではその商品の価格が暴落し、後者では高騰する。〈紅天〉が恐れているのはこの状態だった。

蒼橋労組連合に所属する星間運輸労組がストに突入して以来、〈紅天〉の重金属相場が高騰を続けていることは、准将も承知している。いや、相場が高騰しているからこそ、紛争を早期に解決し、相場を安定させるために平和維持艦隊が派遣されたのだ。

だが、〈紅天〉の重金属市場はもともと、〈蒼橋〉が安定供給を続けることを前提として運営されていた動きの少ない相場だったのだ。毎日同じ価格での取り引きが続く相場ほど、投機資金にとって魅力のない相場はない。

投機筋が買いあさって相場を吊り上げようとしても、少し生産量を増やすだけで相場は戻る。〈蒼橋〉の全資源を押さえるだけの資金力があればともかく、生半可な投機筋では返り討ちにあうのは自明だった。

だがストがすべてを変えた。

もう〈蒼橋〉から資源は来ない。〈紅天〉の重金属市場の主導権はあっという間に投機筋に奪われ、不安定を絵に描いたようなギザギザ相場がしばらく続いたあと、相場価格は完全な上昇一直線になった。

もちろん商品である重金属自体が入って来ないのだから、取引されているのはスト以前に〈紅天〉に届いていた分だけで、しかもあっという間に採算分岐点を越える価格になってしまった。

こうなるともう、実需などはあってないようなものだ。

重金属の買い付けに成功しさえすれば、あとは何日か寝かせておくだけで価格は二倍にも三倍にもなるのに、加工して製品にするのは馬鹿のすること――という風潮が蔓延し、〈紅天〉重金属バブルは星系内の資金を吸い込みつつ、膨らみ続けている。

とはいえ原料や素材の全部が入手できないわけではない。たとえば〈蒼橋〉では鉄やアルミ、銅などといった汎用性が高い反面、価格の低い金属は出荷していない。運賃が加算されれば輸出先の星系《ほし》で産出されるそれらの金属に太刀打ちできないからだ。

だが合金は違う。〈蒼橋〉の冶金業者が目的に合わせて入念に調整した合金は特定の用途に特化しているものが多いが、その特性は他の資材をはるかに凌駕《りょうが》している。

その合金がストで入って来なくなったのだ。

たとえば、軸受けに使うボールベアリングに特化した合金が入手できなかったら、ほとんどすべての機械や乗り物が製造できなくなる。

かといって、代用品を汎用素材で作れば性能が落ちるし、予期した性能まで底上げしようとすれば再設計が必要になり、時間と費用を食い潰す。

そして何より問題なのが、この重金属価格高騰と合金不足の原因が、天変地異や不可抗力ではなく、人為的なものだ――ということだった。

人が始めたことは、人が終わらせることができる。だからそれはいつなのかということが最大の問題になるのだ。

早く終わるようなら我慢する。長引くようなら時間と手間がかかっても抜本的な対策を立てる――ごく当たり前の結論だが、実際にその見きわめをすることほど困難なことはないと言ってもいい。

〈紅天〉とその影響下にある星系の製造業者は、素材が市場で入手できないことが明らかになった時点で投機に走った一部を除いて、このジレンマに陥っている。このまま推移すれば、手も足も出せないまま緩慢な死を迎えることになるだろう。

そして、そういう状況の中でしだいに明らかになって来たのは、〈紅天〉経済の意外な脆弱性だった。

〈紅天〉は金属資源を〈蒼橋〉に依存しているように、食糧は〈豊葦原《とよあしはら》〉に、繊維関連は〈紫苑〉に、そして重化学工業や宇宙船関係はまた別の星系《ほし》に――という風に各星系の需要と供給がリンクしている。

どの惑星も開発の段階から、惑星発展には本来必須であるはずの産業のいくつかが意図的に省かれ、その分は他星系《よそ》に依存するように計画されて来た結果だ。

〈蒼橋〉から重金属資源を買っている星系《ほし》では重金属の鉱山は開発されておらず、〈豊葦原〉から食糧を買っている星系《ほし》は例外なく低い食糧自給率を上げる手立てを持っていない――そういう仕組になっているのだ。

だが、こういう風に役割分担を決め、動かさないままだと、どこかの星系《ほし》が抜けた時、他の全部の星系《ほし》が危機に陥ってしまう。

〈蒼橋〉がストに突入した後の〈紅天〉系星系がまさにそれだった。

これを防ごうと思えば、これまでの相互依存強要型の開発を方向転換し、バランスの取れた惑星開発を行なうしかない。〈蒼橋〉に畑を作らせ、〈豊葦原〉に鉱山を掘らせるようなことを〈紅天〉傘下の全星系《ほし》でやることになるが、現実問題としてそれは文字どおり不可能と同意だ。

つまり、〈紅天〉政府が今の危機的状況を打開しようと考えるのなら、〈紅天〉と〈紅天〉系星系をめぐる諸問題には当面目をつぶり、重金属相場を冷却させてバブルを縮ませる以外ない。

だが、それを行なうために有効な手段は一つしかない。

〈蒼橋〉に輸出を再開させることだ。

とはいえ、最初の〝団子山《みたらし》〟制圧計画は頓挫し、搦手《からめて》からの各種テロも失敗した。こうなればもう、全艦隊を派遣して無理矢理占領する以外手がない。

占領は一日でも早いほうがいい。占領がまだでも、〈蒼橋〉は制圧した。輸出は間もなく再開される見込み――というアナウンスがあるだけで、重金属バブルは崩壊する。

重金属バブルの崩壊でどれだけの企業が飛ぶかは分からないが、今ならまだ政府管理下で収束できる。放置して勝手に崩壊されるよりはるかにましだろう。

おそらく、紅天本艦隊が〈蒼橋〉に到着し制圧するまでの期間――〝二〇日以内〟が、重金属市場に政府が介入できるぎりぎりの限界なのだろう。これを越えると重金属バブルは、なんの対応策も取られないままはじける。

〈紅天〉経済は崩壊して傘下の星系に波及し、その影響は連邦にも及ぶ……。

一読した准将の表情は一変していた。

――そうか……そういうことか……。これでやっとすべての辻褄が合った……。

と、その時、デスクのアラームが低く鳴った。五分後にCICで会議だ。

准将は一瞬考えたが、素直に立ち上がると末富大尉のレポートを生体キーの付いている私物ロッカーに入れ、鍵をかけると、床を蹴ってCIC直通の司令長官専用通路に飛び込んだ。

通路の要所要所で壁に取りつけられているグリップを軽く弾いて身体を前に進めながらこれからのことを考える。

——あのレポートを読んだ後では、このまま抵抗をやめて、〈紅天〉に〈蒼橋〉を占領させるのが一番摩擦が少ない解決方法かもしれないとも思えてしまうな……。

——結局、世の中というのは、どこかの誰かを悪役にすれば、それですべて解決してしまうようなやわな代物ではないということか。

——〈蒼橋〉を占領させるわけにはいかないが、〈紅天〉の重金属バブル——考えてみれば、重いのか軽いのか良く分からんネーミングだな——をはじけさせるわけにもいかん。どう動けば一番摩擦が少なくてすむか、じっくり考えるよりないな……。

前方が明るくなり、静かな喧騒とでも言うしかないCICのざわめきが耳に届く。

准将は再度頭を切り替え、そのざわめきの中に飛び込んでいった。

——一方、ムックホッファ艦隊と紅天本艦隊が死力を尽くして戦い続けていた頃、東銀河連邦の中心部で通信技術者の間に奇妙な噂が流れ始めていた。

折しも、某研究所では、その噂を検証するための追試を終えた研究員が、その結果を上司に報告していた。

「シミュレート完了しました。理論値どおりの結果が出ています」

「おお、ならば量産は可能だということだな？」

「それは……たしかに理論的には可能ですが、現実には不可能ですね、たぶん」

「おい待て、理論的に可能なら、現実にも可能だろう？　でなければ理論の意味がない」

「おっしゃるとおりですが、いかに理論が進んでも、決してすべてをカバーできないのが現実というやつでしてね」

「なんだと？　どういう意味だ？」

「冶金シミュレーターでうまくいった時の添加物の必要量をチェックしました。実際に一個作るだけで、わが社の在庫がゼロになる添加物が七種類、二個目で消える素材と添加物が一三種類あります。どれも欠けると生成された合金が機能しません。量産どころの話ではありませんよ」

「なんだ、そういうことならその添加物を製造しているところから……」

「いえ、これらは製造されてる添加物じゃないんです。テラ型惑星の地殻に普遍的に存在している化合物なんですが、含有量が微少すぎて精錬がきわめて困難なんです。

精錬には膨大な量の岩石の処理が必要ですが、小惑星採鉱ではとても量が足りませんし、惑星地表で精錬を行なうにはコストがかかりすぎます」

「それはつまり……〈蒼橋〉クラスの資源と精錬設備がないと、まとまった量は確保できないということか？」

あちこちの研究室で、そして企業で、同じような会話が交わされ、同じような結果になっていた。

――たしかに可能だ。だが〈蒼橋〉以外では実用化できない……と。

そもそものこの噂の始まりは、囮《デコイ》に関する記事を自主的に封印したロイスが、〝踏鞴《たたら》山《やま》〟取材中に見つけた情報を元にして書いたコラム記事だった。

大手マスコミの中で唯一〈蒼橋〉に特派員を送っている、星湖《ほしのうみ》トリビューンが掲載するそのコラムは、最初は物見遊山的な見聞記にすぎないと思われていた。

だが、〈紅天〉と連邦宇宙軍の双方が出兵した頃から徐々に風向きが変わり始める。

何しろ〈紅天〉系マスコミは誇大空疎なプロパガンダを流すだけ、一方の連邦宇宙軍広報部はなぜか詳細を公表せず、無味乾燥な発表を続けるばかりなのだ。

しかもこれまで大マスコミが感心を持たなかったこともあって、〈蒼橋〉にコネを持つ報道機関はほとんどないし、〈蒼橋〉をめぐる紛争が本格化してからは一般航路が封鎖されているから特派員を送ることもできない。

それやこれやで、この『〈蒼橋〉日記』と題されたコラムは貴重な現地情報として識者の関心を集め始めた。彼らがホロニュースなどで引用する機会も増え、今では星湖《ほしのうみ》トリビューンの中でも一、二を争う人気コラムになっている。

だが――これがロイスらしいと言えば正にそのとおりなのだが――記者であるロイスはそんなことはまったく知らないでいた。

これは、へたに人気があるなどと教えたら、あいつは間違いなく天狗になる――という直属上司の意向もあってのことだが、実際には送った記事の六割が没になる現状を、自分の経験と力のなさとしか考えられないロイスの性格も大きく寄与していただろう。

それはともかく、いろいろと欠点も散見するなか、直属上司である部長をうならせたのが、蒼橋義勇軍創設の秘話と、〝団子山《みたらし》〟をめぐる攻防。そして一連の〝天邪鬼《アマンジャク》〟迎撃作戦に関する記事だった。

読者はそれまで知らなかった〈蒼橋〉の実情に触れ、蒼橋義勇軍とそれを支持する〈蒼橋〉市民に声援を送った。その一方で先に手を出した形になった〈紅天〉の評判は日に日に落ちていたが、コトはまだ一般市民の間の好き嫌い程度の話であり、世論がどうこうというレベルの話にはなっていないのも事実だった。

だが、この〝界面生成合金〟に関する記事によって、東銀河系の世論は大きく転換することになる。

話は少し遡る。

ロイスが部長に命じられて〝踏鞴山《たたらやま》〟を訪問した時、工場はムックホッファ准将から依頼されたフェイク製作でてんてこ舞いだった……。

「そんなことができるんですか？」

「ああ、できるぜ。人間の目だって、一〇〇メートル離れた先に、同じ形式で同じ色の車が二台とまっていたら、どっちが本物でどっちが実物から型を取って色を塗った模型かは区別できねぇだろう？

ましてや巡航艦の囮《デコイ》は何十キロメートル、いや何千何万キロメートルも離れてるんだ、使うセンサーの種類さえ分かれば誤魔化しようはいくらでもあるさ」

いきなり現場に闖入《ちんにゅう》してきた新米記者《ロイス》に丁寧《ていねい》に答えているのは、ロケ松こと熊倉《くまくら》大尉だった。

ゼロG環境の広いフェイク工場は簡易ドック化されていて、何やらいろいろ取りつけられた〝車曳き〟が何隻も並び、作業用耐Gスーツ姿の職人や技術者が何十人も自在に飛びまわり、取りついて作業している。

もっとも、ここでスーツとヘルメット着用が義務づけられているのは工場エリアだけで、その周囲にある通路や休息スペースではヘルメット着用の義務はない。

工場の隅にしつらえられた応接スペースで話しているロケ松とロイスも、今はヘルメットなしだ。

「へぇ、なんだかいい加減なような……その程度の識別能力で本当に戦争なんかできるんですか？」

ロケ松は一瞬むっとしたが、相手は素人の記者であることに思い至ったのだろう。無理矢理笑顔を作ると、もう少し詳しく説明を始めた。

だがロケ松は、話すうちに自分の笑顔が作り物ではなくなっていることに徐々に気づき始めた。何しろこの記者はどんな話でも熱心に聞く、しかも相槌や返事にわざとらしいところが欠片《カケラ》もない。

最初はあわよくば連邦宇宙軍の味方に引き入れようと思っていたロケ松だったが、話すうちに確信した。

――間違いねぇ。こいつはあの親爺参謀長が言ったとおり、極上の天然、それも一品物だ。

最強の記者を紹介しますよと言われたのが知り合いだったのにも驚いたが、たしかにこいつと話していると、相手が記者だってことを忘れちまう。これ以上最強の記者はいなかろうぜ……。

「へぇえ～凄い。そんなことまで分かっちゃうんですか。軍人さんの前で隠しごとはできませんね」

ロイスの返答に、ロケ松はついに吹き出した。

「おいおい、今のは通信管制艦の機能の話だぜ。いくら軍人でも人と話すのに管制艦背負って行くわけにはいかねぇだろうが」

「あ、そうか、そうですよね。凄いのは艦の性能で、人間の力は別なんだ」

何やら納得している様子だが、ロケ松は少しひっかかるものを感じて、少し意地悪してみる気になった。

「そう言われればそのとおりだが、あんたが使ってるその携帯端末《てちょう》、そいつは支給品かね？」

ロイスはいきなり持ち物のことを聞かれてきょとんとした。

「え、ええ。会社から支給してもらった品です。ウチの記者の携帯端末《てちょう》はみんな同じクィーンジェームズの製品ですけど。それが何か……」

「なるほど、じゃあ携帯端末《てちょう》の性能はみんな同じだから、あんたの会社の記者はみんな同じレベルの記事を書くのかい？」

そう問われて、ロイスははっとした。自然に言葉が細くなる。

「……そんなことはありません。同じ携帯端末《てちょう》を使っても、わたしと部長じゃできあがる記事の質がぜんぜん違います。わたしなんて……」

膝にのせた携帯端末《てちょう》のキーボードに、ポタポタと水滴が落ちる。

思わぬ反応にロケ松は慌てた。

「お、おい。いきなり泣くんじゃねぇ。おれがいじめてるみてぇじゃねぇか。それにそういう精密機械は濡れたらやばいんじゃねぇのか？　大丈夫なのか？」

ロイスははっと顔を上げると、スーツのポケットからハンカチを取り出して目元をぬぐった。

その一瞬、かすかなコーヒーの香りがしたような気がして、ロケ松は突然、自分が昨日から何も食べていないことに気がついた。

「はい、涙のことなら大丈夫です。クィーンジェームズの製品は完全防水耐圧耐G仕様なんです。ウチの会社では、辺境の惑星で遭難して一〇〇年後に発見されても、この携帯端末《てちょう》さえ持っていれば身元はすぐに判明するって言われてるくらいです」

ロケ松は苦笑した。

「そりゃあまた、笑ってすますにゃあきついジョークだな。誰か本当にそんな目に遭ったやつがいるのかい？」

ロイスは力なく首を振った。

「いえ、まだいません」

「まだ？」

「ええ。もしいるとしたら、たぶんおまえが最初だろう。そう言われて〈蒼橋〉に来ました」

聞いたロケ松は爆笑した。

――凄ぇ、やっぱりこいつは本当の本物だ。こんな時だが、利用とかなんとかはもうどうでも良くなっちまったぜ。

自分も涙を拭く羽目になったロケ松は、息が落ち着くのを待って、応援スペースのソファ（らしきもの）から立ち上がった。

通路と工場区画を区切っている誘導ロープに器用につかまって、工場の反対側を指差す。

「あっちの奥にあるカフェテリアが使えるようになったんだ。可愛い姉ちゃんやハンサムな兄ちゃんはいねぇが、食い物はそれなりに揃ってる。良かったらつきあわねぇか？」

何かコーヒーの香りがして、昨日から何も食ってねぇことを思い出しちまったぜ」

ロイスは〝コーヒー？〟と一瞬何かを思い出そうとする風だったが、突然ニッコリ笑った。

「それ、昇介《しょうすけ》くんです。……いけない。わたし忙しくて洗濯してなかったんだ……」

「昇介？」どっかで聞いたような……と首をひねるロケ松に、ロイスが笑いかける。

「はい、喜んでお供します。わたしもまだまだ聞きたいことがたくさんありますし……あ、そうだ、昇介くんも呼んでいいですか？　もちろん食事の代金はわたしの会社で持ちます」

　それを聞いたロケ松は軽く手を振った。

「なに、代金のことなら気にしなくていいぜ。あのカフェテリアはここに技術者連中を送り込んでいる〝踏鞴山《たたらやま》〟の企業が共同して運営してるんだ。この工場に出入りするやつなら全員タダで飲み食いできるのさ」

「へぇ、〝踏鞴山《たたらやま》〟の企業ってずいぶん太っ腹なんですね」

　そう言われたロケ松は肩を軽くすくめた。

「さてな。飲み食いの分くらい世話するから、寝ないで働けってことかもしれないぜ」

「はぁ……社長ってそんなこと考えてるんですか？　なにか怖いです」

　ロケ松はにやりと笑った。

「世の中の社長がどうかは知らねぇが、ここの社長連が考えてることはそのとおりだぜ。何せ今、この工場で夜っぴて働いてる連中の半分以上が社長だからな」

「半分以上？」とロイスはぽかんと口を開けて広い工場を見まわしたが、誰が社長で誰がそうでないのか、みんな油と金属粉で汚れた作業用耐Ｇスーツ姿で区別がつかない。

　――そうか、これも〈蒼橋〉なんだ……。

　ロイスは何か分かったような気分で、先を行くロケ松の背中を追った。

——そして三〇分後、ロケ松、ロイス、昇介の三人は、工場の裏手にあるオートカフェテリアで遅い昼食を終えていた。

「ふぅー、食った食った。雑炊っていうから軽いかと思ったが、けっこう食べでがあったな」

「ほんと、盛りもしっかりしてるし、このシステムを導入する店があったら毎日でも食べに行くんだけどな」

昇介の感想にロケ松が失笑する。

「そいつは無理だぜ。このシステムがどれくらいするか知ってるか？　標準型の軌道作業艇が三隻は余裕で買えるぜ」

昇介がぽかんとしている。

「三隻？　ほんとに？」

「ああ、開発したやつに聞いたから間違いねぇ。なんでも食材の加熱位置をミクロン単位で変化させられるようにシステムを組んでるって話だ」

「ミクロン単位？　凄すぎる」

「冷凍自体もこのシステムがやるからな。その状態に合わせて最適に解凍・過熱するってわけだ」

と、昇介が手を上げた。

「てことは、このシステムがやるのは冷凍と解凍、そして加熱だけ？　調理はしないの？」

ロケ松は微笑んだ。

「いいところに気づいたな。そのとおりだ。実際に調理するのは人間だ」

昇介は二度目のぽかんをした。

「それって、なんの意味があるの？　工場あたりで大量に調理して、ストックしてるのかと思った」

「わたしもです。人間が調理しないといけないなんて、そんなの変です」

「冷凍時の状況を記録しておいて、解凍・過熱の参考にするんだから、いったん出来上がった状態にしねぇとシステムに乗らないってことらしいな」

「なるほど……どこも導入しないわけだ」

「そのとおりだ。こいつを導入しようと思ったら、システムの他に専門の調理人が必要だ。だったら最初からそいつに作らせて出せばいい話だ。いつだって出来立て、作り立てが食える」

と、ロイスがおずおずと手を上げた。

「あの……ちょっといいですか？　わたし、〈蒼橋〉って本当に凄いと思ってたんです。

みんな自分の技術に自信を持って、誇りを持って仕事をしてます。技術は凄いけれど、使い方のピントがはずれているっていうか……。こういうのも〈蒼橋〉じゃあ当たり前なんですか？」

でも……このシステムはちょっと違うと思うんです。技術は凄いけれど、使い方のピントがはずれているっていうか……。こういうのも〈蒼橋〉じゃあ当たり前なんですか？」

それを聞いた昇介が難しい顔になる。

「たしかに〈蒼橋〉ってのは技術馬鹿の集まりみたいなところがあるけどさ。このシステムは例外中の例外だと思うよ。普通だったら誰かが指摘してたはずだよ。人間の調理が必須だというなら、そんなシステムは無用だって」

昇介の発言を聞いたロケ松がにやりと笑う。

「まぁ、誰だってそう思うだろうな。たしかにこいつはカフェテリアのシステムとしちゃあ落第だ。だが、解凍と加熱の場所をミクロン単位でコントロールする技術は本物なんだぜ。

フェイクのレーダー反射を本物に近づけるためには、反射板に微細な凹凸を付けなきゃならねぇが、このシステムを応用したら思ったより簡単にできちまって、みな拍子抜けしたくれぇだ。」

「これ、囮《デコイ》を作るのに使えるんだ……」

「ああ、ばっちりだ。すげぇ精度で、反射板を加工してくれる。見事なもんだぜ。まだ他にも応用方法が見つかるかもしれねぇしな」

と、ロイスがおずおずと手を上げた。

「……でも、それって最初の目的とは別ですよね？　それでもかまわないんですか？」

ロケ松は破顔した。

「技術にかまうもかまわねぇもねぇさ。問題なのは役に立つかどうかだけだぜ。役に立てば元の目的がどうであれ、技術としては本物だとおれは思うぜ」

そう喝破《かつぱ》されて、ロイスは考え込んだ。

——技術で問題なのはそれが役に立つかどうかだけ……。言われただけなら無茶苦茶な論理に聞こえるけれど、たしかに本質を突いているような気がする……ひょっとしたらわたしは今、何か凄い話を聞いているのかもしれない……。

アイデアとも言えない思いつきが一つ、ロイスの心中に浮かび、ロイスは顔を上げた。

「あの、一つ教えてください。〈蒼橋〉には他にも役に立たない技術や発明があるんですか？」

問われたロケ松は訝《いぶか》しげな表情を返した。

「そりゃああるぜ——というか、成功するのはほんの一部で、大部分は失敗みてぇなもんだ。〝踏鞴山《たたらやま》〟のたいていの工場の隅っこには、そういう役に立たない先人の遺産が山ほど転がってるぜ」

「そうですか……でしたら不躾《ぶしつけ》なお願いですが、そういう工場をいくつか教えていただけませんか？」

「……そりゃあかまわねぇが、フェイクの話が途中じゃなかったか？　あれはもういいのかい？」

「いえ、良くはないですけど。どうせ教えてもらっても今は記事にはできません。みなさんはあれで紅天本艦隊の迎撃に出るんでしょう？」

「いや、あれに人間が乗ってくわけじゃねぇが、出撃させるのはそのとおりだ」

「ですよね。わたしがそれを記事にしたらきっと〈紅天〉が嗅ぎつけます。そんなことをさせるわけにはいきませんから」

「いや、そんなことを書けば当然蒼橋義勇軍の検閲でハネられるとは思うが……最初から書かないと決めちまってロイスさんはいいのかね？　おれが言うのも変なものだが、ジャーナリストとしての好奇心とか、矜持《きょうじ》というか、何かそんなものがあるんじゃねぇのか？」

ロケ松にそう問われて、ロイスは少し微笑んだ。

「もちろんあります。なければ記者なんてやってませんよ。でも、お世話になったみなさんのためにならないことまでしてそれを保とうとは思わないんです。わたし、記者失格かもしれませんね」

ロケ松は頷いた。この新米記者は記者失格かもしれないが、人としては正しい。そして正しくあろうとしている人間の手助けをするのも人の正しい道だ。

「よっしゃ、分かった。社長連中に聞いて取材に応じてくれそうな工場を見繕ってやろう。囮《デコイ》の話に変わるネタが必要なんだろう？」

ロイスはニッコリ微笑んだ。

「はい、おっしゃるとおりです。何かネタを拾って帰らないと、ここに行けと尻を叩いた部長に生きたまま生皮を剝がれてしまいます」

「おいおい、おっかねぇ話をするじゃねぇか。その部長さんとやらにしたって、まさか本当にそんなことしてるわけじゃねぇんだろう？」

「あら？　管理職がたいてい革張りの椅子に座っているのはなぜだと思います？」

小首をかしげたロイスに真顔でそう言われて、ロケ松は不覚にも吹き出した。

「そいつぁおれも知らなかったぜ。ちょっと待ってな。訊いて来る」

そう言うとロケ松は片手で器用に座席の固定用ハーネスを外すと、背もたれを軽く蹴って工場フロアの方にすーっと漂っていった。

その背中を見送った昇介が、しみじみとつぶやく。

「やっぱり本職の軍人さんは違うなぁ。ゼロGでも姿勢が全然乱れない。ぼくたちと、どこが違うんだろうな……」

「え？　昇介くんも決まってますよ？　言うほど差があるようには見えないけれど……」

向きなおった昇介が苦笑する。

「そりゃあ、ロイス姉ちゃんからすれば、同じに見えるかもしれないけどさ。やっぱり全然違うんだよ。

ロケ松さんと並ぶゼロGの達人と言ったら甚平《じんぺい》兄ちゃんか……いや違うな。身のこなしは互角でも、品が段違いだ。大将も凄いけど、ロケ松さんと並んだらやっぱり落ちるな……」

と、そこにロケ松が戻って来た。片手に無造作に摑んだ一束の名刺をロイスに手渡す。

「囮《デコイ》に関係している連中は手が離せねぇから省いたが、何ヵ所か見繕ってきた。みな、訪問する前に連絡すれば歓迎すると言ってる。ま、どいつもこいつも選りすぐりの変態親爺だがな」

慌てて立ち上がり、名刺の束を受け取ったロイスの顔が少し引きつる。

「へ、変態……ですか？」

その口調にロケ松が笑顔で応える。

「金儲けより家族より、技術が一番大事だって連中さ。変態以外になんと呼べばいいのか教えて欲しいもんだぜ」

明らかにほっとした様子のロイスに、ロケ松が訊ねる。

「で、どうするね？　これから行くかい？」

「はい。今日じゅうに行けるところは行ってみようと思います。あ、そうだ、次はぜひ連邦宇宙軍のお話を聞かせてください」

　そう言われてロケ松は相好を崩した。

「それを早く言えよな。連邦宇宙軍の話ならいくらでもするぜ」

「はい、ロケ……じゃなかった熊倉大尉さんもお元気で」

「なに、おれなんかロケ松で充分さ。じゃな」

　そう言うとロケ松はそのまま床をトンと蹴ると仰向けのまま、すーっと流れていく。

「やっぱり違うよね」

「ええ。あんなこと人間にできるんですね……」

「まぁいいや。ない物ねだりしたってしょうがない。で、ロイス姉ちゃん、最初はどこに行くの？」

「近いところからまわりましょう。この〝仁王組〟ていうのが近そうですね」

「あ、ここ知ってる。〈蒼橋〉資本で一番古い企業だよ」

「え？　そうなの？　何作ってる会社なの？」

「岩塊《ヤマ》を削って利用可能な衛星にしてるところだよ。〝簪山《かんざしやま》〟も基本はここが作ったんだ」

「そうか……あの〝簪山《かんざしやま》〟だって、自然にできたわけじゃなくて、人間が作ったのよね。

考えてみれば凄いことだわ、これ……」

——そしてロイスと昇介の〝踏鞴山《たたらやま》〟工場めぐりも二日目に入った夕方。二人が乗った《播磨屋四號《はりまや》》は、〈御名方産業《みなかたさんぎよう》〉と看板を掲げた工場衛星のエアロックにドッキングしていた。

だが、艇のハッチを開け、エアロック内部に足を踏み入れたとたん、二人は絶句した。

オレンジ色のパトライトが回転するエアロックの内部が錆びている。

それも尋常な錆びようではない。パトライトの灯りで判別し難いが、目を近づけると赤、緑、茶色と何種類もの錆が不規則なまだら模様になって壁や天井を覆っているのだ。

「何これ？　ここエアロックの内部だろ？　なんで錆びてるの？」

昇介の言うとおり、一般的に真空中で金属が錆びることはない。

「腐食性のガスでも漏れたのかな？　ロイス姉ちゃんはどう思う？」

返事がない。

「ロイス姉ちゃん？」

昇介が耐Gスーツの袖を少し強めに引っ張ると、ようやく応答があった。

「あ、ああ、何？　どうしたの？」

「どうしたのじゃないよ。何ぽかんとしてるのさ」

「その、何か難破船の中みたいだなぁって、思ってて……」

——そういえば、ホロムービーで浜辺に打ち上げられた難破船のシーンを見たっけな。たしかに錆だらけで似てるっていえば似てるかな……。

そう考えて改めて周囲を見まわした時、回転していたパトライトの色がオレンジから緑に変わり、だんだん回転速度を落として静止した。一拍置いて正面のドアが開く。

正面入り口を入った先は小さなホールになっていて、その先に伸びているのは直径三メートルほどの真円のトンネルだ。

エアロックの内部ドアが閉じるのを待ってヘルメットのフェイスシールドを上げた昇介は、入り口付近に張られている保持ロープに足をかけ、ホールの内部を見まわした。エアロックの倍程度の容積の円筒形の部屋だ。

——外から見たとおり、典型的な岩塊《ヤマ》掘削型の工場衛星みたいだな。冶金工場って聞いてたけど、このタイプだとあんまり広いスペースは取れないはずだ。内部配置はどうなってるんだろう？

あたりを見まわすと、ちょうど頭上のあたりに案内パネルらしきものがある。

昇介は保持ロープに引っかけていた右足をとんと蹴ると、そちらに向かった。

——えーと……ずいぶん部屋数が多いな。あれ？　部屋の形がみんな同じだ。工場というより、居住衛星か学校みたいだ……あ、社長室は入ってすぐだ。

「こっちには錆がないですね……」

いきなり耳元で声がして、昇介は飛び上がった。

「びっくりさせないでよ。錆って何？」

「あ、ごめんなさい。こっちには錆がないなぁと思って」

気がつけば、両手を広げてぐるっとまわってみせるロイスの言うとおり、ホールの壁はなめらかに磨かれていて、錆や汚れはいっさいない。

「そういえばそうだ……錆がないのが普通だからうっかりしてた」

「でしょう？　やっぱりあのエアロックには何か意味があるんですよ」

「だと思う。でもその辺は直接聞いたほうが早いよ、社長室はすぐそこだから」

「あ、そうなんですか？」

「うん、こっち」

昇介はロイスを先導してトンネルに向かった。

トンネル通路からエレベーターで降りた先にあった社長室は、工場衛星の最初のドーナツ部分にあって、一G弱の人工重力が働いている。このドーナツエリア全体が社長の私的スペースになっているらしい。

「で、これが磁界によって三段階に相変化する新合金だ。磁界が弱いうちは粒状だが、強くするとだんだんくっつきあって液状になる。そして最強になると特殊鋼並みの硬さになるんだ」

　ガラス瓶に入った直径二ミリほどの粒を振って見せながら滔々《とうとう》と説明しているのはこの〈御名方産業《みなかたさんぎょう》〉の社長、御名方健夫《みなかたたけお》だ。

　仕立ての良いスーツをぴしりと着こなし、年齢を感じさせるのは七三に決めた頭の前髪に一束だけ混じった白髪だけだが、それがかえって老いより思慮深さと経験の豊富さを感じさせる――そんな感じの壮年親爺だ。

「へぇ……何か凄いですね。で、これはどんな風にして使うんですか？」

　そうロイスに聞かれて、御名方社長はちょっと詰まった。

「……いや、実はまだ、具体的な使い方は検討中なんだ。磁気をかけてやればどんな形にでも成型できるんだが、外に出すと粒に戻るんで、扱いが難しい」

　――そりゃあ使い方は難しいよなぁ……と、隣で聞いていた昇介は考える。

　磁気をかけ続けていないと粒になっちゃうんじゃ、治具や鋳型として使うにしても大変だ。でも考え方はおもしろい。いろんなことを考える人がいるもんだ……。

「というわけで、これはまだまだ試作の段階だ。聞きたいというのはこういうやつでいいのかな？」

「あ、はい。そうです。成功した製品のことはみんな知ってます。でも、成功の陰には失敗もたくさんあって、でもその失敗は完全に失敗だったとは限らない——うまく言えませんが、そういう、失敗と成功の裏表みたいな体験があったら教えていただきたいんです」

そうロイスに言われて、社長は頬をかいた。

「うーん、良く分からんが、こういう仕事をしてると何が成功で何が失敗なのか分からなくなるのは確かだな。

たとえばこの液体だが……」

社長は自分の作業用デスクの上にしつらえてある戸棚から一本のガラス瓶を取り出した。小さく仕切られた戸棚には一区画ごとに収められている瓶と同じラベルが貼ってある。

ぐるりと部屋を見渡せば、すべてがきちんと整頓されていて、瓶だけでなく、ありとあらゆる物にラベルが貼られているうえに、戸棚と同じように置き場所にも同じラベルがある。

——ずいぶん几帳面な人だな……と、昇介は感心した。

今まで会った社長さんは人柄はともかく、身のまわりのことや生活に関することはいっさい関心のない人物が多かったからだ。

公室私室を問わず、正体不明のガラクタが溢れているのはデフォルトで、身だしなみも髭を半分剃り忘れていたり、ツナギの下がシルクの礼服用シャツだったりするのはあたり前。いきなりパンツまで脱いで工場の水槽に飛び込み、ロイスについて来るように言った親爺までいた（完全滅菌工場なので、消毒液を満たした水槽の奥に工場に繋がるトンネルがあるのだ）。

それはさすがのロイスも断ったが、当の親爺は最後までなぜロイスが渋ったのか分からない様子だった。

だが、足元にあるくずかごにも、〈くずかごA2〉とラベルが貼ってあるのはともかく、中に入っているゴミにまで〈ゴミ（可燃。不燃）YYYY／MM／DD／AM・PM〉と書かれたラベルが貼ってある（しかも可燃とPMに丸が付けてある）のを見て、昇介は一瞬眩暈《めまい》がした。

――……やっぱりこの親爺も変態だ……どこの世界に捨てるゴミにまでラベルを貼る人間がいるんだ……。

「はぁ……なるほど……」

ロイスが気の抜けたような返事をしている。

――なんの話か聞き漏らしたのは残念だけど……いや、そうでもないか、あのロイス姉ちゃんの表情を見たら、内容はともかく聞いた印象は明らかだ。

と、話題を変えるつもりなのか、ロイスがエアロックの錆のことを訊ねた。

――あ、それぼくも知りたい。昇介は耳を澄ました。

「ああ、あれは金属酸化物の曝露《ばくろ》実験をやってるんだ。エアロック内部にいろいろな合金の板を貼り付けて、いろんな成分を入れたガスで満たして錆びさせるんだよ。錆にはいろいろな特性があって、合金の添加物として使うと効果がある場合が多いんだ。それにエアロックだからガスの入れ替えが簡単だしね」

社長の説明にロイスが納得したように頷く。

「なるほど、そんな理由があったんですね。……でも、実験中に来客があったらどうするんです？」

社長は「ん？」という顔でロイスを見た。

「命にかかわることなら中止して開ける。そうでないなら実験が終わるまで待ってもらう。当然だろう？」

——それはそうだろうけどさ……と、昇介はあきれた。言ってることに間違いはないが、完全にピントがずれてる。

ロイスも話の接ぎ穂に困っているようだ。

「は、はぁ。そういうもんですか……で、何か成果はありましたか？」

「うーん、そうだな。一つだけ成功しかけたものがある。モノになりそうな感じだったが結局だめだった」

「へぇ、それは何です？」

社長は立ち上がると、瓶を並べた戸棚の一角から、直径四センチほどの真っ黒な球が入った瓶を取り出した。

「これなんだけどね。〝界面生成合金〟って知ってるかな?」

「……界面? 何に使うものなんです?」

「んーん。記者さんなら〝高次空間通信《HDSN》〟は知ってるだろう? あれの心臓部分に使うんだけどね」

ロイスは、「へぇ」と良く分かっていない様子だったが、昇介は驚いた。

――〝高次空間通信《HDSN》〟の心臓部? 軌道実技学校の実習で見たけど、あの球体は直径二メートル以上あったぞ。あんなに小さいって、どういうことだ?

昇介の困惑にかまわず、社長の説明は続く。

「高次空間というのはわれわれが生活しているこの三次元空間に接している別の空間だ。航宙船はこの空間を経由して、遥かに離れた空間に向けて跳躍《ジャンプ》する。

だが、われわれの空間からその空間を直接見ることはできない。それは二次元にいる存在がわれわれの存在を知りようがないのと同じだ」

「二次元の存在? 絵のことですか?」

素人丸出しのロイスの質問に、社長は軽く手を振った。

「いや、絵だってこの三次元にあるんだから、二次元とはいえないな。なんというか……概念的なものだと思って欲しい。

だから、もし二次元世界がその世界を通過する三次元の人間を見た場合、それはCTスキャンの画像のように、輪切り（もしくは縦割りや斜め切り）にされた人体の断面図のようなものとして認識されるだろう。

だが二次元的存在には、その変形し続ける断面図がどこから出現し、どこに消えたかは判断できない。高さという概念そのものが二次元にはないからね。

これと同じことが、三次元からより高次元の存在を認識しようとするときも起こる。二次元の存在には、三次元の存在は変化する断面と認識されるように、三次元から観測できる高次元存在は、変形する立体物として認識されることになる。

高次元存在の〝三次元的断面〟にあたるものがこの立体ということになるが、この〝断面〟がどの〝方向〟に積み重なって高次元の存在を形作っているかを認識する術《すべ》はない。二次元の世界に高さという概念がないように、その〝方向〟に当たる概念が存在しないから、われわれの世界は三次元なんだな。

だが、概念は存在しなくても利用することはできる。その一つが高次空間通信《HDSN》なんだ。高次元空間に通じる〝穴〟＝〝三次元的断面〟を開けることで、〝穴〟同士は高次空間経由で結ばれ、リアルタイムの通信が可能になる。

ここまでは分かるかな？」

社長の質問にロイスがこくこくと頷く。昇介から見れば全然わかっていないのは明らかだったが、それに気づかないのか、社長の説明は続く。

「だから高次空間通信用端末《HDSN》の中枢部には、限りなく真球に近い〝界面生成合金球〟があり、その内部に一番単純な〝三次元的断面〟である〝亜空間球〟＝〝穴〟を生成させるようになっている。

ただ、問題は、この〝亜空間球〟の形状は、鞘にあたる〝界面生成合金球〟の形状精度によって決まるってことなんだ。形状が真球に近いほど通信効率は上がるが、成型に必要なコスト（技術的、エネルギー的）が飛躍的に増加してしまう。

だからそれを抑えるために、従来の合金に錆から抽出した成分などを何種類か加えて〝界面生成合金球〟を小さくするのに成功したんだが、結局失敗だった」

「どういうことです？」

小首をかしげたロイスに社長が説明する。

「ぼくは冶金屋だからね。用途にあった合金を作り出し、その組成と製造データを売って商売にしている。利益はデータの代金と製造された合金の量に応じた歩合だってことを忘れていたんだよ。

小さな〝界面生成合金球〟のデータにはそれなりの値段が付くだろうが、使う量が激減するから歩合のほうはまったく期待できない。高次空間通信用端末《HDSN》の数なんて知れてるからね。この〈蒼橋〉にだって評議会用と一般用の二基しかないんだよ」

そう言われて、昇介は思わず口を挟んだ。

「そ、その〝界面生成合金球〟はちゃんと機能するんですか？」

「ん？　きみは？」

「蒼橋義勇軍の滝《たき》乃屋《のや》中尉です。ロイスさんの護衛兼案内役を務めてます。いや、そんなことはどうでもいいんです。もしちゃんと動くなら、これはとんでもない発明ですよ」

「ああ、きみが……あ、今はそれはどうでもいいな。冶金シミュレーター（データ化した素材特性を入力することで、合金を仮想的に生成する装置。実際に製造する前に要求される機能が満たされているかどうかを確認するために使われる）で確認したし、こうやって実際に作ってもみたから機能することは間違いないよ。でも小さくしたくらいで、とんでもない発明とは言えないんじゃないかな？」

昇介はもう、もどかしくてたまらない。

「違う、違うんです。分からないんですか？　高次空間通信用端末《HDSN》が小型化すれば、数が増やせる。コストも下がりますよね」

「ん――専門家じゃないから端末全体の価格は分からないけど、量産化すれば〝界面生成合金球〟を作るコストはたぶん、一〇〇〇分の一以下になると思うよ。必要なエネルギーはもっと減るかもしれない」

「そこまで分かっているなら、なぜこれを発表しないんです？　連邦中の通信業者が飛びつきますよ」

「でも……さっきも言ったように、高次空間通信用端末《HDSN》の数なんて限られてるし……」

「ああっもう、あなたは本当に社長ですか？　端末の数が少ないのはコストがかかってるからです。コストが下がれば、今は使いたくても使えないでいる人たちが使えるようになる。今の端末の何千倍いや何万倍もの需要が生まれるんです」

「何万倍？　それはいくらなんでも大げさだろう」

「そうです。言い過ぎですよ」

「ロイス姉ちゃんはちょっと黙ってて」

昇介は少しきつく言うと、社長に向きなおった。

「この合金の特許は取ってますよね？」

「あ、ああ、もちろんだ。作った合金は使えるものも使えないものも全部特許を取ってある」

そう言うと、社長は瓶に貼られたラベルを指差した。名前の下に書かれている記号と数字の混じった文字列が特許番号なのだろう。

「よし、だったら大丈夫だ。すみません、これの冶金データと特性データを預からせてもらえませんか？　銀河系に大騒動を巻き起こしてみせますよ」

「まぁ、どうせこのまま失敗コレクション行きだったんだから、それはかまわないが……本気かね」

「本気も本気、こんなに本気になったのは、はじめてですよ」

「分かった、いや実は良く分かってないが、昇介君の名前に免じて任せるよ」

「ぼくの名前を知ってるんですか？」

「なに。実は義勇軍の参謀長とは古い友人でね。きみや播磨屋《はりまや》一家のことは聞いてるんだ。ずいぶん活躍したそうじゃないか」

「それは……ありがとうございます」

昇介は思わず立ち上がって最敬礼した。

だが昇介は、にこにこしている社長だけを見ていて、隣でふくれているロイスには気がつかなかった……。

14　突　破

――そして話は現在に戻る。

ロイスがコラムで紹介した〝界面生成合金〟を使えば、高次空間通信《HDSN》の効率が飛躍的にアップし、さらに画期的な小型化が可能になる――という噂は、冶金シミュレーターを所持する研究者による追試の成功によって、単なる噂から確実な情報に昇華し、東銀河連邦中を駆けめぐった。

現状の高次空間通信《HDSN》によるコード通信は、言ってみれば送受信者双方が共通の辞書を持ち、文中の単語がその辞書の何ページ目の何番目にあるかを羅列したデータを相互に送り合うような形で行なわれている。

当然、辞書にない単語は送れないし、画像も無理だが、式とパラメーターで再現できる図像なら送れる（連邦宇宙軍の高次空間通信リンクや、〈星湖〉基地の立体模擬戦技盤はこれの応用）。

とはいえ、その程度の効率しかなくても距離無制限の即時通信システムを維持管理するコストは莫大で、それに耐えられるのは、連邦政府や星系政府（軍を含む）などの公的機関や、大規模な公益団体（連邦通信連盟等）などの限られたユーザーでしかないのが現状だった。

普及が遅れている最大の理由はコストにあることは誰もが承知している。何か飛躍的にコストを下げる発見があれば、高次空間通信《HDSN》はいっきに民間レベルに普及するだろう。

そして……個人単位とまではいかなくても、中小企業が自社の営業所や所有船に気楽に搭載できるレベルまで端末が小型化され、価格が下がれば、東銀河連邦の経済事情は激変する。

なぜなら、相手が銀河系のどこにいても即時通信が可能になるのなら、当然、商取引の決済も可能になるからだ。

たとえば、〈星涯《ほしのはて》〉から〈星京《ほしのみやこ》〉のホロニュースを見て、そこに映っていた最新モードの洋服を発注し、〈星湖〉のリゾートマンションを予約して旅行に行く……などということも簡単にできるようになる。

当然ながら、個人レベルを超えた星系《ほし》レベル、連邦レベルでは変化はもっと顕著になる。従来行なわれていた商慣行の見なおしが始まり、それに合わせて社会システムの再構築と法整備も必要になっていくだろう。

文字どおり、銀河をあげての大騒動が始まるのだ……。

「とんでもねぇところに助っ人がいたな」

「〈御名方産業〉の社長ならわたしも知っています。癖に癖が凝り固まったあげく、一見するとまともに見えるという、不思議な人物ですが……」

新しい軌道に落ち着いた〝旧葡萄山《ぶどうやま》〟CIC改め〝一粒山《ひとつぶやま》〟CICの中で、御隠居司令長官と親爺《おやじ》参謀長が話している。

コンソールに表示されているのは一週間ほど前に掲載されたロイスのコラムだ。すでに連邦中の新聞やニュースに転載されていて大騒ぎになっているが、当の〈蒼橋《あおのはし》〉は依然として静かなままだった。

まぁ、一般市民の大部分は冬眠カプセルに入っていて、起きている人間は非常配置についているのだから、それも仕方ない話ではある。

そこに音声で割り込んだのはカマル主席だ。

「まぁ、どんな人物でも、道さえ踏み外さなければこちらはかまわんがね。

それはともかく、あちこちから殺到している問い合わせを無視しろというのは、少し問題じゃないかね？」

「いや、少しどころじゃねぇ、大問題ですぜ」

「おいおい、自分で薦めておいてその言い方はないだろう」

「いや、申しわけねぇ。ただ、こいつは大問題にしなきゃいけねぇんでさ」

「それは承知してるが……」

「とにかく、向こうが何を言って来ても〝こっちはそれどころじゃない、〈紅天《こうてん》〉が来てるんだ！〟で、頼みますぜ。

連邦の中にゃこの紛争のことを知らなかったり、関心を持ってねぇ星系《ほし》はいっぺぇあるが、高次空間通信《HDSN》を使ってねぇ星系《ほし》はありませんや。〈紅天〉が〈蒼橋〉を占領したらどんなことになるか、気がつかねぇはずがねぇ」

「ふむ、意味は分かった。関心を持っている相手に情報を与えなければ、向こうは勝手に情報収集を始めるということだな。よし、その手でいこう」

「頼みやす」

と告げて、〝簪山《かんざしやま》〟との回線をオフにした御隠居は、難しい顔で腕を組んだ。

「あっちは主席に任せるとして……問題は〈紅天〉だな……。准将と回線は開けるか？」

「はい。出します」

一瞬の間があって、スピーカーからムックホッファ准将の声が流れ出す。

「ムックホッファです。滝乃屋《たきのや》司令長官ですね？」

その口調に何かをあきらめたような響きを感じて、御隠居は少し不安になった。

――これまではいっさい弱音を吐かなかったのに……こりゃあ相当追い詰められてるな……。

「ああ、滝乃屋だ。だいぶしんどいみてぇだな」

「ええ、《テーレマコス》を退避させました」

「退避？　……沈んじゃいねぇんだな？」

「ええ。本隊と同一機動を取るのが困難なので、蒼雪《あおのゆき》に向かわせました。おかげで、勢力半減です」

「そうか……。まぁ、沈みさえしなけりゃなんとかなるってもんだ」

そこでいったん言葉を切り、少し躊躇《ためら》ったあとで、御隠居は一番重要な問題を口にした。

「で、見通しはどんなもんだね？」

回線の向こうでちょっと逡巡している気配がある。

「……わたしの立場としては……」

その声を聞いたとたん、ご隠居がぴしゃりと告げる。

「いや、今はそういう立場とかなんとかいう話はどうでもいいんだ。事はあんたと、あんたの部下の話だぜ。

正直に言ってくれ。このまま続けて、おれとあんたが、笑って盃を交わせる可能性はあるのかね？」

完全に絶句している気配がある。御隠居は静かに続けた。

「ムックホッファさん、もういいんじゃないかね？　あんたとキッチナー中将は良くやってくれた。連邦の平和維持艦隊が身体張ってくれたおかげで、〈蒼橋〉はちゃんと平和なままだ。

知ってるかい？　〈蒼橋〉ではまだ、ＥＭＰ被害の巻き添え以外、一人も犠牲者は出ていねぇんだぜ。

だから……だからもういいんだ。あんたたちの仕事は終わった。後のことはおれたちに任せて、退避してくれ……」

返って来た准将の声は静かだった。

「われわれが退避したあと、〈蒼橋〉はどうなります？」

「どうもならねぇよ。今のままだ」

「どうもなら……」

そこまで言って、准将ははっとした様子で口調を変えた。

「……御隠居、何を考えてるんです？」

そのとたん、蒼橋義勇軍司令長官滝乃屋仁左衛門《たきのやにざえもん》は破顔した。

「なんだ、バレちまったかい。まぁ、情に訴えて素直に帰ってくれるわきゃあねえとは思ってたが、御隠居と来るとは思わなかったぜ」

「熊倉《くまくら》大尉に聞いてますからね。司令長官が情に訴えようとする時には眉に唾《つば》をつけるべきだそうですな」

「大尉さんか……こんど会ったら締めとかねぇといけねぇな」

「お手柔らかに願います。あれでも大切な部下なので……」

「まぁその辺はおくとして。話を戻すが、退避しろってのは本気だぜ」

「え？」

「間もなく連邦で大騒動が起こる。何がどうなるかが全部読めてるわけじゃねぇが、その結果、ムックホッファさんの仕事はたぶん、部下と一緒に〈星湖〉基地に戻るだけになるはずだ。

　その前に怪我されちゃ困るし、ましてや死なれでもしたら〈蒼橋〉の面目丸つぶれだからな」

「大騒動？　どういうことです？」

「あんたが送ってくれた……ええと末富レポートか、あれを読んだぜ。いいスタッフを抱えてるじゃねぇか。ウチか評議会のメンバーにスカウトできねぇかね？」

「部下の身の振り方は部下自身に任せてますから、ご希望に添えるとはかぎりませんが……そんなことより、あのレポートを読んだなら〈紅天〉が引くはずのないことはお分かりでしょう。何を根拠に……」

「〝界面生成合金〟の話は知ってるかね？」

「……界面？　ああ、あの高次空間通信《HDSN》を効率化させるとかいう話ですね？　たしかに

〈蒼橋〉の技術は凄いと思いますが、今はあまり……」

御隠居は一瞬ぽかんとした。

――准将ともあろうものが、〝界面生成合金〟の持つ意味を知らないはずがねぇ。どういうこった？……とぼけてるのか？　いや、そんなはずはねぇな……。

少し考えて、御隠居は真相に思い当たった。

――……そうか、連邦宇宙軍の人間にしてみりゃあ、高次空間通信《HDSN》が使えるのは当たりめぇだ。他人が使えるようになったからおまえは使えなくなるというなら話は別だが、使う人間が増えるだけなら別に問題はねぇと思っても不思議はねぇぞ。世の中がどう変わるかなんてのは、第一線の軍人が戦闘中に考えることじゃねぇしな……。

御隠居はこの話をとりあえず棚上げにすることにした。

「……まぁいいや。詳しいことは後で話すわ。いま説明してる暇はねぇ。

とにかくあの発明のおかげで、〈紅天〉よりそのバックにいる連中が動揺してるのは間違いねぇんだ。何しろ〈紅天〉が〈蒼橋〉を占領したら、〝界面生成合金〟の製造も独占することになるからな。

あの材料は〈蒼橋〉でねぇと揃わねぇ、組成が分かっても他の星系《ほし》じゃどうしようもねぇんだ。背後にいた連中は、〈紅天〉に汚れ役をさせてうまく操るつもりだったのが、〈蒼橋〉占領と同時にとんでもねぇ潜在的影響力を持たれちまうことになる。こいつぁ採めるぜ」

「揉めますか？」

「間違いなく揉める。〈蒼橋〉の資源を必要としているのは、詰まるところ〈紅天〉とその影響下にある星系《ほし》だけだが、〝界面生成合金〟は連邦全体が必要としているもんだ。

そいつを、侵略的意図を持つ一星系に持たせていいのか？　ってのは絶対に問題になる。そうなったらもう〈紅天〉の問題でも〈蒼橋〉の問題でもなくなる。

というわけでお願いだ。

平和維持艦隊の〝ブリッジ〟からの退避。

これまでの戦闘の経緯が分かるデータの提供。

この二点を実行してもらいてぇ」

准将は渋った。

「データはすぐにでも提供しますが、退避はちょっと……」

「気持ちは分かるが……そうだ、予定している戦闘を行なったら、〈紅天〉の強襲部隊が〝ブリッジ〟に接触するまでどのくらいと見る？」

「六日……いや七日後ですね。うまく上陸部隊に損害を与えればもっと遅れます」

「なるほど……。で、戦闘しなかった場合は？」

「五日です」

「……つまり、最大でも二日しか延びないってことだな……。ならば無理して戦うこともねぇだろう。もともとこっちは素直に手を上げるつもりだったんだしな」

「しかし……」

「ムックホッファさん、勘違いしちゃあいけねぇぜ。

おれたちがやってきたのは時間稼ぎだ。

時間稼ぎってのは、文字どおり、時間を稼いでいる間に誰かが助けてくれることを期待してやるもんだ。おれたちではおれたちを助けられない。だから時間を稼いでるんだ。なのに、最後の最後で自分で自分を助けようとするのは本末転倒だぜ」

准将は少し笑ったようだった。

「……なるほど、本末転倒ですか」

「ああ。あんたたちが身体を張ってがんばっている間に、こちらはいろいろと根まわししたし、工作もした。〈紅天〉が占領計画を中止し、艦隊を帰還させるなら輸出再開の交渉テーブルに着くという発表もした。おまけに〝界面生成合金〟ってえサプライズもあった。だが、まだ手応えはあと一歩ってところだ。後は賭けになる。〈紅天〉の強襲部隊が上陸を始めるまでに助けが来るか否かの賭けだ」

「負けたらどうなります？」

「〈蒼橋〉は占領され、評議会は解散。評議員は収監後裁判。義勇軍は解散。将校は投獄、兵員は強制労働、おれたち幹部は戦犯として公開処刑だな」

　淡々と告げる御隠居の口調に、准将が絶句する。

「……それで……いいんですか？」

「いいも悪いもなかろうよ。それとも嫌だと言ったら〈紅天〉が助けてくれるのかね？」

「……それは……無理です」

「だろ？　もともと戦争なんてのは、だめならだめでしかたあんめぇ──ぐれぇの覚悟ができてから始めるもんだ。だめだったからといって泣き喚くようじゃ戦争する資格はねぇさ」

「しかし……」

「ムックホッファさん。ここは堪《こら》えてくれ。賭けが外れた時に尻《ケツ》を拭くのはあんたたちの役目じゃねぇ。おれたちの仕事だ。一世一代の大仕事をするチャンスを奪わねぇでくれ……」

　黙って聞いていた准将が、ぽつんと訊ねる。

「……御隠居、今度は何を企《たくら》んでるんです？」

　とたんに御隠居が軽く舌打ちする。

「チッ、……やっぱりバレたか」

「あたり前です。これからはプレートに彫ってコンソールに貼るようにしますよ、〝御隠居が情に訴えようとする時は眉に唾〟ってね」

「おお、そりゃあいい考えだ。良かったら百枚くれぇ作ってもらえねぇかね。みなに配ってまわるとしよう」

「……金取りますよ。それはともかく、何か考えがおありなんですか？」

「ああ。奥の手が一つある。准将の《プロテウス》は通常航行可能だな？」

「ええ。通常航行なら問題はありません」

「よし、なら単艦で〝ブリッジ〟に入って、〝簪山《かんざしやま》〟まで来てくれねぇかね。道案内は出す」

「それはいいんですが……単艦で、ですか？」

「ああ、数が多いとかえって面倒だからな。

で、〝簪山《かんざしやま》〟に着いた後、〈紅天〉の強襲部隊が接近する一日前まで事態が動かなかったら、高次空間通信《HDSN》で、〈蒼橋〉占領宣言を出してくれ」

「なんですって！」

エピローグ

結局、ムックホッファ准将による〈蒼橋《あおのはし》〉占領宣言が出されることはなかった。

態度を決めかねている安全保障委員会の尻を叩く最後の手段だったが、その前に〈紅《こう》天《てん》〉支持派が折れたのだ。

その後押しをしたのが、ムックホッファ准将から得たデータを元にロイスが書き上げた記事だった。

キッチナー艦隊の悲劇の奮戦はもちろん、わずか二隻の巡航艦で数百隻の紅天本艦隊を翻弄するムックホッファの勇戦ぶりは多くの読者の支持を得た。

「〈蒼橋〉がここまでやるとは……」

「単純な戦力差だけで〈蒼橋〉を見かぎったのは、早すぎたかもしれない」

安全保障委員会内部でこういう声が出るまで時間はかからなかった。

後は一直線だった。命令違反をしているムックホッファを懲罰すべしという声は急速にしぼみ始め、代わりにがら空きの〈紅天〉本星に向けて機動戦艦部隊を派遣すべしという声が上がり始める。

司令長官の人選まで口に上《のぼ》るようになって、とうとう支持派も〈紅天〉に引導を渡すしかなくなった。

有力星系の一つとして、〈紅天〉の意向一つで高次空間通信《HDSN》の普及状況が左右されてしまうような状況を認めるわけにはいかなかったのだろう。

汚れ役を引き受けたにもかかわらず掌《てのひら》を返された〈紅天〉は必死で抵抗を試みたが、某マスコミがフライング気味に流した〝和平交渉妥結か。〈蒼橋〉輸出再開へ〟という記事によって重金属バブルが弾けたこともあって、〈紅天〉政府内部の動揺が激しくなる。

そして、安全保障委員会が全会一致で停戦勧告を突きつけたことにより、ついに〈紅天〉は手を上げた。

今後の交渉次第では〈蒼橋〉の輸出再開は充分ありうる——という勧告文の一節をわずかな慰めとしつつ、〈紅天〉政府は停戦に同意、紅天本艦隊に引き上げを命じる。

紅天本艦隊は受け入れ回答に一日半かかったが、回答後は整然と蒼橋跳躍点に向けた軌道に乗った。

——だが、その撤退する艦列から欠けた艦が何隻かあったことは、まだ明らかにされてはいなかった。

著者略歴　1958年静岡県生，作家
著書『時空のクロス・ロード』『アウトニア王国奮戦記』『銀星みつあみ航海記』『ご主人様は山猫姫』『〈蒼橋〉義勇軍、出撃！』他多数

HM=Hayakawa Mystery
SF=Science Fiction
JA=Japanese Author
NV=Novel
NF=Nonfiction
FT=Fantasy

銀河乞食軍団　黎明篇③

激戦《げきせん》！　蒼橋跳躍点《あおのはしちようやくてん》

〈JA974〉

二〇〇九年十一月二十日　印刷
二〇〇九年十一月二十五日　発行
（定価はカバーに表示してあります）

著者　鷹《たか》見《み》一《かず》幸《ゆき》
原案　野《の》田《だ》昌《まさ》宏《ひろ》
発行者　早川浩
発行所　株式会社　早川書房

郵便番号　一〇一‐〇〇四六
東京都千代田区神田多町二ノ二
電話　〇三‐三二五二‐三一一一（大代表）
振替　〇〇一六〇‐三‐四七七九九
http://www.hayakawa-online.co.jp

乱丁・落丁本は小社制作部宛お送り下さい。
送料小社負担にてお取りかえいたします。

印刷・三松堂印刷株式会社　製本・株式会社フォーネット社

ISBN978-4-15-030974-9 C0193

＊本書は活字が大きく読みやすい〈トールサイズ〉です